왕의 프러포즈
보우의 악마
2
「—야뻬~!
쿠라라 채널 시간이에요~.」

『어머머…… 나쁜 아이군요.
이 누나가 실체를 가지고 있다면,
그 젊고 풋풋한 욕망을 가라앉혀줄 텐데 말이죠.』
후야죠 루리
—사이카와 오빠인 무시키를
편애하는 〈정원〉의 마술사.
"어, 어딜 만지는 거야?!"

시르벨
―〈공극의 정원〉의
데이터베이스 관리와 시큐리티 제어를
담당하는 인공지능.

"……뭐?"
쿠오자키 사이카
—세계 최강의 마녀이자,
마술사 양성 기관 〈공극의 정원〉의
학원장.

토키시마 쿠라라
—마술사 전문 동영상 사이트
「MagiTube」의 초인기 스트리머.
“—마녀님!
무시삐의 여친 자리를 걸고,
이 몸과 승부해요!”
시온지 교세이
—마술사 양성 기관 〈그림자의 누각〉의
학원장.

"저기…… 이 몸과 함께,
새로운 〈세계〉를 만들지 않을래요?"

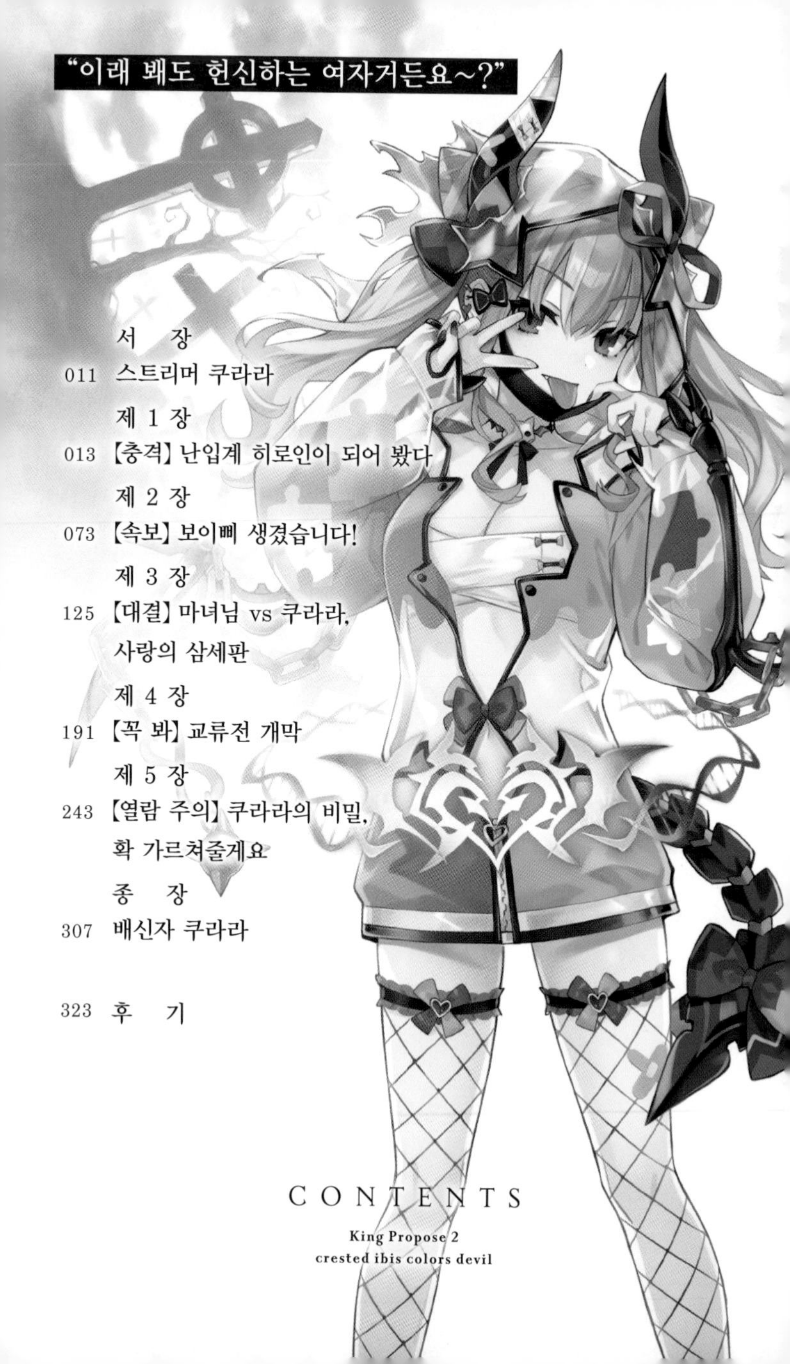

CONTENTS

King Propose 2
crested ibis colors devil

파워풀할 때도, 시들시들할 때도.

잘나갈 때도, 못났을 때도.

대박~일 때도, 헐~일 때도.

죽어도 사랑해줄게요.

—그러니, 이 몸과 함께하지 않을래요?

서장 스트리머 쿠라라

—얏뻬~! 쿠라라 채널 시간이에요~.

쿠라라메이트 여러분. 오늘도 이 몸의 매력에 어질어질하고 있어~?

자, 오늘은 좀 특이한 시간에 방송해요. 뭐, 이 몸 정도되면 말이지? 이런저런 일이 있기 마련이거든요.

아~, 코멘트 땡큐.

—어? 왜 얼굴만 보여주냐고? 아~, 눈치채버렸어요?

이야~, 실은 이 몸은 지금 피치 못할 사정으로 밑에 아무것도 안 입었거든요. 롱 숏으로 찍었다간 모자이크 필수랄까, 즉시 BAN당할 게 뻔하다니까요~.

어라라~? 안 믿나 보네~.

자, 어깨! 아무것도 없죠?

어? 튜브톱 입은 거 아니냐고?

안 입었다니까 그러네. 자, 그럼 아슬아슬한 데까지 확 가볼까~.

—자, 여기! 턱걸이 세이프!

세이프…… 맞죠?

우왓, 어마어마한 슈퍼챗의 폭풍에 불안이 엄습하네요.

아, 그런 건 아무래도 좋아요. 이상한 소리 늘어놓게 좀 하지 말라고요.

그럼 오늘의 테마를 발표해볼까요.

그건 바로, 장래 꿈에 관해서예요.

이야, 역시 젊은이라면? 목표를 향해 매진해야 한다고 생각하거든요.

……응? 이제 와서 진지한 척하지 마? 알몸으로 그런 소리 해 봤자 설득력 없어? 전에 하다 만 게임이나 빨리 해? 시끄러워~. 때로는 이런 것도 좋잖아~.

진도가 안 나가네요. 그냥 팍팍 밀어붙일래요. 쿠라라의 장래 꿈 베스트 3~!

제3위! 구독자 왕~창 늘리기!

제2위! 사랑하는 보이삐 만들기!

그리고 제1위는—.

제1장【충격】난입계 히로인이 되어 봤다

"—쿠로에, 이건 〈정원〉 최대의 위기야."

"대체 무슨 일입니까?"

"창문에 비친 내가 너무 아름다워서 눈을 못 떼겠어."

"그거 큰일이군요. 유리창과 머리 중에 하나를 깨버리면 해결되려나요."

쿠가 무시키가 진지한 표정으로 그렇게 말하자, 옆에 서 있던 검은 눈과 검은 머리를 지닌 소녀가 도끼눈을 뜨며 고개를 갸웃거렸다.

카라스마 쿠로에. 무시키의 — 정확하게 말하자면 무시키가 지닌 육체의 — 종자인 소녀다.

발언 자체는 농담 같지만, 표정 및 시선과 목소리 톤이 진심이라 묘한 박력이 느껴졌다. 그 탓에 무시키는 무심코 진땀을 흘렸다.

하지만 무시키도 농담 삼아 그런 소리를 한 건 아니다. 무시키에게 있어 그것은 거부할 수 없는 현상이다.

두 사람은 현재 마술사 양성 기관 〈공극의 정원〉, 중앙학사의 최상층에 있는 학원장실에 있었다.

무시키는 그 방 가장 안쪽에 있는 거창한 집무용 책상

앞에 앉아서, 쿠로에의 지시대로 서류 작업을 하고 있었는데…… 문뜩 창문을 쳐다본 순간, 거기에 자신의 모습이 비치고 있다는 사실을 눈치채고 만 것이다.

어깨에 닿으며 살랑이고 있는 윤기 넘치는 햇살 빛깔 머리카락. 황금비율이라는 말로도 전부 표현할 수 없는, 신이 직접 조각한 것처럼 아름다운 얼굴. 그리고 그 한가운데에 자리한, 보는 이들을 남김없이 매료시킬 듯한 요사한 매력을 지닌 극채색의 두 눈동자.

그렇다. 창문에 비친 것은 남자 고등학생인 쿠가 무시키의 모습이 아니라, 여신 같은 미소녀의 모습이었다.

그것을 본 순간, 무시키는 마치 화살에 마음을 꿰뚫린 것처럼 시선을 떼지 못했다. 아아, 비유하자면 그것은—.

"그딴 건 됐으니, 빨리 업무를 진행해주십시오."

하지만 쿠로에는 그런 생각을 중단시키려는 듯이, 무시키의 머리를 잡고 책상 쪽으로 돌렸다. 비단실 같은 머리카락이 그에 맞춰 궤적을 그리듯 흩날렸다.

시야에서 자신의 모습이 사라지자, 그제야 몸을 뜻대로 움직일 수 있게 된 무시키는 후유 하고 한숨을 내쉬었다.

"고마워. 덕분에 살았어. 거울 속의 나와 눈이 마주친 순간, 꼼짝도 못 하게 됐거든……."

"메두사라도 되신 겁니까?"

쿠로에는 질렸다는 투로 그렇게 말하더니, 집무용 책상

위에 새로운 서류 다발을 뒀다.

"—그것보다, 다음은 이쪽을 부탁드립니다. 내용 확인과 서명은 마쳤습니다만, 마지막으로 마력 인증을 하지 않으면 상대방에게 보낼 수 없습니다. 내재 마력의 영자 배열은 사람마다 다른 만큼, 이것만은 사이카 님께서 직접 해 주셔야 합니다."

그렇게 말한 쿠로에는 서류 아래쪽을 가리켰다.

그곳에는 달필로 『쿠오자키 사이카』란 이름이 적혀 있었다.

그렇다. —쿠오자키 사이카.

이 〈공극의 정원〉 학원장이자, 세계 최강이라 불리는 마술사.

그것이, 무시키가 지금 **변모해 있는** 인간의 이름이다.

지금으로부터 약 한 달 전. 무시키는 목숨을 잃기 직전인 사이카와 만나, 『융합』하고 말았다.

최강의 마술사가 죽었다는 사실은 세상에 상상조차 할 수 없는 영향을 끼칠 것이다. 그래서 무시키는 『사이카』로서 이 학원에서 생활하고 있다. 이 서류 작업 또한, 사이카로서의 활동 중 일부다.

"으음— 인증이라는 건, 어떻게 하면 되더라?"

무시키가 사이카의 말투로 묻자, 쿠로에는 글자가 적힌 부분을 손가락으로 가리키며 말을 이었다.

"마력 감지가 뛰어난 특수한 잉크를 사용했으니, 이름

부분을 손가락으로 살짝 훑어주기만 하면 됩니다.”

“흐음. 이렇게?”

무시키는 그 말에 따라 엄지를 종이에 댄 후, 그대로 옆으로 옮겼다.

그러자 무시키가 만진 글자가 한순간 극채색으로 빛났다. 그 몽환적인 모습을 본 무시키는 무심코 눈을 동그랗게 떴다.

“흐음, 놀라운걸. 아름답네.”

“네. 처음 본 사람은 누구나 놀라죠.”

“그리고 『쿠오자키 사이카』라는 글자를 손가락으로 훑는 것도 약간 흥분돼.”

“인류에겐 아직 이른 성적 취향을 느닷없이 공개하지 말아 주십시오.”

노려보는 듯한 시선을 보내며 그렇게 말한 쿠로에는 인증을 마친 서류를 손에 들더니, 그 밑에 깔려있던 다음 서류를 손가락으로 가리켰다.

“서류가 많아 죄송합니다만, 이쪽도 부탁드립니다. 최근 들어 일이 많았던 탓에, 미처리 서류가 쌓였습니다.”

“응, 맡겨줘. ―그래도 조금 의외야. 〈정원〉이라면 이런 건 전자 문서 같은 식으로 처리할 거라고 생각했거든.”

“비효율적이기 그지없는 만큼, 개인적으로는 빨리 디지털 인증으로 변경하고 싶습니다만…… 전통파 마술사 중에는 격식을 중시하는 분이 아직 많기에 그럴 수가 없습니다."

"그건 『밖』과 똑같구나."

무시키가 어깨를 으쓱하며 그렇게 말하자, 쿠로에는 약간 투덜대는 투로 말했다.

"다들 사이카 님보다 어린데도, 머리가 너무 딱딱하게 굳어서 문제입니다."

"하하—."

무시키는 쓴웃음을 흘리면서 차례차례 인증을 마쳤다.

"—어?"

서류의 서명 부분을 손가락으로 훑던 무시키의 눈썹이 살짝 흔들렸다.

대충 읽으며 넘어가던 서류의 내용 중에서, 신경 쓰이는 부분을 발견한 것이다.

"교류전……? 이게 뭐지?"

"네. 마술사 양성 기관 〈그림자의 누각〉과의 교류전입니다."

무시키의 말에, 쿠로에가 고개를 끄덕이며 답했다.

그 말을 들은 무시키가 약간 놀라며 물었다.

"〈정원〉 말고도 마술사 학원이 있는 거야?"

"네. 멸망인자는 전 세계에 출현하고 있으니까요. 일본 국내에만 해도 다섯 곳의 양성 기관이 존재합니다. 그리고 학생의 기능 향상 및 교류를 위해, 정기적으로 이런 행사를 열고 있죠."

"흐음……."

생각해 보니 맞는 말이었다. 무시키는 이해했다는 듯이 턱을 쓰다듬었다.

하지만 그 종이에 적힌 어떤 내용을 눈치챘다.

"개최일이 꽤 가까운 것 같은데…… 모레 맞지?"

"아, 네. 원래는 지난달까지 서류를 보냈어야 합니다만, **이런저런 일** 때문에 늦어지고 말았습니다. —뭐, 이 서류는 어디까지나 형식적인 것이니까요. 준비는 이미 진행되고 있으니 안심하십시오."

"그럼 괜찮지만—."

쿠로에가 그렇게 말하자, 무시키는 팔짱을 끼며 대답했다.

그 반응을 어떻게 받아들인 건지, 쿠로에는 표정을 바꾸지 않으며 말을 이었다.

"교류전에서 싸우는 건 대표로 선발된 학생 다섯 명뿐이니, 걱정하지 마십시오. 편입한 지 얼마 안 된 무시키 씨가 대표로 뽑히는 일은 아마 없을 겁니다."

"아니, 뭐, 그런 말도 안 되는 걱정을 하는 건 아니지만—."

무시키는 말을 이으려다 멈췄다. 대표, 라는 말을 듣고 어떤 인물이 머릿속을 스쳤다.

"혹시 루리는 거기에 포함될까?"

"아마 그럴 겁니다. 기사 후야죠가 그 다섯 명 안에 포함되지 않을 리가 없으니까요."

무시키의 말을, 쿠로에가 긍정했다.

무시키는 감탄한 듯이 「역시 대단하네」 하고 말하며 한숨을 내쉬었다.

후야죠 루리는 〈정원〉에 소속된 무시키의 여동생이다. 학생이면서도 〈정원〉의 최고 전력인 〈기사단〉에 속한 천재—라고 한다. 동생이 이렇게 높은 평가를 받으니 자기 일처럼 기쁘다. 오빠로서 동생이 자랑스러웠다.

그런 생각을 하던 무시키는 갑자기 고개를 갸웃거렸다.

"……어? 잠깐만, 그 말은 아직 대표가 결정되지 않았다는 것처럼 들리는데……."

"네. 대표 학생은 교류전 직전에 〈정원〉의 관리 AI가 선출하게 되어 있습니다."

"꽤 갑작스럽네. 그래서는 연습이나 준비 시간을 충분히 가지지 못하잖아?"

"멸망인자와의 전투는 매번 이상적인 팀을 꾸려서 임하지 못하니까요. 마술사에게 요구되는 것은 자기가 처한 환경 및 상황에 대한 적응력입니다."

"—그렇구나."

확실히 멸망인자는 언제 나타날지 모르며, 그 순간에 어떤 상황에 부닥쳐 있을지 알 수 없다. 항상 전장에 서 있다는 마음가짐으로, 특별한 준비를 하지 않더라도 언제든 싸울 수 있도록 준비해두는 것이 중요하다.

"—아무튼, 사이카 님께서 하실 일은 환영식 출석과 시합 관전 정도입니다. 그 외에는 교류전이 끝난 후에 격려의 말을 건네는 것 정도겠군요."

그것보다, 하고 화제를 돌리려는 듯이 말한 쿠로에는 그 서류를 치웠다.

"작업 속행을 부탁드립니다. 빨리 끝내지 못하면, 『다음』으로 넘어갈 수 없으니까요."

"아, 응. 그래."

무시키는 순순히 고개를 끄덕이더니, 다른 서류의 서명 부분을 손가락으로 훑었다.

그렇게 얼마나 시간이 흘렀을까. 무시키의 엄지가 약간 얼얼하기 시작했을 즈음, 그제야 서류의 산이 모습을 감췄다.

"—그럼 이 서류들은 각계각처로 반송하겠습니다."

"응. 잘 부탁해."

무시키가 가볍게 손을 들어 보이며 대답하자, 쿠로에는 서류를 정리한 후에 무시키 쪽을 돌아봤다.

"자, 그럼 발동 수련으로 넘어가죠. —지금 바로, **준비**를 해도 되겠습니까?"

"뭐…… 아, 응."

쿠로에가 그렇게 말하자, 표정에 희미하게 긴장이 어린 무시키가 고개를 끄덕였다.

발동 수련이란, 현대 마술의 주류인 현현술식 훈련을 말한다.

그리고 『준비』란, 무시키를 흥분시켜 정신 상태를 혼란에 빠뜨려서 마력 방출량을 급격히 상승시킴으로써, 무시키의 몸을 **그 훈련을 받을 수 있는 상태**로 만드는 것을 가리킨다.

즉, 쿠로에의 선언은 이제부터 온갖 방법을 써서 무시키를 유혹하겠다는 말과 다름없었다.

쿠로에는 차분한 발걸음으로, 무시키에게 다가갔다.

"……윽."

희미하게 흔들리는 머리카락이, 흑요석 같은 두 눈동자가, 벚꽃 빛깔의 입술이, 무시키에게 다가왔다. 이제까지 딱히 신경 쓰이지 않았던 쿠로에의 신체 요소 하나하나가, 무시키의 뇌를 강렬하게 자극하고 있었다.

"쿠로에, 대체 뭘—."

"움직이지 마시길."

그렇게 말하면서 다가온 쿠로에는 무시키의 어깨에 손을 얹더니, 몸을 기댔다.

"아—."

대체 뭘 당하는 것일까. 머릿속에서 망상이 휘몰아치더니, 무시키는 무심코 숨을 삼켰다.

그러자 쿠로에는 그대로 무시키의 귀에 입술을 대더니,

요염한 목소리로 이렇게 속삭였다.

"—자, **무시키**. 즐거운 훈련 시간이야. 내가 너를 마구 쥐어짜 주겠어."

아까까지만 해도 쿨하기 그지없던 표정에, 왠지 즐거워 보이는 미소가 어렸다. —모습이 달라진 것도 아닌데, 마치 딴사람이 된 것만 같았다.

"윽……!"

그 말이 고막을 뒤흔든 순간, 무시키는 뇌에 전류가 흐른 듯한 충격을 받았다. 심장이 꼭 오그라들더니, 온몸이 열기를 머금었다.

이윽고 무시키의 몸이 어렴풋한 빛에 휩싸이더니— 방금까지와는 다른 모습으로 변모하기 시작했다.

잠시 후…….

〈정원〉 학원장실의 커다란 의자 위에, 한 소년이 앉아있었다.

색소가 옅은 머리카락과 중성적인 외모, 그리고 몸에 걸친 짙은 보라색 교복까지도 남성용으로 변모했다.

그렇다. 『쿠오자키 사이카』가, 『쿠가 무시키』로, 변신한 것이다.

—한 달 전. 무시키는 목숨이 경각에 처한 사이카와 융

합하면서, 그 몸과 힘을 이어받았다.

하지만 그것은 무시키로서의 몸을 잃었다는 의미가 아니었다.

평소에는 사이카의 모습을 하고 있지만, 그 이면에는 무시키의 몸이 존재했다. 그리고 무시키가 강렬한 흥분을 느끼면, 몸이 무시키 모드로 변신하고 마는 것이다.

"아무리 그래도 너무 쉽게 흔들리는 것 아닙니까?"

그런 무시키를 본 쿠로에가 눈을 가늘게 뜨며 그렇게 말했다.

그런 그녀의 표정과 말투는 이미 원래대로 되돌아갔다.

무시키는 볼을 살짝 붉히더니, 입술을 삐죽 내밀면서 대꾸했다.

"……**사이카 씨**의 귓속말이니까, 이렇게 되는 거라고요."

그렇다. 사실 카라스마 쿠로에란 인간은 원래 이 세상에 존재하지 않는다.

그녀는 죽음의 위기에 처한 쿠오자키 사이카가 혼의 대피 장소로서 준비해둔, 긴급용 의해(義骸)였다.

즉, 이 자리에는 무시키와 사이카의 몸을 둘 다 지닌 무시키와, 쿠로에의 몸에 들어간 사이카라고 하는, 꽤 복잡한 상태인 두 사람이 존재했다.

"……이제부터는 하기 전에 한마디 해주겠어요? 준비가 필요하거든요."

"마음의 준비가 필요한 겁니까?"

"녹음할 준비예요."

"여전하시군요."

쿠로에는 어처구니없다는 듯이 도끼눈을 뜨면서 대꾸했다.

"뭐, 좋습니다. 그것보다 시간이 아깝군요. 즉시 훈련을 시작하죠. —무시키 씨와 사이카 님의 몸은 표리일체. 무시키 씨가 죽으면, 사이카 님의 몸도 죽고 맙니다. 만일의 사태가 벌어지지 않도록, 무시키 씨에게는 최소한의 전투 능력을 갖춰주셨으면 합니다."

"네, 그건 알아요. —그런데……."

"왜 그러시죠?"

"사이카 씨의 말투는 아까 그걸로 끝인가요……?"

무시키가 아쉬운 투로 그렇게 말하자, 쿠로에는 작게 한숨을 내쉬었다.

"무시키 씨의 몸과 마찬가지로, 제 비밀도 알려져선 안 됩니다. 최대한 자제하는 편이 좋겠죠."

"……그……렇군……요……."

"하늘이라도 무너진 듯한 반응이군요."

질렸다는 투로 그렇게 말한 쿠로에는 학원장실 안쪽으로 걸어 들어가더니, 그곳에 있는 문손잡이를 쥐었다.

"원래라면 연무장을 이용하고 싶습니다만, 그곳은 사람들의 눈길을 끕니다. 사이카 님의 저택 앞뜰에서 훈련하도록 하죠."

그리고 그렇게 말하면서 문을 열었다.

문 너머에는 아름다운 화단과 나무에 둘러싸인 공간이 펼쳐져 있었다.

물론, 이곳은 중앙 학사 최상층이다. 문 너머에 그런 공간이 펼쳐져 있을 리가 없다. 마술로 공간을 비틀어, 〈정원〉 안의 다른 장소와 연결한 것이다.

"무시키 씨, 이쪽으로 오시죠."

"네."

무시키는 단호한 어조로 짤막하게 답하더니, 쿠로에의 뒤를 따르듯 그 문을 통과했다.

〈정원〉 북부 에어리어에 위치한, 쿠오자키 사이카의 저택 앞.

정교한 세공이 새겨져 있는 대문. 그리고 거기서 이어진 포장도로. 훈련 등을 목적으로 만들어진 장소는 아니지만, 초보 마술사가 수련하기에는 충분한 넓이였다.

"자, 그럼 시작하겠습니다. —즉시, 제2현현을 발현해주십시오."

쿠로에는 포장도로 위에 서더니, 재촉하듯 그렇게 말했다.

"—네."

무시키는 고개를 끄덕이더니, 의식을 집중했다.

"……."

자신의 몸을 구성하고 있는 요소의 매듭을 푼 후, 다시 묶는 듯한 느낌이 들었다. 발에서 배로. 머리에서 가슴으로. 어깨를 통해 손끝으로. 그렇게 온몸을 살핀 후, 모든 힘을 한 곳으로 집중시켰다.

"……으, 그, 극……."

하지만, 모든 힘을 모은 오른손에서는 아무 일도 일어나지 않았다.

"……흠."

이윽고, 쿠로에의 한숨 소리가 들려왔다.

"이상하군요. 분명 무시키 씨는 일전에 제2현현을 성공시켰는데 말이죠."

"……죄송해요. 그때는 정신이 나가 있어서……."

무시키가 그렇게 말하자, 쿠로에는「흐음」하며 턱을 매만졌다.

"극한 상태에 처하면서, 평소 이상의 힘을 발휘했다—라는 거군요. 뭐, 그렇게 드문 일은 아닙니다. 마력은 정신 상태에 의해 크게 변화하니까요."

하지만, 하고 덧붙여 말한 쿠로에는 눈을 가늘게 떴다.

"사이카 님의 몸을 지닌 만큼, 이래선 곤란합니다. 안정적으로 힘을 발휘할 수 있어야 마술사라 할 수 있으니까요."

"……네."

무시키가 진지한 표정으로 고개를 끄덕이자, 쿠로에는

작게 한숨을 내쉬었다.

"하지만 『해라』라는 말을 듣고 바로 할 수 있다면, 〈정원〉은 필요가 없겠죠. 이제부터 열심히 가르쳐드리겠습니다. —각오는 됐습니까?"

"네. 이 목숨과 바꿔서라도……!"

무시키가 열의에 찬 목소리로 그렇게 말하자, 쿠로에는 어깨를 으쓱했다.

"그 열의는 높이 삽니다만, 그래선 곤란합니다. 사이카 님도 죽고 마니까요."

"아…… 죄, 죄송해요. 그런 의미는……."

"알고 있습니다. 무시키 씨의 열의를 의심하는 건 아닙니다."

쿠로에는 고개를 끄덕이며 그렇게 말하더니, 손가락 하나를 세웠다.

"아까도 말씀드렸다시피, 무시키 씨는 이미 제2현현에 한 번 성공했습니다. 그렇다면, 마술 발동에 필요한 것은 이미 갖춰진 것이죠."

잘 들으세요, 하며 쿠로에는 말을 이었다.

"현현술식에 의해 만들어진 현현체란, 바로 『무시키 씨 자신』입니다. 제1현현 〈현상〉으로 당신 안에 존재하는 마술 효과만을 출현시키고, 제2현현 〈물질〉을 통해, 그것을 물질로써 고정합니다. 현현단계를 올려서, 『자신』의 범위를 외부로 확충해나간다는 이미지죠. —그것을 의식하며, 다시 한번 해 보십시오."

"네."

무시키는 고개를 끄덕이더니, 다시 오른손에 의식을 집중했다.

"으그, 극……."

……하지만, 역시 무시키의 손에서는 아무것도 생겨나지 않았다.

그 모습을 본 쿠로에는 한숨을 토했다.

"하긴, 조언을 듣는 것만으로 해낼 수 있다면 아무도 고생하지 않겠죠. 꾸준히 반복 연습을 해나가도록 할까요."

"네…… 죄송해요."

무시키가 미안하다는 투로 그렇게 말하자, 뭔가가 생각난 것처럼 쿠로에의 눈썹이 희미하게 움직였다.

"그 외에는— 그래요. 좀 안이하긴 하지만, 당근을 준비하도록 할까요."

"당근……인가요?"

"네. 중요한 건 포상입니다. 그러면 약간은 의욕이 날지도 모르죠. 예를 들어…… 만약 제2현현을 발현시킨다면, 제가 무시키 씨의 그 어떤 질문에도 딱 한 번만 답해드린다—는 건 어떨까요?"

"아, 해냈어요."

쿠로에가 그 말을 한 다음 순간…….

무시키의 오른손에는 유리처럼 투명한 검 한 자루가, 그리고 머리 위에는 왕관 같은 2획의 계문이 각각 현현됐다.

"……네?"

그것을 본 쿠로에는 눈을 동그랗게 떴다. 그녀는 무시키가 본 적이 거의 없는, 레어한 표정을 짓고 있었다. 카메라를 손에 들고 있지 않은 것이 정말 아쉬웠다.

쿠로에는 한동안 무시키의 검을 뚫어지게 쳐다본 후, 표정을 굳히며 팔짱을 꼈다.

"……혹시나 해서 묻는 겁니다만, 일부러 이러는 건 아니죠?"

"그럴 리가요. 제가 쿠로에에게 거짓말을 할 리가 없잖아요."

"……네, 그렇겠죠."

쿠로에는 납득한 것 같으면서도 왠지 미심쩍은 구석이 있는 듯한 표정을 지으며 고개를 끄덕였다.

"그런데 쿠로에."

"왜 그러시죠?"

"진짜로, 그 어떤 질문에도 답해주나요?"

"아하, 머릿속이 포상 생각으로 가득 차 있나 보군요."

쿠로에는 어처구니없는 것을 넘어 감탄한 듯한 표정으로 그렇게 말하더니, 마음을 다잡듯 한숨을 내쉬었다.

"뭐, 좋습니다. 과정이 어쨌든 간에, 제2현현에 성공한 것은 사실이니까요. —신비를 손에 쥔 느낌이 어떻습니까? 그 검이 어떤 것인지, 자각할 수 있으신가요?"

"사이카 씨가 좋아하는 타입……? 아냐, 선호하는 선물 유형……? 이런 기회는 흔치 않아. 신중하게 골라야만 해……."

"사람 말 좀 들으시죠."

무시키가 진지하게 생각에 잠겨있을 때, 쿠로에는 미간을 찌푸리며 그렇게 말했다.

바로 그 순간이었다.

쿠로에의 옷 호주머니에서, 경쾌한 소리가 흘러나왔다.

"아—."

아무래도 메시지 수신음이었던 것 같았다. 쿠로에가 호주머니에서 스마트폰을 꺼내더니, 화면을 몇 번 터치했다.

"흠…… 송구합니다만, 볼일이 생겼습니다. 오늘은 이쯤에서 끝내도록 하죠."

"어—."

쿠로에가 그렇게 말하자, 무시키는 무심코 숨을 삼켰다. 그에 맞춘 것처럼, 제2현현과 계문이 사라졌다.

"포상은 여전히 유효하니, 그런 표정 짓지 마시길."

꽤나 절망적인 표정이었던 건지, 쿠로에는 어처구니없다는 얼굴로 그렇게 말했다.

"하지만, 시간을 헛되이 할 수는 없습니다. 자율 학습을 게을리하지 말아 주십시오."

"그건 알지만— 구체적으로 어떻게 하면 되죠?"

"수업에 쓰는 태블릿 단말에, 마술 기초에 관한 교과서가 설치되어 있을 겁니다. 그것을 보며 반복 학습을 해주십시오. 그리고—."

쿠로에는 생각에 잠기듯이 검지를 턱에 대며 말을 이었다.

"입장상 적극적으로 권할 수는 없습니다만, 최근에는 MagiTube를 참고하는 학생도 많은 듯합니다."

"마기튜브?"

무시키가 낯선 말을 듣고 고개를 갸웃거리자, 쿠로에는 가볍게 고개를 끄덕이며 말을 이었다.

"그러고 보니 정신없는 나날을 보내느라 애플리케이션에 관한 설명을 아직 해드리지 못했군요. —지금, 스마트폰을 가지고 계십니까?"

"어? 아, 네."

무시키는 고개를 약간 끄덕이더니, 근처에 둔 가방 안에서 스마트폰을 꺼냈다. 무시키가 원래 가지고 있던 것이 아니라, 〈정원〉 편입이 결정된 후에 지급된 단말이다.

평소에는 호주머니에 넣어두지만, 훈련에 방해가 될 거라고 판단해서 가방 안에 넣어뒀다.

"앱 목록을 보시면 MagiTube라는 아이콘이 있지 않습니까? 〈정원〉에서 배포하는 단말에는 기본적으로 설치되어 있을 겁니다만……."

"—아, 있네요. 이런 게 있었군요……."

그러고 보니 자세하게 살펴보지는 않았다. 쓴 거라고는 카메라 정도다.

무시키는 『M』이라는 글자가 디자인된 그 아이콘을 터치했다. 그러자, 그 아이콘을 기점으로 해서 화면이 전개됐다.

『MagiTube』라는 아이콘과 검색창, 그리고 그 밑에는 동영상의 섬네일로 보이는 이미지가 줄지어 표시되어 있었다.

"왠지, 동영상 사이트 같네요."

"그렇습니다. MagiTube. —마술사 전용 동영상 사이트입니다."

"마술사…… 전용?"

무시키가 묻자, 쿠로에는 화면을 들여다보려는 듯이 다가오며 말을 이었다. 그 바람에 가슴이 뛰었지만, 괜히 말했다간 거리를 벌릴 것 같아서 잠자코 있었다.

"그렇습니다. 아시다시피, 마술사는 비밀스러운 존재입니다. 마술과 멸망인자에 관해 대놓고 이야기할 수는 없죠. —하지만 이 정보화 사회에서, 말과 서면만으로 정보 공유를 하는 건 어리석기 그지없는 짓입니다."

그래서, 하고 말한 쿠로에는 화면을 가리켰다.

"마술사만이 이용할 수 있는 WEB 서비스를 만들게 된 겁니다. 서비스 자체는 『일반적』인 동영상 사이트와 다르지 않습니다만, 기밀 사항에 저촉되는 내용이 담긴 동영상의 업로드 및 코멘트 작성이 가능합니다. ─시큐리티 또한 걱정하지 마시길. 운영회사의 주요 스태프는 전원이 마술사죠."

"아하……."

무시키는 화면을 스크롤하면서 감탄한 듯이 그렇게 말했다.

확실히 동영상 섬네일에는 화려한 마법을 쓰거나, 멸망인자로 보이는 괴물이 비친 것이 있었다. 그 안에는 마술의 역사와 해설 및 효과적인 연습법을 다루는 것도 다수 포함되어 있었다.

그제야 아까 쿠로에가 한 말의 의미를 이해했다. 공식적인 것은 아니지만, 동영상으로 보는 편이 직감적으로 이해하기 쉬운 것도 많으리라.

참고로 개인적으로는『주문식 마술만으로 멸망인자를 쓰러뜨려봤다』라는 동영상이 매우 신경 쓰였다. ……대체 어떻게 한 것일까.

"자신에게 맞는 방법을 시행 착오하며 찾는 것도 수련입니다. 문뜩 생각난 아이디어를 시험해 보시는 것도 좋겠죠."

"네. 알았어요."

무시키가 대답하자, 쿠로에는 크게 고개를 끄덕인 후에 「자」 하고 말하며 고개를 들었다.

"—그럼 이쪽으로 오시죠. 중앙 에어리어로 모시겠습니다."

"아, 네."

무시키가 쿠로에를 뒤따르듯 앞뜰의 포장도로를 걸어가고 있을 때였다. 갑자기 뭔가가 생각난 것처럼 쿠로에가 걸음을 멈췄다.

"참, 무시키 씨. 앱 중에는『커넥트』라는 것이 있을 겁니다."

"네? —아, 있네요. 이것 말이죠?"

"그것은 SNS(소셜 네트워크 서비스)라는 겁니다. ID를 교환한 사람끼리, 메시지나 스탬프를 주거받거나 통화가 가능하죠. 물론 그것을 이용해서 마술 관련의 대화를 나눠도 괜찮습니다."

"아, 그렇군요. ……그래도 의외네요. 마술사라면 좀 더 특별한 수단으로 의사소통을 할 거라고 생각했어요."

"수정구슬이나 염화를 이용하는 것보다 훨씬 효율적이니까요. 물론 특별한 이야기를 나누기 위해 이용할 때가 없지는 않습니다만, 일반적인 대화라면 괜히 마력을 소비할 필요 없이 기계를 이용하면 되죠."

"뭐, 그건 그래요."

왠지 전에도 비슷한 대화를 나눴던 것 같은 느낌이 든 무시키는 으음 하고 신음을 흘리며 미간을 살짝 찌푸렸다.

"그런데, 그 앱이 어쨌다는 건데요?"

"ID를 교환해두죠. 앞으로는 이제까지처럼 항상 곁을 지키지는 못할 거라고 생각하니까요."

"—네?!"

무시키는 그 뜻밖의 말을 듣고 새된 목소리로 그렇게 외쳤다.

"왜 그러시죠? 무슨 문제라도 있습니까?"

"아, 그런 건 아닌데요. 하지만…… 괘, 괜찮을까요?"

"앞으로는 따로 행동하는 일이 많을 테니, 연락 수단이 많을수록 좋을 겁니다."

"그, 그렇겠죠? 그럼 외람되지만……."

무시키는 희미하게 떨리는 손으로 스마트폰을 조작하더니, 지정된 앱을 켜서 쿠로에의 화면에 표시된 QR코드를 인식했다.

그러자 경쾌한 효과음과 함께, 화면에 『카라스마 쿠로에』라는 ID가 표시됐다.

그리고 그와 동시에 『친구 추가』라는 버튼이 나타났다.

"흐응……!"

"기괴한 소리를 내지 말아주십시오. 대체 왜 그러시는 겁니까?"

"아니…… 허를 찔려서 놀랐을 뿐이에요. 부디, 친구로 시작하게 해주세요."

"표현에 문제가 있군요."

쿠로에는 도끼눈을 뜨며 그렇게 말했다.

무시키는 만감이 교차하는 마음으로 『친구 추가』 버튼을 터치했다.

"내, 내 스마트폰 안에…… 사이카 씨의 정보가……."

무의식적으로 흘린 뜨거운 눈물이 볼을 타고 흘러내리는 가운데, 무시키는 스마트폰을 꼭 끌어안았다.

"이제…… 여한이…… 없어요……."

"인생의 장벽이 너무 낮은 것 아닙니까?"

쿠로에는 한숨을 내쉬며 그렇게 말하더니, 스마트폰을 호주머니에 집어넣었다.

―무시키와 헤어지고 약 10분 후.

"……."

쿠로에는 〈정원〉 대도서관의 엘리베이터 안에서 꼿꼿이 서 있었다.

그 엘리베이터에 탄 사람은 쿠로에뿐이었다. 하지만 쿠로에는 『카라스마 쿠로에』를 계속 연기하고 있었다. 빈틈이란 것은 의식의 사각지대에 숨어 있으며, 방심과 과신은 그 범위를 넓힌다고 인식하고 있기 때문이다.

『쿠로에』가 『사이카』로 돌아가는 것은, 그 사실을 아는 무시키의 앞에서만이면 된다. 그 이외의 장소에서는 철저하게 『쿠로에』의 가면을 쓰고 있을 필요가 있다고 그녀는 생각했다.

뭐, 이런 생각을 무시키에게 말해줬다간 그가 지나치게 감격할 것 같기에, 그의 앞에서는 말하지 않지만 말이다.

그런 생각을 하는 사이, 엘리베이터가 목적지에 도착했다. 경쾌한 소리가 나는 것과 동시에, 문이 천천히 열렸다.

이곳은 지하 20층. 특별한 허가를 받은 이만이 출입할 수 있는— 아니, 존재 자체가 은폐되고 있는, 〈정원〉 대도서관의 최하층이다.

통칭, 봉인 구역. 위험한 물질과 생물에 봉인 처리를 한 후, 보관해두는 장소다.

쿠로에는 치맛자락이 지나치게 휘날리지 않도록 조용히 걸음을 옮기더니, 어둑어둑한 복도를 지나서 탁 트인 공간에 도착했다.

벽을 가득 채운 마술 문자와, 중후한 느낌의 금속제 문. 도서관에 있는 방이라기보다는 어떤 의식을 치르는 제단, 혹은 은행의 거대 금고 같은 인상이었다.

"—기다리게 해서 죄송합니다, 기사 엘루카."

쿠로에는 그곳에 먼저 와 있던 이의 이름을 부르며, 공손히 예를 표했다.

"음?"

이름을 불린 마술사는 뜻밖이라는 표정을 지으면서 뒤돌아봤다.

속옷 같은 느낌의 가벼운 옷차림 위에 끝자락이 긴 흰색 가운을 걸친, 조그마한 체구의 소녀였다. 고양이 털 같은 풍성한 머리카락을, 인상적인 문양이 그려진 머리 장식으로 정돈했다.

나이는 많이 쳐줘도 10대 초일까. 적어도 이런 중요한 구역에 발을 들여도 될 나이로는 보이지 않았다.

하지만 마술사에게 있어서 외견적인 나이는 별다른 의미를 지니지 않는다. 사실 그녀는 〈정원〉 안에서 사이카 다음가는 최고참인 것이다.

엘루카 프레에라. 〈정원〉 의료부의 책임자이자, 〈기사단〉의 일원이다.

"그대는— 쿠로에라고 했던가. 내가 이곳으로 부른 사람은 사이카인데 말이지……."

"네. 사이카 님께서는 바쁘신지라, 저에게 이 건을 처리하라 명하셨습니다."

쿠로에는 짤막하게 답했다. 사이카의 모습을 한 무시키를 데려온다면 귀찮은 일을 줄일 수 있겠지만, 이 봉인 구역은 존재를 인식하기만 해도 정신적으로 대미지를 입을 수 있는 것도 보관되어 있다. 그래서 엘루카의 용건이 어떤 내용인지 확실하지 않은 상황에서 무시키를 이곳으로 데려오는 것은 위험하다고 판단한 것이다.

"흠……."

엘루카는 마치 값을 매기는 듯한 눈길로 쿠로에를 꼼꼼히 살펴보더니, 이윽고 한숨을 내쉬었다.

“뭐, 좋다. 사이카가 『이곳』에의 출입을 허락했다는 사실이, 그대에게 자격이 있다는 더할 나위 없는 증거겠지. 나는 용건만 사이카에게 전달된다면 딱히 불만은 없느니라.”

“황송합니다.”

쿠로에는 눈을 내리깔면서 정중히 예를 표했다.

엘루카는 〈정원〉의 마술사 중에서도 고참 중의 고참이지만, 이런 일에 있어서 유연하게 대응해줄 수 있는 도량을 지닌 인간이었다. 거꾸로 말하자면 그런 사람이 아니라면, 사이카와 수백 년에 걸쳐 교우 관계를 유지하는 건 어려운 것이다.

“그런데 기사 엘루카. 용건은 대체 무엇입니까?”

“그래. —사이카에게 이 건을 일임받았다는 건, 『이곳』이 어떤 장소인지 알고 있는 것으로 여겨도 될 테지?”

“네.”

쿠로에가 그리 답하자, 엘루카는 작게 고개를 끄덕이면서, 벽 쪽에 설치된 콘솔 같은 것을 만졌다.

그러자, 화면이 몇 개의 문자열이 표시되더니, 스피커에서 소녀의 목소리가 흘러나왔다.

『—네~. 누구신가요?』

“엘루카니라. **언니**, 보관물 O-08를 열람시켜다오.”

엘루카가 기묘한 호칭을 입에 담았다.

하지만 통과 상대가 엘루카의 친언니인 것은 아니다. **이곳**의 관리자에게 좀 특이한 면이 있는 것뿐이다.

『아, 엘. 수고 많아요. 보관물 O-08은 최고 엄중 봉인물이에요. 열람에는 위험이 동반될 가능성이 있는데, 괜찮겠어요?』

"괜찮으니라."

『라저~예요.』

그 음성과 함께 벽에 새겨진 문자가 어렴풋한 빛을 띠더니, 방 가장 안쪽에 있는 금속제 문이 천천히 열렸다.

"O-08—."

쿠로에는 그 모습을 보면서 미간을 살짝 찌푸렸다.

그 관리 넘버는 물론 기억하고 있다. 이 지하 봉인 구역에 있는 것 중에서도 『최악』으로 꼽힐 수 있는 것 중 하나다. 대체 엘루카는 왜 그런 것을—.

"—아니."

문 안쪽에서 거대하고 투명한 봉인정(封印晶)이 모습을 드러냈다. —마술에 의해 정제된, 마도물질 봉인용 인공 광물이다.

문제는, 그 안에 들어있는 것이다.

엘루카의 덩치만 한, 거대한 심장.

그것이, 희미하게 뛰고 있었다.

“〈우로보로스〉의 심장이, 움직여……?”

쿠로에가 전율이 묻어나는 목소리로 그렇게 말하자, 엘루카는 팔짱을 끼며 고개를 끄덕였다.

“그러하니라. 멸망인자 008호: 〈우로보로스〉— 과거에 사이카가 타도한, 열두 개의 신화급(마이솔로지아) 멸망인자 중 하나지.”

—멸망인자.

약 300시간에 한 번 출현하는, 『이 세상을 멸망시킬 존재』의 총칭.

위험도에 따라 재해급, 전쟁급, 붕괴급, 환상급으로 랭크가 나뉘며, 거기에 맞춘 클래스의 마술사들이 대응하는 것이 기본이다.

하지만 과거 500년 동안, 최고위인 환상급을 아득히 능가하는 위험도를 자랑하는 멸망인자가 열두 번 확인됐다.

그것이, 신화급 멸망인자.

쿠오자키 사이카만이 타도할 수 있다고 여겨지는, 전설적인 위협이다.

이곳에 봉인된 것은 그중 하나인 〈우로보로스〉의 일부다.

“……사이카가 타도한 〈우로보로스〉의 몸이 이렇게 남아 있는 이유는 하나지. 〈우로보로스〉가 『불사』의 권능을 지닌 멸망인자이기 때문이니라.”

엘루카가 희미하게 뛰고 있는 〈우로보로스〉의 심장을 쳐다보며, 설명하듯 말을 이었다.

어쩌면 쿠로에가 사이카에게 어디까지 이야기를 들었는지 모르기 때문에, 배려해주고 있는 걸지도 모른다. 그 뜻을 헤아린 것처럼, 쿠로에는 고개를 끄덕였다.

"……네. 이야기는 들었습니다. 사이카 님의 술식으로도 유일하게 **완전히 죽이지 못한** 괴물. 육체 재생을 막기 위해, 몸을 24개로 나눠서 봉인한 후에 세계 각지에 보관하고 있다고—."

"그러하니라. 하지만, 오랫동안 가사 상태였던 『심장』이 보다시피 뛰기 시작했느니라. 대체 무슨 일이 일어난 건지는 모르겠지만— 범상치 않은 상태인 건 틀림없지."

"……."

엘루카가 그렇게 말하자, 쿠로에는 입술을 깨물었다.

그 원인이, 짐작됐기 때문이다.

그렇다. —바로, 사이카의 죽음이다.

쿠오자키 사이카는 지금으로부터 약 한 달 전에 빈사의 중상을 입었고, 우연히 그 자리에 나타난 쿠가 무시키와 융합하고 말았다.

사이카의 술식을 지닌 육체 안에는 무시키가 깃들었으며, 사이카의 혼은 인조인간(호문쿨루스) 의해인 쿠로에에게 깃들었다.

그러니 이 세상에는 몸과 혼을 갖춘 완전한 『쿠오자키 사이카』는 존재하지 않는 것이다.

사이카가 건 봉인에 문제가 생기는 것도, 무리는 아니었다.

"—사태는 파악했습니다. 즉시 사이카 님께 말씀 드린 후, 다시 봉인하겠습니다. 그와 병행해, 다른 봉인 장소에도 확인을 요청하죠."

"음, 부탁하마."

"……네. 만약 지금 저 멸망인자가 완전한 상태로 깨어난다면, 맞설 방법이 없을 테니까요."

쿠로에가 혼잣말을 하듯 그렇게 중얼거리자, 엘루카는 의아하다는 듯이 고개를 갸웃거렸다.

"……음? 이상한 소리를 하는구나. 확실히 특급 위기이긴 하다만, 사이카에게 패배한 적이지 않느냐."

"……그랬죠. 하지만 요즘 들어 사이카 님의 실력이 좀 녹슨 듯한지라……."

진실을 전할 수는 없지만, 『최악의 사태가 벌어지더라도 사이카가 있다』라고 여겨지는 건 좋지 않다. 쿠로에는 잠시 고민한 후, 절충안 삼아서 농담하듯 그렇게 말했다.

그러자 엘루카는 미소 지으며 어깨를 으쓱했다.

"하하. 그래, 그건 심각한 사태구나. —아무튼, 세심한 주의를 기울이며 대응해야만 하겠지."

"……네. 그렇습니다."

쿠로에는 볼을 타고 흐르는 땀을 감추며 고개를 끄덕였다.

◇

쿠로에와 헤어지고 얼마 후.

무시키는 중앙 학사의 뒤편에 있는 벤치에 앉아서, 마술사 전문 동영상 사이트『MagiTube』의 영상을 보고 있었다.

쿠로에의 조언대로 영상을 유효 활용하려면, 우선 이 사이트의 이용법과 경향을 파악해둬야 한다고 생각한 것이다.

"흐음……."

보아하니 사이트 자체는 일반적인 동영상 사이트와 큰 차이가 없는 것 같았다. 동영상의 섬네일이 줄지어 배치되어 있고, 각각의 제목과 재생 시간, 재생수가 표시되어 있다.

일단 시험 삼아 영상을 볼까 해서 메뉴를 통해 인기 랭킹을 펼쳤다. 그러자 1위부터 순서대로, 동영상 일람이 표시됐다.

"어?"

바로 그때, 눈치챘다.

주간 랭킹 1위, 2위, 3위인 영상이 전부 같은 투고자가 올린 것이었다.

"쿠라라 채널……."

아무래도 상당히 인기 있는 채널 같았다. 스트리머 랭킹을 봐도, 2위 이하와 압도적으로 차이를 벌리면서 1위를 차지하고 있었다. 그중에는 100만 번 넘게 재생된 영상도 드문드문 보였다. 이 세상에 마술사가 얼마나 있는지는 모르지만, 유저가 한정된 상황에서 이 숫자는 경이적일 것이다.

쿠로에의 말에 따르면, 마술 학습의 보조 삼아 동영상을 이용하는 학생도 많다고 한다. 이렇게 많은 지지를 받는 것을 보면, 매우 알기 쉽게 마술을 해설해주거나 획기적인 연습법을 소개해주는 것이리라. 무시키는 부푼 기대를 안고 1위 영상을 터치했다.

『—얏삐~! 쿠라라 채널 시간이에요~. 쿠라라메이트 여러분. 오늘도 이 몸의 매력에 어질어질하고 있어~?』

동영상이 재생됐다. 스트리머로 보이는 소녀가 경쾌하면서도 경박하게 인사를 했다.

얼굴을 마스크로 가렸고, 귀에 온갖 피어스와 이어 커프스를 한 화려한 인상의 소녀였다. 이름은 채널명과 같은 『쿠라라』인 것 같았다. 꽤 과장된 몸짓을 취하면서, 시청자에게 말을 걸듯이 이야기를 이어갔다.

『실은 말이죠~. 이 몸이 얼마 전에 평범한 동영상 사이트를 봤거든요? 「밖」의 동영상 사이트요. 아무나 볼 수 있는 거. 그랬더니, 「슬라임 목욕을 해 봤다」 같은 영상이 있더라고요. 가만히 봤더니, 욕조 안에 흐물흐물하는 장난감을 가득 넣어놓고, 그 안에 들어가서 와아~ 꺄아~ 하더라고요. —아니, 잠깐만. 지금 뭐 하는 거야. 그게 무슨 슬라임이냐고~.』

바로 그때, 화면이 바뀌었다.

『그런고로, 연금 전공의 선붸~를 졸라서 만들어봤어요. 이게 바로 진짜, 정말, 진 슬라임 목욕임다!』

그렇게 말한 쿠라라는 뒤편에 있던 욕조를 손가락으로 가리켰다.

—꿈틀거리는 젤라틴 같은『무언가』가 가득 들어있는 욕조를 말이다.

딱 봐도, 평범한 물질이 아니었다. 가장자리의 물결 또한 자연 현상과는 거리가 멀었으며, 마치 먹이를 갈구하는 무척추동물 같은 움직임 같았다. 귀를 기울이자, 새된 비명소리 같은 것도 들려오는 것 같았다.

『휘유~ 역시 진짜는 느낌이 다르네요. 너무 강력하면 멸망인자로 지정되기 때문에, 파워를 꽤 줄여달라고 하긴 했는데…….』

볼을 타고 땀이 흘러내린 쿠라라는 입가를 일그러뜨렸다.

『그래도! 이 몸이 이딴 것에 겁먹을 리가 없잖아요! —우오오오오오! 이게 진정한「슬라임 목욕을 해 봤다」예요오오오오!』

쿠라라는 기합으로 가득 찬 목소리로 그렇게 외치더니, 그대로 슬라임이 잔뜩 들어있는 욕조에 다이빙했다.

첨벙~, 소리와 함께 젤라틴 상태의 물질이 격렬하게 물결치더니, 욕조 밖으로 튀어나왔다. 하지만 한 방울도 바닥에 떨어지지 않더니, 다시 욕조 안으로 되돌아갔다.

그리고 욕조 안에 침입한 이물질— 쿠라라의 몸을 감싸듯, 사방팔방에서 휘감았다.

『우읍……! 푸앗— 꼬르르르륵……?!』

쿠라라가 괴로운 듯한 목소리를 내며 버둥거렸다. 욕조 안에서, 그녀의 손발이 보였다가 보이지 않기를 반복했다.

『…….』

이윽고 그런 목소리도 들리지 않게 되더니, 한동안 침묵이 이어졌다.

하지만—.

『—푸하앗!』

무시키가 진심으로 걱정하기 시작한 타이밍에, 욕조 안에서 젤라틴 범벅이 된 쿠라라가 떠올랐다.

『하아……, 하아……! 조, 좀 위험했네요……. 괴로운 정도를 넘어서 안식을 얻을 뻔했어요……. 삼도천은 이렇게 끈적끈적한 강이었어요? 그, 그래도, 진짜 슬라임 목욕을 공략해냈다고요. 어때요? 이게 바로 마술사의 의지—.』

쿠라라가 의기양양하게 말을 이으려 할 때, 그녀가 입은 옷이 타들어 가듯 허물어지기 시작했다.

『우갸아아아—?! 소화되고 있네요오오오오오?!』

쿠라라가 절규를 토하면서 손발을 버둥거렸다. 그 움직임에 맞춰, 그녀의 새하얀 피부가 점점 드러나고 있었다.

참고로 그 타이밍에 『※옷만 녹이는 슬라임을 이용했습니다』라는 주의 사항이 화면에 표시됐다. ……잘 모르겠지만, 마술사 전문 사이트에는 마술사 전문 사이트 나름의 규정이 있는 걸지도 모른다.

그 후에 한동안 화면이 어둡더니, 겨우겨우 욕조에서 벗어난 쿠라라가 어깨를 들썩이는 모습이 나왔다. 참고로 입고 있던 옷은 대부분 녹았으며, 미리 안에 입고 있던 수영복 차림이 됐다.

『하아, 하아…… 위험했네요. 소화 안 되는 수영복을 우연히 안에 입고 있지 않았다면, 또 모자이크 처리를 해야 할 뻔했어요. —그럼 여러분도 슬라임 목욕을 할 때는 옷의 소재를 신경 쓰세요. 특히 팬티를요. 진짜로요. 자칫하면 앞뒤로 마구 들어오거든요. 남자도 마찬가지예요! 남자도 구멍이 있거든요?! 그럼 이만, 쿠라라였습니다~.』

—그렇게, 영상은 종료됐다.

"……."

무시키는 곤혹스러운 표정을 지으며 이마를 손으로 짚었다.

……아니, 확실히 마술사 특유의 영상이기는 했다. 저런 생물은 『밖』에서 본 적이 없다.

하지만 아무리 기다려도, 무시키가 기대했던 마술 사용법이나 습득법에 관한 정보는 나오지 않았다.

"으음…… 이건……."

"—느와아아아아아아아아아아아아아앗?!"

바로 그때였다.

"……윽!"

그 순간, 갑자기 쿠라라의 목소리가 들려온 탓에 무시키는 무심코 눈을 치켜떴다.

혹시 영상이 더 이어지는 걸까, 하고 생각한 무시키는 급히 스마트폰의 화면을 쳐다봤다. 하지만 화면에는 다음 추천 영상이 표시되어 있었다. 역시 영상은 이미 끝이 난 것이다.

하지만, 방금 목소리는 분명—.

"어……?!"

바로 그때, 무시키는 숨을 삼켰다.

하지만, 그러는 게 당연했다.

느닷없이 하늘에서— 인간이 내려왔으니 말이다.

"으—, 끄으으으윽……?!"

무시키는 반사적으로 양손을 앞으로 내밀어서, 그 인물을 받았다.

그 순간, 묵직한 무게감이 무시키의 두 팔에, 어깨에, 그리고 허리에 가해졌다.

그렇게 체구가 큰 편이 아니지만, 낙하 기세가 가미된 탓인지 상상했던 것보다 큰 충격이 무시키에게 가해졌다.

겨우겨우 받아내기는 했지만, 무시키는 꼼짝달싹할 수가 없었다.

……〈정원〉의 실습수업에서 기초 훈련을 받지 않았다면 그대로 압사했을 게 틀림없으니, 그나마 다행이라고 할 수 있겠지만 말이다.

"아야야야…… 실패, 실패~ 어."

낙하한 사람은 눈을 몇 번 깜빡이더니, 곧 자신의 현재 상황을 파악한 것처럼 눈을 동그랗게 떴다.

"우와아아아아! 공주님 안기예요~! 맙소사~! 이게 말이 돼~?!"

그리고, 흥분한 듯이 눈을 깜빡이면서 발을 버둥거렸다.

그때마다, 이미 한계에 도달한 무시키의 허리와 손발의 힘줄이 비명을 질러댔다.

"아니…… 저기…… 일단…… 내려와……."

무시키가 진땀으로 범벅이 된 얼굴로 신음하듯 그렇게 말하자, 그 소녀는「아, 미안해요~」하고 가볍게 말하면서 지면에 내려섰다.

"후유…… 하아…… 윽—."

몸에 가해지던 부담이 사라지자, 그제야 부자연스럽게 굳어 있던 몸이 움직이게 됐다. 무시키는 그대로 철퍼덕하고 지면에 엉덩방아를 찧었다.

그러자 하늘에서 내려온 소녀가 그런 무시키의 얼굴을

걱정스레 쳐다봤다.

"아……. 오빠~, 괜찮아요?"

"아…… 으, 응. 너야말로…… 다친 데는 없어?"

"네! 덕분에 완전 멀쩡해요!"

힘찬 목소리로 그렇게 말한 소녀는 경례 자세를 취했다. 무시키는 일단 그 대답을 듣고 안도하더니, 쓴웃음을 머금었다.

"……어?"

바로 그때, 무시키의 눈썹이 희미하게 움직였다.

아까까지는 너무 필사적이라서 신경 쓸 여유가 없었던 무시키가 다시 소녀의 외모를 살펴보니, 불가사의한 감각이 그의 뇌리를 스친 것이다.

화려한 색깔로 이루어진 머리카락을 두 갈래로 나눠 묶은, 무시키와 비슷한 또래로 보이는 소녀다. 가장자리가 살짝 치켜 올라간 두 눈과, 인상적인 화장. 귀에 한 여러 개의 피어스와 이어 커프스가 잘그락거리고 있었다. 귀에 마스크를 걸고 있지만, 얼굴을 가리고 사과하는 건 무례하다고 생각한 건지 본체 부분은 턱에 걸고 있었다. 훤히 드러난 예쁜 입술의 틈새에서, 뾰족한 송곳니가 모습을 보였다.

……솔직히 말해, 목 아래만 해도 정보량이 너무 많았다. 계속 쳐다봤다간 과다한 정보량 탓에 어지러울 듯한 소녀였다.

하지만 무시키의 뇌리를 스친 것은, 그런 인상적인 외모에 대한 위화감이 아니었다.

굳이 따지자면— 데자뷔라고 할까. 분명 초면인데, 어디서 본 적이 있는 듯한 느낌이 엄습했다.

“어라~? 오빠~, 왜 그래요? 되게 뚫어지게 쳐다보네요. 혹시 이 몸의 매력에 어질어질한 거예요?”

무시키가 아무 말 없이 소녀를 응시하자, 그녀는 장난스러운 미소를 머금으며 그렇게 말했다.

“……아!”

그 표정, 그리고 독특한 일인칭을 접한 무시키는 깜짝 놀라며 눈을 치켜떴다.

“……쿠라라?”

반쯤 무의식적으로, 그 이름이 무시키의 입술 사이에서 흘러나왔다.

그렇다. 틀림없다. 저 특징은 무시키가 방금 본 동영상의 투고자— 쿠라라 채널의 쿠라라와 똑같았다.

“네, 쿠라라예요. 이 몸을 아나 보네요.”

소녀가 어리둥절한 표정으로 그렇게 말했을 때였다. 마치 거기에 맞추기라도 한 것처럼, 벤치에 놓여 있던 무시키의 스마트폰에서 목소리가 흘러나왔다.

『—묘와아아아앗?! 이, 이 빛으으으으은!』

아무래도 오랫동안 조작을 하지 않은 탓에, 자동적으로

다음 추천 영상이 재생된 것 같았다. 화면에는 화려한 리액션을 선보이는 쿠라라가 나오고 있었다. 참고로 그 영상의 제목은『마술사 전용 옥션 사이트에서 전설의 성검을 사 봤다』였다.

그것을 본 건지, 소녀의 눈이 찬란히 빛났다.

"우와, 맙소사~! 이 몸의 영상이잖아! 어?! 오빠가 혹시 이 몸의 영상을 보고 있을 때, 하늘에서 이 몸이 내려온 거야?! 그런 일 있을 수 있어?! 완전 운명이네! 애니를 너무 본 거 아냐?!"

그리고 하늘을 찌르는 듯한 목소리로 그렇게 외쳤다.

기적적인 확률이라는 것에는 동의하지 않을 수 없지만, 애니를 너무 본 것이 원인인지에 대해서는 무시키가 알 수 없었다.

"아니…… 영상 촬영 중에 추락했는데 이렇게 슈퍼 레어한 분과 만나다니, 인간만사 새옹지아머~네요."

소녀는 감회에 젖은 목소리로 그렇게 중얼거렸다.

마지막 말은 이해가 안 됐지만, 그것보다 신경 쓰이는 점이 있었던 무시키는 볼을 긁적거리며 물었다.

"촬영 중이라니…… 대체 어떤 영상을 찍고 있었던 거야?"

"『왕초보가 학원 옥상에서 프리 러닝을 해 봤다』."

"만용……."

무시키가 인상을 쓰면서 그렇게 말하자, 소녀는 아무렇

지도 않게 웃음을 흘렸다.

“아하하. 뭐, 여기서라면 만약 다치더라도 의료 마술사가 어떻게든 해주겠지~ 하고 생각했거든요. 게다가 스릴 넘치는 영상은 반응이 좋다고요. 쌍방울이 쪼그라드는 느낌이랄까요? 뭐, 유감스럽게도 이 몸은 쌍방울이 없어서 잘 모르겠지만요.”

그렇게 말한 후에 한참을 웃은 후…….

“뭐, 아무튼 덕분에 목숨을 건졌어요. ―쿠라라, 토키시마 쿠라라예요. 잘 부탁해요.”

그렇게 말한 소녀― 쿠라라는 손을 내밀었다.

무시키는 약간 얼이 나간 채, 그 손을 움켜잡았다.

“쿠가 무시키야. 잘 부탁해.”

“……어어?”

무시키가 자기소개를 하자, 쿠라라는 약간 위화감을 느낀 것처럼 미간을 살짝 찌푸렸다.

“쿠가 무시키라면, 설마 그 쿠가 무시키예요?”

“……어? 어느 쿠가 무시키를 말하는 거야?”

“아니, 그런 건 됐거든요? ……어? 진짜예요? 농담 아니고요?”

“하아…… 일단, 평생을 쿠가 무시키로 살아오긴 했는데…….”

무시키가 영문을 모르는 상태에서 그렇게 대답하자, 쿠

라라는 갑자기 잡고 있던 손을 확 잡아당겼다.

"쿠가 무시키! 완전 유명한 사람이잖아요! 어?! 이런 우연, 말이 돼요?! 잠깐, 촬영해도 돼요~? 우와~! 맙소사~! 이래서야 짠 걸로 의심받겠네요~!"

"어? 어어……?"

쿠라라가 갑자기 말을 쏟아내지, 무시키는 무심코 눈을 치켜떴다. 대체 그녀가 왜 이렇게 흥분한 건지, 전혀 짐작조차 되지 않았다.

무시키가 당혹스러워하고 있을 때—.

"이이이이이이잇—!!"

머나먼 곳에서, 땅을 뒤흔드는 듯한 발소리와 함께 새된 고함이 들려왔다.

"……어?"

"오요~?"

아무래도 쿠라라도 그것을 들었는지, 의아한 표정을 지으며 무시키와 시선을 마주했다. 본인은 무의식적으로 그런 걸지도 모르지만, 표정과 행동이 매우 작위적이었다.

"무시키이이이잇—!"

"어? 나?"

그 목소리가 자신을 부르고 있다는 것을 인식했을 때, 목소리의 주인은 엄청난 흙먼지를 일으키며 눈앞에 도착했다.

엄청난 속도로 달려온 소녀는 끼익~ 하고 브레이크를 걸듯 다리에 힘을 주더니, 그 자리에서 멈춰 섰다. 두 갈래로 나눠 묶은 긴 머리카락이 그 움직임에 맞춰서 격렬하게 흩날렸다.

"……루리?"

그 모습을 본 무시키가 무심코 그렇게 말했다.

그렇다. 이 자리에 나타난 이는 무시키의 클래스메이트이자 여동생인 후야죠 루리였다.

일전에 어떤 사건에 휘말려 중상을 입었지만 〈정원〉의 료부의 치료 덕분에 이제는 자유롭게 움직일 수 있을 만큼 회복됐다. 예전보다 더 기운이 넘쳐 보일 정도였다.

"—드디어 찾았어! 무시키, 대체 무슨 속셈이야?! 제대로 설명해줘!"

루리는 흥분이 가시지 않은 듯이 몸을 쑥 내밀더니, 그대로 무시키의 멱살을 움켜쥐며 마구 흔들어댔다.

"지, 진정해. 대체 뭐가 뭔지……."

"……어?"

무시키가 떨리는 목소리로 그렇게 말하자, 루리는 의아하다는 듯이 미간을 살짝 찌푸렸다.

아무래도 무시키의 옆에 소녀가 있으며, 그녀와 손을 맞잡고 있다는 사실을 눈치챈 것 같았다.

"아니—."

루리의 얼굴이 더 큰 경악과 분노로 물들었다.

"딱 봐도 지뢰 같은 이 여자는 뭐야?! 대체 여기서 뭐 하고 있었던 건데?!"

"—휘유~. 마음속으로 그렇게 생각했더라도 그걸 면전에서 말하다니, 쿨하네요."

쿠라라는 약간 감탄한 것처럼 휘파람을 불었다.

그리고 뭔가를 눈치챈 건지, 유감스럽다는 듯이 한숨을 내쉬었다.

"아…… 혹시 여친 분이세요? 첫~. 하긴, 없을 리가 없죠~."

"여, 여여여여, 여친?!"

쿠라라가 아쉽다는 투로 그렇게 말하자, 루리는 얼굴을 새빨갛게 붉혔다.

"잠깐만, 무시키! 대체 나를 뭐라고 설명한 거야?!"

그리고 아까보다 더 강렬하게 무시키를 흔들어댔다. 하지만 아까보다 조금 기뻐 보이는 눈치였다.

"아, 아무 말도 안 했는데……."

"그럼 왜— 여여여여, 여친이란 소리가 나온 건데! 농담하지 마! 나와 무시키는 남매일 뿐, 그런 부도덕한—."

"어? 남매~? 여동생분이에요?!"

루리가 그렇게 말하자, 쿠라라의 표정이 환해졌다.

"뭐야~, 그랬군요~. 참 잘 어울려서, 여친분이 분명하다고 생각했어요. 이 몸은 덜렁이라니까요."

"뭐……! 이이이이, 이 애가 무슨 소리를 하는 거야……! 바보 같은 소리 마! 누가 여친이라는 거야~! 아까 지뢰녀라고 해서 미안해! 주스 마실래?"

루리는 얼굴을 새빨갛게 붉히며 고함을 질렀다. 참고로 무시키의 멱살을 잡고 흔드는 팔의 속도는 도로를 다지는 전동 다짐기 수준에 도달해 있었다. 옆에서 본다면 무시키의 머리가 남기는 잔상이 보일 지경이었다.

"무시키 씨도 참~. 이렇게 귀여운 여동생분이 있으면 빨리 말해달라고요~. 어라? 무시키 씨? 여보세~요? 이 몸의 목소리가 들려요~?"

"그, 그런 건…… 됐으니까…… 이것 좀…… 멈춰줘……."

쿠라라가 느긋한 어조로 그렇게 묻자, 무시키는 시야가 마구 흔들리는 상태에서 더듬더듬 그렇게 말했다. 그러자 쿠라라는 뭔가를 생각하는 듯한 시늉을 하며 말했다.

"으음~, 그게 말이죠. 여동생분을 말리려면, 이 몸도 팔 하나 정도는 잃을 각오를 해야겠거든요. 성공하면 상을 줄 거예요?"

"아, 알았으니까…… 빨리……."

"오케이~, 알았어요."

쿠라라는 윙크를 하면서 피스 사인을 날리더니, 슬쩍 루리의 등 뒤로 이동한 후—.

"우물~."

그대로, 주저 없이 루리의 귓불을 상냥히 깨물었다.

"히익……?!"

루리는 화들짝 놀라면서 몸을 부르르 떨더니, 무시키의 멱살을 놨다.

"다, 다다다다, 당신, 뭐 하는 거야?!"

"이야, 귀여운 귓불이 눈에 들어와서 무심코……."

"바, 바보 아냐?!"

루리는 깨물린 귀를 손으로 감싸며 뒷걸음질을 쳤다.

무시키는 한동안 머리를 흔들어대더니, 그대로 지면에 철퍼덕 주저앉았다.

"으음…… 루리. 그런데…… 나한테 무슨 볼일이야……?"

무시키가 묻자, 용건을 떠올린 듯한 루리의 눈썹이 희미하게 떨렸다.

"……큭. 맞아……. 만사를 제쳐두고 우선 이것부터야!"

그렇게 말한 루리는 호주머니에서 스마트폰을 꺼내더니, 그 화면을 무시키 쪽으로 쑥 내밀었다.

무시키는 머리를 짚어서 어찌어찌 멀미가 가라앉힌 후, 그 화면을 쳐다봤다.

화면에 표시된 것은 〈정원〉의 공식 사이트였다. 아무래도 동영상 사이트와 SNS뿐만 아니라 그런 것도 있는 듯했다.

"이건…… 교류전의 안내 기사……? 이게 어쨌다는 거야?"

그것은 얼마 전에 무시키가 인증했던, 〈그림자의 누각〉과의 교류전에 관한 기사였다.

바로 그때, 〈정원〉의 대표 학생이 결정됐다는 내용이 담겨 있다는 사실을 눈치챘다. 교류전 직전에 발표된다고 들었는데— 잘 생각해 보니, 교류전을 이틀 앞둔 오늘은 충분히 『직전』의 범주에 들어간다는 생각이 들었다.

3학년 모에기 호노카.

3학년 시노즈카 토우야.

3학년 엔도 료우지.

2학년 후야죠 루리—.

"—아, 루리가 들어있네."

"어?"

무시키가 그렇게 말하자, 루리는 뜻밖이라는 듯이 눈을 동그랗게 떴다.

자신이 대표로 뽑힌 것을 몰랐던 것이 아니라, 무시키가 그것을 언급했다는 점에 놀란 것 같았다.

"역시 대단해. 루리라면 분명 뽑힐 거라고 생각했어."

"어…… 아니, 그건, 그러니까…… 우후후…… 뭐, 운이 좋았달까……."

루리가 멋쩍은 듯이 볼을 붉히자, 무시키는 고개를 저었다.

"겸손할 필요 없어. 루리가 실력으로 이뤄낸 결과잖아. 역시 루리는 대단해. 당일에는 온 힘을 다해 응원할게!"

"따, 딱히 너를 위해 싸우는 건 아니지만…… 뭐, 좋을 대로 해!"

"응. 힘내, 루리!"

무시키가 환한 목소리로 그렇게 말하자, 「흐…… 흥!」 하며 빨개진 얼굴을 돌린 루리는 그대로 어딘가로 걸어갔다.

하지만 몇 초 후, 뭔가가 생각난 것처럼 어깨를 부르르 떤 루리는 다시 무시키의 앞으로 돌아왔다.

"—아니, 왜 멋대로 이야기를 끝내는 거야?!"

"어? 아…… 미안해."

딱히 이야기를 끝낼 생각은 없었다고나 할까, 이 자리를 벗어나려고 한 사람은 루리지만…… 그런 의미에서 한 말이 아닐 거라고 생각한 무시키는 순순히 사과했다. 뒤편에서는 쿠라라가 그런 두 사람을 보면서 재미있다는 듯이 웃고 있었다.

"아하하, 참 재미있는 여동생분이네요~."

루리는 그런 쿠라라를 확 노려봐준 후, 다시 스마트폰 화면을 무시키에게 보여줬다.

"그 아래를 보란 말이야! 대체 무슨 짓을 한 거야?!"

"그 아래……?"

무시키는 그 말을 듣고 다시 기사를 읽었다.

"—어?"

그리고 그 문구를 발견하고— 무시키는 눈을 동그랗게

떴다.

하지만, 그러는 것도 당연했다.

왜냐하면, 〈정원〉 대표 학생 일람의 가장 마지막 줄에—.

『쿠가 무시키』란 이름이, 똑똑히 실려 있었으니 말이다.

"아……, 어? 어라……?"

그 말의 의미를 이해 못 한 무시키의 머릿속은 물음표로 가득 찼다. 하지만 루리는 기세가 꺾이지 않은 것처럼 계속 말을 쏟아냈다.

"교류전 대표는 다섯 명— 〈정원〉에서 고르고 고른 정예들만 뽑혀. 그런데 왜 편입한 지 얼마 안 된 네가 그 안에 포함된 건데?!"

"아, 아니…… 그걸 내가 어떻게 알아. 나도 모른다고. AI가 뽑는다고 하지 않았어? 뭔가 미스가 발생한 건……."

"—윽!"

무시키가 그렇게 말하자, 루리의 어깨가 부르르 떨렸다. 마치 그 말을 듣고서야 거기까지 생각이 미친 것처럼 말이다.

"그래……. 대표 선출은 기본적으로—, 그럼—."

그리고 생각에 잠긴 듯한 표정으로 혼잣말을 중얼거린 후, 고개를 들어서 쩌렁쩌렁한 목소리로 외쳤다.

"『시르벨』! 있어?!"

『—네~, 부르셨나요?』

루리가 그렇게 말한 순간, 마치 기다리기라도 한 것처럼 무시키의 앞에 한 소녀가 **나타났다**.

"우왓……?!"

그 광경을 본 무시키는 무심코 눈을 동그랗게 떴다.

나타났다—라고 말할 수밖에 없었다. 어디선가 걸어온 것도, 하늘에서 내려온 것도, 지면에서 튀어나온 것도 아니다. 그저 찬란한 빛의 입자와 함께, 그녀의 몸이 생겨났으니 말이다.

중력에 예속된 것처럼 아래편으로 흘러내린 기나긴 은발. 상냥한 미소를 머금은 성녀 같은 표정. 그리고 몸에 걸친 것은 그녀의 청초한 아름다움을 돋보이게 해줄 듯한 흰색 법의(로브)지만, 그것을 찢고 튀어나올 듯이 솟아 있는 커다란 가슴이 비도덕적이고 언밸런스한 느낌을 자아내고 있었다.

"이, 이게 대체……."

"시르벨. 〈정원〉 전체의 데이터베이스 관리 및 시큐리티 제어를 하는 인공지능이야."

무시키가 경악하며 그렇게 말하자, 루리가 그 말에 답하듯 그렇게 중얼거렸다.

"인공지능……? 이 자리에 있는 것처럼 보이는데……."

"입체 영상이야. 만져 봐."

"뭐? 이렇게?"

루리의 말에 따라, 무시키는 손을 뻗었다.

그러자 무시키의 손은 그대로 시르벨의 가슴에 파고들었다. 루리의 말대로 실체는 없는 것 같았다.

『꺄앗.』

"어?"

하지만 무시키가 감상을 입에 담기도 전에, 시르벨이 볼을 붉히며 자신의 가슴을 감쌌다.

마치 그것만을 위해 준비된 듯한, 매끄러운 모션이었다. 제작자의 범상치 않은 집착이 느껴졌다.

『어머머…… 나쁜 아이군요. 참 유감스러워요. 이 누나가 실체를 가지고 있다면, 그 젊고 풋풋한 욕망을 가라앉혀줄 텐데 말이죠.』

그리고 그렇게 말하면서 온화한 미소를 머금었다. 표정과 대사의 갭이 어마어마했다.

"어, 어딜 만지는 거야?!"

루리가 귓가에서 고함을 질렀다. ……만지라고 말한 사람은 루리인데 말이다.

좀 불합리하다는 느낌이 안 드는 건 아니지만 무시키가 함부로 행동한 것도 사실인 데다, 더 말해 봤자 이야기가 엇나가기만 할 것이다. 그렇게 생각한 무시키는 순순히 고개를 숙였다.

"정말…… 그것보다 시르벨. 교류전 대표를 선출한 건 너지? 그에 관해 좀 물어볼 게 있는데—."

루리가 그렇게 묻자, 시르벨은 상냥한 미소를 머금은 채 대답했다.

『—언니.』

"뭐?"

『시르벨 언니라고 불러주지 않는다면, 싫어요. —아, 언니야, 언니~ 같은 것도 괜찮거든요?』

"……."

이마에 시퍼런 힘줄이 돋아난 루리가 볼에 경련이 일어났지만, 피치 못할 상황이라고 판단하면서 억양 없는 목소리로 말했다.

"시르벨 언니."

『으~음…… 뭐, 좋아요. 관대함도 언니의 조건이니까요.』

시르벨은 검지로 턱을 훑는 듯한 자세를 취하며 말을 이었다.

『그럼 귀여운 루~ 양의 질문에 답하겠어요. —네. 외람되지만, 이 시르벨이 선출했답니다. 마술사 등급 및 전투 실적 등의 데이터를 종합적으로 판단했다고 자부하죠. 루~ 양의 대표 선출에는 그 누구도 불평하지 못할 거랍니다.』

아무래도 루~ 양은 루리를 말하는 것 같았다.

루리는 뭔가 할 말이 있는 듯한 표정을 지었지만, 지금은 그럴 때가 아니라는 투로 말을 이었다.

"……나는 됐어. 그것보다, 왜 하필이면 무시키가 대표로 선출된 거야? 얼마 전에 〈정원〉에 편입한 풋내기잖아? 미스가 발생한 것 아냐?"

『그렇지 않답니다. 종합적으로 볼 때, 뭇 군은 〈정원〉 대표로 뽑힐 자격을 지녔다고 판단했어요.』

"뭇 군."

아무래도 이건 무시키를 가리키는 것 같았다. 무시키는 얼이 나간 표정으로 자기 자신을 가리켰다. 그 모습을 본 건지, 뒤편에 있는 쿠라라가 재미있다는 듯이 웃고 있었다.

하지만 루리는 전혀 웃지 않으면서, 짜증이 난 것처럼 미간을 찌푸렸다.

"그러니까, 그 이유를 묻는 거야! 대체 무시키의 어디를 보고 그렇게 판단한 건데?!"

『그야…….』

그러자 시르벨은 상냥한 미소를 머금은 채, 말했다.

『—뭇 군은, 신화급 멸망인자의 단독 토벌 기록이 존재하니까요.』

그, 충격적이기 그지없는 정보를 말이다.

"——."

몇 초 동안…….

주위는, 정적으로 가득 찼다.

루리는 얼이 나간 표정을 지었다. 당사자인 무시키 또한, 놀란 나머지 말문이 막혔다.

하지만, 그것도 당연했다.

신화급 멸망인자. 그 이름은 들은 적이 있다. 사이카가 아니면 해치울 수 없다고 하는, 열두 개의 위협을 통틀어서 일컫는 말이다. 그 말을 듣고 「사이카 씨는 정말 대단해」 하고 생각했던 것을 기억하고 있다.

하지만, 그 외의 말은 전혀 이해되지 않았다.

"……, 뭐?"

다들 입을 다문 가운데, 가장 먼저 입을 연 이는 루리였다.

믿기지 않는다는 표정으로 이마를 손으로 짚은 채, 말을 이었다.

"신화급 멸망인자를— 단독 토벌? 잠깐만 있어 봐. 시르벨, 무슨 소리를 하는 거야? 설마 버그라도 걸렸어?"

『우엥~. 이 언니, 그런 말을 들으니 눈물이 확 나려고 하거든요~?』

시르벨은 두 손으로 눈물을 닦는 시늉을 했다.

하지만 현재 루리는 그런 사소한 모션에 반응을 보일 여유가 없는 것 같았다. 그녀는 따지듯이 말을 이어서 쏟아냈다.

"혹시나 해서 묻겠는데, 신화급 멸망인자……라는 건 그거지? 기본등급으로는 측정할 수 없는 레벨의 위협에게만 주어지는 번외 등급이잖아?"

『역시 루~ 양이에요. 척척박사라니까요.』

"괜한 소리는 됐어. —과거 500년 동안 열두 번만 확인되었고, 마녀님 이외에는 그 누구도 타도할 수 없었다던 바로 그……."

『네. 그리고 덧붙이자면— 최근에, 열세 번째의 출현이 확인됐어요.』

"……뭐?!"

루리는 그 갑작스러운 정보를 듣고 눈을 치켜떴다.

하지만, 상세한 이야기를 듣는 것보다 먼저 확인해야만 하는 것이 있다고 판단한 것일까. 그녀는 희미하게 떨리는 목소리로 말을 이었다.

"그, 것을…… 무시키가 쓰러뜨렸다는 거야……?"

『맞아요. 믿기지 않는 이야기겠지만, 뭇 군은 〈정원〉에 있는 모두를 위해 정말 최선을 다했다니까요. 이 시르벨도 감동의 눈물을 금치 못했을 정도예요.』

"그런 멸망인자를, 무시키가 대체 어떻게 쓰러뜨린 건데?!"

『—그것은 기밀 사항으로 설정되어 있어요☆』

시르벨은 상냥한 미소를 머금은 채, 그렇게 말했다.

"……."

루리는 한동안 침묵에 잠긴 후, 몰래 이 자리를 벗어나려 하는 무시키의 팔을 확 움켜잡았다.

"히익."

"무시키, 어떻게 된 거야?! 너, 어느새 그렇게……?! 아니, 그것보다 대체 어떻게 한 건데?!"

"아, 아니, 나도 몰라. 나도 뭐가 뭔지—."

말을 이으려던 순간, 무시키의 뇌리에 어떤 기억이 떠올랐다.

신화급 멸망인자라는 말에는 딱히 짚이는 구석이 없다. 그것은 거짓말이 아니다.

하지만 지금으로부터 몇 주 전, 무시키는 그에 비견되는—아니, 그것을 아득히 능가하는 상대와 대치한 적이 있다.

"아—."

쿠로에는 말했다. 멸망인자란 특정 생물이나 개체를 가리키는 말이 아니라 『세상을 멸망시킬 수 있는 가능성을 지닌 것』의 총칭이라고 말이다.

그런 의미에서 본다면, 그녀 또한 그 조건에 부합될 것이다.

"……앗?! 방금 짚이는 데가 있다는 듯한 표정을 지었지?!"

"아, 아냐. 그런 표정 안 지었어……. 무슨 소리인지 모르겠네……."

"시치미 떼도 소용없어! 내가 무시키의 표정을 잘못 볼 리가 없거든?!"

"뭐?"

"……방금 한 말은 잊어! 그것보다 빨리—."

바로 그 순간이었다.

"—어?"

어마어마한 기세로 캐묻는 루리의 목소리조차 가려버릴 정도로 크게…….

〈정원〉 안에, 멸망인자 출현을 알리는 경보가 울려 퍼진 것이다.

제2장 【속보】 보이삐 생겼습니다!

"이게— 뭐야……."

〈공극의 정원〉과 외계를 가르는 격벽. 마술사들과 함께 그 위에 선 무시키는 그곳에 펼쳐진 경치를 보고 무심코 그렇게 중얼거렸다.

하지만, 그럴 만했다.

〈정원〉 밖에 펼쳐진 마을을, 젤라틴 같은 물질이 뒤덮고 있었던 것이다.

아니, 정확하게 말하자면 물질이라는 표현에는 어폐가 있지 않을까.

그것도 그럴 것이, 그 점성의 물체는 생물처럼 땅과 벽을 기어 다니고 있었다.

"멸망인자 329호: 〈슬라임〉—."

루리가 격벽 위에서 마을을 내려다보며 눈을 가늘게 떴다.

"……재해급에 위치한 멸망인자야. 개체 하나하나는 그렇게 강하지 않지만, 무리를 이뤘을 때는 보다시피 이렇게 위협적이지. 내버려 뒀다간 이 일대가 다 소화되고 말 거야. —가역 토멸 기간은 24시간. 그 시간 안에 해치우지 못하면, 이 경치는『결과』로서 세계에 기록되고 말아."

루리가 설명하는 투로 그렇게 말하자, 무시키는 고개를 살짝 갸웃거리며 그녀를 쳐다봤다.

"……어라? 혹시 나를 위해 설명해주는 거야?"

"뭐~?! 바바바, 바보 아냐~?! 그냥 말버릇이거든~?! 자의식 과잉 좀 작작 해줄래?!"

"그, 그래. 미안해……."

루리가 무시무시한 표정으로 말을 쏟아내자, 무시키는 순순히 사과했다. 마술사라면 누구나 알고 있는 것을 언급해서, 최근에 〈정원〉에 들어온 무시키를 배려하는 건가 했는데…… 아무래도 착각이었던 것 같다. 엄청난 말버릇이다.

무시키가 반성하듯 고개를 끄덕이자, 루리는 언짢은 어조로 말을 이었다.

"그 이전에, 왜 무시키까지 포함되어 있는 거야! 이상하잖아?!"

"아니, 그걸 나한테 물어도……."

무시키는 식은땀을 흘리며 볼을 긁적였다.

그렇다. 대상 멸망인자의 수가 많기 때문인지, 현재 〈정원〉 안에 있던 서른 명가량의 학생이 토벌 멤버로 선출됐는데— 그 안에는 무시키의 이름이 포함되어 있었다. 정규 임무로서는, 실질적으로 이것이 첫 출전이다.

하지만 그 사실 자체는 루리도 알고 있는 것 같았다. 그녀는 언짢은 듯이 혀를 차더니, 교복의 견장(스트랩)을 휘날리며 한 걸음 앞으로 나섰다.

"아무튼, 너는 잠자코 보고 있기나 해. 끝나고 나면, 아까 하던 이야기를 계속할 거야. —후야죠 루리, 가겠어."

루리는 그렇게 말하더니, 힘차게 격벽 위에서 몸을 날렸다.

한순간, 격벽을 박찬 루리의 발에 마력의 빛이 어렸다 루리의 몸은 중력을 거스르듯이 완만한 포물선을 그리더니, 그대로 마을에 빨려 들어갔다.

"제2현현—【인황인】!"

맑은 목소리가 허공에 울려 퍼진 순간, 콩알만 해 보일 만큼 멀어진 루리에게서 푸른 빛이 뿜어져 나왔다.

마력으로 만들어진 이 자유자재로 변환하는 칼날은 낭창낭창한 채찍처럼, 혹은 흉포한 맹수의 꼬리처럼 허공에 궤적을 남겼다.

그 순간, 주위에 기어 다니던 무수한 〈슬라임〉이 한꺼번에 빛으로 변했다.

"오오……!!"

—〈정원〉 최고 전력인 기사, 후야죠 루리는 압도적일 정도의 위용을 뽐냈다.

그것은 격벽 위에 줄지어 서 있는 마술사들의 마음을 북돋고도 남을 힘을 지니고 있었다. 루리의 뒤를 따르듯, 몇 명의 학생들이 몸을 날렸다.

그리고 다들, 루리만큼은 아니지만 순조롭게 멸망인자를

해치웠다.

루리의 말대로, 무시키가 나서지 않더라도 토벌은 완료될 것 같았다.

하지만—.

"……어?"

등 뒤에서 기묘한 시선이 느껴진 무시키는 그쪽을 힐끔 쳐다봤다.

그러자, 격벽 위에 남아 있던 마술사 몇 명이 무시키를 은근슬쩍 쳐다보며 쑥덕거리는 모습이 눈에 들어왔다.

"쟤가 그 소문 자자한 쿠가 무시키야……?"

"그래. S급 마술사인 후야죠 양의 오빠이자, 편입 한 달 만에 교류전 대표로 뽑힌 천재……."

"듣자 하니, 혼자서 마이솔로지아를 해치웠다든가—."

"말도 안 돼……! 대체 어떤 마술을 쓰는 거야……?!"

"훗…… 어디 솜씨 한번 볼까……."

왠지, 매우 기대되고 있는 눈치였다.

"……."

딱히 그런 말에 등을 떠밀린 것은 아니지만, 토벌 멤버에 선출되어 놓고 그냥 보고만 있을 수도 없다.

물론 사이카의 몸을 위험에 처하지 않게 한다는 게 전제 조건이지만, 마술사로 살아가기로 했으니 빠르든 늦든 전장에는 설 수밖에 없다.

무시키는 결의를 다지듯 주먹을 말아 쥐더니, 한 걸음 앞으로 내디뎠다. 등 뒤에서 『오오……?!』 하고 술렁거리는 소리가 들려왔다.

"……."

하지만, 격벽 가장자리에 선 무시키는 걸음을 멈췄다. 의외로 높이가 상당하다는 사실을 눈치챈 것이다.

루리 일행은 발에 마력을 모아서 도약하고 있는 것 같지만, 솔직히 무시키는 아직 자신이 없었다. 도약은 물론이고, 어쩌면 착지조차도 어려울 것이다.

"좋아."

절반은 사이카의 몸인 만큼, 무리할 수는 없다. 무시키는 결의하듯 고개를 끄덕이더니— 계단을 이용해 지상으로 내려갔다.

"아니……, 일부러 계단으로 내려갔어?!"

"설마, 뛰어내리는 게 무서운 거야……?"

"말도 안 돼. 신화급을 해치운 녀석이잖아. 뭔가 이유가 있는 게 틀림없어—."

"우, 우리도 가자!"

그런 술렁거림을 들으면서 지상으로 내려온 무시키는 문을 통해 마을에 들어섰다. 격벽 위에 남아 있던 마술사들도 그 뒤를 따르고 있었다.

"—윽."

마을의 광경을 본 무시키는 무심코 숨을 삼켰다.

지면에서 보니, 그 기묘한 광경이 더욱 선명하게 받아들여졌다.

낯익은 마을 위를, 낯선 점액 생물이 기어 다니고 있었다. 실내로 도망친 건지, 아니면 〈슬라임〉에게 삼켜져서 소화된 건지, 사람의 모습은 보이지 않았다. 마치, 도시의 지배자가 바뀐 것만 같았다.

【――.】

무시키 일행의 등장은 눈치챈 건지, 〈슬라임〉들의 몸이 경계심을 드러내듯 꿈틀거렸다.

"크―! 가자!"

"오오!"

그 기척을 감지한 건지, 무시키의 뒤를 따르던 마술사들이 힘찬 목소리로 그렇게 외쳤다. 다들 의식을 집중하더니, 각자의 계문 및 제2현현을 발현시켰다.

【――!】

〈슬라임〉들이 일제히 덤벼들었다.

다음 순간…….

이 자리는 마술사들의 전장으로 변했다.

몸을 거대하게 전개한 〈슬라임〉과, 마술사들이 펼친 제2현현이 막대한 여파를 자아내며 격돌했다.

"크……."

무시키는 한발 늦게 검을 현현시키기 위해 의식을 집중했다.

……하지만, 쿠로에와의 훈련 때는 간단히 출현시킬 수 있었던 검이 지금은 모습을 보이지 않았다.

"어라…… 이상하네—."

【——!!】

무시키가 고개를 갸웃거리자, 〈슬라임〉이 그를 덮치려는 듯이 덤벼들었다.

"우……와앗?!"

지면을 구르듯 어찌어찌 그것을 피했다. 방금까지 무시키가 서 있던 장소에, 〈슬라임〉이 격돌했다.

"아야야야야……."

세게 찧은 이마를 문질렀다.

하지만, 그럴 때가 아니라는 것을 곧 깨달았다.

무시키가 있는 장소가 어두워진 것이다.

—마치, 거대한 무언가가 햇살을 가린 것처럼…….

"어……?"

고개를 들어본 무시키는— 눈치챘다.

눈앞에, 무수한 〈슬라임〉이 결집해서 만들어진, 거대하기 그지없는 실루엣이 존재한다는 사실을…….

"어—."

【——!!】

무시키의 목소리를 가리듯, 거대한 〈슬라임〉이 날카로운 포효를 지르면서 거대한 물결처럼 몸을 크게 넓혔다.

무시키는 그저 멍하니, 그 파멸의 일격을 받아들일 수밖에 없었다.

—하지만.

“아~. 장난치면 안 된다고요~.”

그런 느긋한 목소리가 고막을 닿은 직후…….

〈슬라임〉의 거대한 몸이, 십자 모양으로 절단됐다.

【——?!】

짧은 단말마를 남기며, 그 거대한 멸망인자는 말 못 하는 액체로 변했다.

철퍽, 하는 소리를 내며 지면에 흩뿌려지더니, 그 후로 꿈쩍도 하지 않았다.

“어……?”

느닷없이 눈앞에서 벌어진 일을 이해 못 한 무시키는 그저 눈만 껌뻑거렸다.

바로 그때, 방금까지 〈슬라임〉이 있던 위치에 한 소녀가 가볍게 내려섰다.

“간발의 차이였네요~. 괜찮아요?”

“너는—.”

그 자리에 서 있는 이의 정체를 눈치챈 무시키는 무심코 눈을 동그랗게 떴다.

"—토키시마 양?!"

그렇다. 그 사람은 손에 흉흉한 전기톱을, 그리고 아랫배에 하트 모양의 계문을 현현시킨 토키시마 쿠라라였다.

"에이~. 쿠라라라고 불러줘요~."

쿠라라는 그렇게 말하면서 몸을 배배 꼬더니, 시선을 움직여서 위쪽을 쳐다봤다.

무시키도 덩달아 같은 방향을 쳐다봤다. 그러자, 날개가 달린 스마트폰 같은 것이 허공에 떠 있는 모습이 눈에 들어왔다.

"—자, 멸망인자 토벌에 난입해 봤다, 였습니다~. 좋았다고 생각하면 좋아요 & 구독 부탁해요~."

그렇게 말한 쿠라라는 스마트폰을 향해 포즈를 취했다.

"호, 혹시…… 촬영 중이야?"

"으음~. 촬영 중이랄까, 생방 중? 이야~, 역시 멸망인자 토벌은 참 많이들 보네요~."

"그, 그렇구나……."

그렇다면 자신이 허무하게 당할 뻔한 장면도 방송된 것일까— 하고 무시키는 생각했지만, 일단 깊이 생각하지는 않기로 했다.

부끄럽지 않다면 거짓말이겠지만, 덕분에 목숨을 부지했으니 불평을 할 수도 없다.

"이야~, 아무튼 무사해서 다행이에요. —일어설 수 있겠어요?"

쿠라라는 가벼운 발걸음으로 무시키에게 다가오더니, 손을 내밀었다.

"아…… 응. 고마워."

무시키는 쿠라라의 손을 잡더니, 그녀에게 당겨져서 몸을 일으켰다.

그러자 쿠라라는 공중에 떠 있는 스마트폰을 손가락으로 가리켰다.

"자. 저기 좀 봐요. 그리고, 최고의 표정! 오늘 최고의 스마일 부탁해요!"

"아, 으음…… 알았어."

이래서야 히어로에게 구원받은 무력한 시민이다. 쿠라라로서는 멋진 장면을 찍고 싶을 것이다.

……뭐, 그게 사실이니 뭐라 말할 수도 없다. 쿠라라의 말에 따라, 스마트폰의 카메라를 쳐다보며 딱딱한 미소를 지었다.

하지만 다음 순간, 쿠라라는 무시키의 어깨에 팔을 두르면서 그의 몸을 쑥 잡아당겼다.

그리고—.

"헤이헤~이. 그럼 여러분에게 소개해버릴게~요. 이쪽은 쿠가 무시키 씨. —최근에 생긴 쿠라라의 보이삐예~요~!"

"……뭐?!"

환한 미소를 머금으며, 당치도 않은 소리를, 전국적으로 방송해버렸다.

◇

"……."

멸망인자 〈슬라임〉 토벌 다음 날.

무시키는 어마어마하게 거북한 느낌을 받으며, 중앙 학사로 이어지는 길을 걷고 있었다.

무시키로서는 그저 길을 걷고 있을 뿐이지만, 그 모습을 본 학생과 교사들이 놀란 듯이 눈을 치켜뜨며 쑥덕거렸다.

이유는 크게 두 가지다.

하나는—.

"……이봐. 저 녀석이 쿠가 무시키 아냐?"

"어? 그 교류전 대표 말이야?"

"걔가 마녀님 이외에 신화급 멸망인자를 토벌한 유일한 사람—?!"

그리고 또 하나는—.

"이봐. 쿠라라의 생방송, 봤어?"

"당연히 봤지. 젠장. 보이삐면 보이프렌드, 남친인 거잖아……. 뭐, 내가 쿠라라와 사귈 수 있을 거라고 생각하진 않았지만…….”

“……어라. 저 사람, 혹시 쿠가 무시키 아냐?”

“뭐? 쿠가라면— 예의 보이삐?”

“맙소사. 우와…….”

—쿠라라가 생방송에서 한 보이삐 발언에 기인한 스캔들이다.

그 후에 허둥지둥 얼굴을 가리긴 했지만, 이미 늦었다. 무시키의 얼굴과 이름은 MagiTube 최대 인기 채널, 쿠라라 채널의 시청자에게 널리 알려지고 만 것이다.

하나만으로도 엄청난 뉴스인데, 그런 게 두 개나 되는 것이다. 결국 쿠가 무시키는 하룻밤 만에 〈정원〉 안의 주목을 한 몸에 받게 됐다.

“—곤란하게 됐군요.”

무표정한 얼굴로 그렇게 말한 건, 무시키의 옆에서 걷고 있는 쿠로에였다. 지금은 무시키와 마찬가지로 〈정원〉의 교복을 입고 있었다.

“네……. 설마 일이 이렇게 될 줄은 몰랐어요.”

무시키가 풀이 죽은 표정을 지으며 그렇게 말하자, 쿠로에는 그와 발걸음을 맞추면서 말했다.

“대표 선출 건은 사죄드리겠습니다. 그건 제 실수입니다. 설마 『그녀』가 멸망인자로 지정될 줄은…….”

쿠로에는 직접적인 언급을 피하듯이 그렇게 말했다. 뭐,

무리도 아니었다. 일전의 사건에서 무시키 앞에 나타난 『그녀』의 이름은, 이 〈정원〉에서 너무나도 커다란 의미를 지닌다. 만약 누군가가 듣기라도 했다간, 일이 성가셔질 것이다.

그렇기에, 불안을 떨칠 수가 없었다. 무시키는 표정을 굳히면서 쿠로에에게 물었다.

"내 싸움이 알려졌다는 건…… 설마 『그 사람』에 관한 것도 들통난 걸까요……? 시르벨—이라는, 그 AI에게요."

"그럴 가능성은 부정할 수 없습니다만…… 상세한 내용이 기밀 사항으로 지정된 것을 보면, 시르벨도 『그녀』의 정보가 알려지는 것에 대한 리스크를 이해하고 있는 거겠죠. 정보가 공개될 가능성은 매우 낮다고 생각합니다."

"그렇군요……. 그렇다면, 나에 대한 것도 비밀로 해줬으면 좋았을 텐데……."

"하지만 신화급에 해당하는 상대를 타도할 실력을 지닌 마술사에게 정당한 평가가 내려지지 않는다는 것도, 〈정원〉으로서는 커다란 손실이라고 판단한 거겠죠. 아무튼, 〈정원〉의 기밀 사항이란 매우 강한 의미를 지닙니다. 아무리 흥미가 있더라도, 엄벌을 받을 각오로 억지로 추궁하려는 분은—."

거기까지 말한 쿠로에가 말을 멈췄다. 그리고 시선을 돌리며 말을 이었다.

"—뭐, 기사 후야죠뿐일 겁니다."

“그게 가장 무시무시한데요.”

무시키가 식은땀을 흘리며 그렇게 말하자, 쿠로에는 「힘내십시오. 오빠잖아요?」 하고 대충 대답했다. 오빠에 대한 신뢰감이 비정상적일 정도였다.

“—아무튼, 그 건에 관해서는 쭉 은닉할 수밖에 없습니다. 기록은 남겠습니다만, 다들 머지않아 익숙해지겠죠. 이목을 모으게 된 만큼, 존재변환에 충분히 주의해주십시오.”

“……알았어요. 그런데, 교류전은 어떻게 하죠?”

무시키가 머뭇거리며 묻자, 쿠로에는 잠시 생각에 잠긴 후에 대답했다.

“글쎄요……. 이미 발표되어버린 만큼, 대표를 변경할 수 있을지는 알 수 없습니다만…… 일단 손을 써보겠습니다.”

“번거롭게 해드려 죄송해요.”

무시키가 그렇게 말하자, 쿠로에는 화제를 바꾸려는 듯이 어험 하고 가볍게 헛기침을 했다.

“—그것보다, 무시키 씨. 드릴 말씀이 있습니다만…….”

“……네.”

쿠로에는 아직 본론을 꺼내지 않았지만, 그녀가 무슨 말을 할지는 손에 잡힐 듯이 알 수 있었다. 그래서 무시키는 거북한 표정을 지으며 고개를 끄덕였다.

쿠로에는 항상 쿨한 두 눈으로 얼음장 같은 도끼눈을 뜨더니, 중얼거리듯 말했다.

"의외로 바람둥이셨군요."
"아뇨. 아니에요, 쿠로에."
쿠로에가 그렇게 말하자, 무시키는 필사적인 목소리로 호소했다.
"뭐가 아니라는 거죠? 친밀한 모습이 똑똑히 방송됐습니다만?"
"전부 아니에요! 그건 쿠라라가 멋대로 한 말—."
"설마 MagiTube를 소개해드린 그날에, 이런 식으로 이용하실 줄은 생각도 못 했습니다."
"그러니까!"
무시키가 어떻게든 변명을 해 보려고 비명에 가까운 목소리를 낸, 바로 그때였다.
"—앗!"
통통 튀는 듯한 목소리가, 뒤편에서 들려왔다.
"찾았다! 드~디어 찾았네요~. 정말~, 어제 전투 후에 사라져버려서 찾아다녔다고요~."
"어—."
그 목소리를 듣고 뒤를 돌아본 무시키는— 한순간 딱딱하게 굳어버렸다.
하지만 그럴 만했다. 그 자리에 있는 이는 바로 문제를 일으킨 장본인인 인기 마기튜버 쿠라라, 토키시마 쿠라라 본인이었다.

"쓸쓸했다고요~. 뭐, 좋아요. 그것보다 이야기 좀 해요~. 이 몸의 생각에는 서로에 대해 좀 더 알아야 한다 싶거든요. 순서가 반대? 아니, 그렇지 않아요. 서로의 관계를 먼저 확실하게 하는 것도 중요하니까요. 그릇을 만든 후에 내용물을 넣는 듯한 관계도 괜찮잖아요~."

쿠라라는 살가운 태도로 무시키에게 다가왔다. 또한 매우 자연스럽게 팔짱을 끼며 손까지 맞잡았다. 게다가 손가락으로 깍지를 끼는 연인 손잡기였다.

거기까지 걸린 시간은 겨우 2초. 눈에 비치지도 않을 정도의 속도였다.

"아니…… 저기……."

보디 크림의 달콤한 향기와 가녀린 손가락의 감촉이, 여자애의 존재감을 뇌리에 박아넣었다. 그 바람에 무시키는 무심코 볼을 붉히고 말았다.

"이봐, 저기 봐……."

"우와, 말도 안 돼. 본인 맞아?"

쿠라라의 존재를 눈치챈 구경꾼들이 웅성대기 시작하더니, 스마트폰으로 서슴없이 사진을 찍어댔다. 하지만 쿠라라는 인상을 쓰기는커녕, 포즈까지 취해줬다. 물론 쿠라라에게 팔을 잡힌 무시키 또한, 필연적으로 같이 사진을 찍혔다. 무시키는 절망적인 심정으로 멍하니 서 있을 수밖에 없었다.

“…….”

하지만 그 광경을 바라보는 쿠로에의 언짢은 시선이 눈에 들어오자, 퍼뜩 정신을 차렸다.

그렇다. 갑작스러운 사태 탓에 얼이 나가기는 했지만, 무시키에게는 마음속으로 정해둔 상대가 있다.

무시키는 마음을 굳게 먹더니, 뿌리치듯 쿠라라의 손을 떨쳐냈다.

“……쿠라라, 잠깐 나 좀 봐.”

“어? 왜 그래요? 아, 혹시 사진은 NG인가요?”

쿠라라가 영문을 모르겠다는 투로 물었다. 그러자 무시키는 천천히 고개를 젓더니, 차분한 어조로 말을 이었다.

“그게 아니라— 애초에 우리는 사귀는 사이가 아니잖아?”

“어? 그런가요?”

무시키가 그렇게 말하자, 쿠라라는 뜻밖이라는 듯이 눈을 동그랗게 떴다.

“하지만, 전에 여동생분을 말리면 상을 주기로 했었잖아요?”

“그런 말…… 하긴 했어.”

“그렇죠? —그러니 상으로 사귀어달라고 해야겠다 싶더라고요.”

“그런 중대한 계약이었어?!”

무시키가 경악을 금치 못하자, 쿠라라는 깔깔 웃었다.

"이야~, 음악성의 차이 같은 걸까요~. 하지만 오해가 있었다면 어쩔 수 없죠. —그럼 이 몸과 사귀어주세요, 무시삐."

"무시삐."

"무시키와 보이삐를 합쳐 봤어요."

"……."

독특한 센스에 태클을 날릴 뻔했지만, 지금 언급해야 할 것은 그게 아니다. 무시키는 크게 고개를 저었다.

"미안하지만, 그럴 수는 없어."

"어~, 어째서요? 혹시 이 몸은 영 타입이 아닌 거예요? 이래 봬도 헌신하는 여자거든요~?"

"아니, 그런 게 아니라…… 나는 마음에 둔 사람이 이미 있어."

무시키가 그렇게 말하자, 쿠라라는 휘유~ 하고 휘파람을 불었다.

"아…… 그런 건가요. 청춘이네요~. 하지만, 아직 사귀는 건 아니죠?"

"그게…… 뭐, 내가 짝사랑하고 있는 거긴 해."

무시키가 볼을 긁적이며 그렇게 말하자, 「이~야, 부끄러워하는 무시삐도 귀엽네요」 하며 몸을 배배 꼰 쿠라라가 다시 그의 눈을 들여다봤다.

"—참고로, 누군데요? 괜찮다며 가르쳐주세요. 이 몸은 웬만한 여자애한테는 안 질 자신이 있거든요? 반드시 무시삐를 차지하고 말겠어요!"
"사이카 씨."
"끄억!"
무시키가 그 이름을 입에 담은 순간…….
쿠라라는 만화에서나 나올 법한 리액션을 취하면서 그 자리에서 벌러덩 쓰러졌다.
"사, 사이카 씨라면…… 혹시나 해서 묻는 건데, 〈정원〉의 마녀님을 말하는 거예요?"
"응."
"……휘, 휘유…… 얌전하게 생겨 가지고, 엄청난 거물이었네요……."
쿠라라가 입가에서 흘러내린 피를 닦는 시늉(딱히 피를 토하진 않았다)을 하면서 비틀비틀 몸을 일으켰다. 역시 사이카가 언급될 거라고는 생각하지 못한 것 같았다.
하지만 곧 마음을 다잡으려는 듯이 고개를 젓더니, 무시키의 하트를 꿰뚫으려는 듯이 손가락을 세웠다.
"하지만, 사랑에 빠진 소녀는 누구도 막을 수 없다고요. 설령 마녀님이 상대일지라도, 이 몸은 절대 포기 안 해요!"
쿠라라가 열띤 목소리로 그렇게 외친 순간, 그녀의 호주머니에서 경쾌한 소리가 흘러나왔다.
"응? 어라라, 벌써 시간이 이렇게 됐네요. 깜박했어요."
쿠라라는 호주머니에서 꺼낸 스마트폰의 화면을 터치한

후, 다시 무시키를 확 돌아보았다.

“그럼 전할 건 다 전했으니, 이 몸은 이만 실례할게요. 또 어딘가에서 만나요, 무~시삐.”

쿠라라는 손으로 하트 모양을 만들며 그렇게 말하더니, 그대로 어딘가를 향해 뛰어갔다.

뭐랄까…… 등장부터 퇴장까지, 그야말로 폭풍 같은 소녀였다.

“……갔네요.”

“그렇군요. 불온한 발언을 남기면서 말입니다.”

그 뒷모습이 시야에서 사라진 후, 무시키와 쿠로에는 그제야 입을 열었다.

“……어?”

바로 그때, 무시키의 눈썹 가장자리가 희미하게 움직였다. 언제나 무표정하던 쿠로에가 왠지 만족한 듯한 표정을 짓고 있는 것처럼 보인 것이다.

“쿠로에? 무슨 일 있었어요?”

“……네? 무슨 일, 이라뇨?”

“아, 그게…… 별일 없었다면 됐지만요.”

무시키가 그렇게 말하자, 쿠로에는 의아하다는 듯이 고개를 갸웃거린 후에 앞쪽을 쳐다봤다.

“그것보다, 서두르죠. 시간을 너무 허비하고 말았습니다.”

“아, 네. 조례에 지각할 수는 없으니까요.”

“—아뇨.”

무시키가 그렇게 말하자, 쿠로에는 고개를 살짝 저었다.

“오늘 향할 곳은 교실이 아닙니다.”

“네?”

무시키가 눈을 동그랗게 뜨자, 쿠로에는 주위에 들리지 않도록 목소리를 낮추며 말을 이었다.

“—오늘은 〈누각〉 분들을 맞이해야만 하니까요.”

“〈누각〉……이라면, 아—.”

그제야 무시키는 눈치챘다. 앞쪽— 중앙 학사로 이어지는 길에, 낯선 장식이 되어 있다는 사실을 말이다.

대로 양옆에는 간이 노점이 설치되어 있었다. 마치 문화제라도 시작될 듯한 분위기였다.

“어라, 하지만 교류전은 내일 열리잖아요?”

“교류전은 내일 열립니다만, 오늘은 환영식과 교류회를 겸한 전야제가 열립니다.”

“아, 그렇군요. 그래서…….”

무시키가 주위를 둘러보며 그렇게 말하자, 쿠로에는 재촉하듯 말을 이었다.

“그러니, 전야제에 출석해주셔야만 합니다. 준비를—.”

말을 이으려던 쿠로에의 눈썹 끝이 희미하게 떨리는가 싶더니, 그녀는 무시키의 팔을 잡아끌면서 건물과 건물 사이로 숨었다.

"우왓. 갑자기 뭐 하는 거예요, 쿠로에—."

"쉿, 조용히 하시길."

검지를 입가에 댄 쿠로에는 아까까지 있던 대로 쪽을 쳐다봤다.

덩달아 그쪽을 쳐다본 무시키는— 순식간에 뭐가 어떻게 된 건지 이해했다.

방금까지 무시키와 쿠로에가 있던 곳에, 친구를 대동한 루리가 나타난 것이다.

"……."

그 얼굴에는 노기로 가득 차 있었으며, 몸 또한 금방이라도 사냥감을 향해 달려들려는 흉포한 육식동물처럼 앞쪽으로 숙이고 있었다. 왠지 온몸에서 살기 같은 것이 감돌고 있는 것처럼 보였다.

명백하게, 범상치 않은 상태였다.

예를 들자면— 이러쿵저러쿵하다 보니 오빠를 놓친 것으로 모자라 그 오빠가 생방송 스트리밍을 통해 수상한 여자애의 보이삐로 소개되는 것을 목격한다면, 저렇게 되지 않을까 싶은 상태였다.

"루, 루리…… 좀 진정해. 다들 무서워하잖아."

루리의 옆에서 걷고 있던 상냥한 인상의 소녀가 움츠러든 표정으로 그렇게 말했다. 나게카와 히즈미. 루리의 클래스메이트 겸 룸메이트다.

"……진정해? 히즈미, 그게 무슨 소리야? 나는 지금 쿨해."
"저, 정말이야……?"
"응. 피까지 얼어붙을 것 같아."
"그건 전혀 괜찮은 게 아니거든……?!"
대로 한복판에서 그런 대화를 서슴없이 주고받았다. 주위에 있던 학생들은 그 범상치 않은 분위기를 느낀 건지, 그 자리에서 물러나거나 시선을 돌렸다.
무시키는 그런 루리를 멀찍이서 쳐다보며, 식은땀을 흘렸다.
"……고마워요, 쿠로에. 자칫하면 큰일 날 뻔했어요."
"아뇨. 일단 오늘은 지금 모습으로 만나지 않는 편이 좋겠죠."
쿠로에는 작은 목소리로 그렇게 말했다.
"……어?"
하지만 다음 순간, 길을 걷던 루리가 갑자기 걸음을 멈췄다.
그리고, 수상하다는 듯이 주위를 둘러보기 시작했다.
"루리, 왜 그래?"
"……왠지, 오라버니의 기척이 느껴지는 것 같지 않아?"
"기, 기척……?"
"응. 어렴풋하게 말이야. 약 110초 전까지 이 자리에 있었던 것 같은데……."

"아니, 전혀 모르겠는데…… 기분 탓 아닐까?"

"내가 오라버니의 기척을 놓칠 것 같아?"

"설득력 있네……."

히즈미가 인상을 찡그리며 그렇게 말하자, 루리는 킁킁 하고 냄새를 맡는 시늉을 한 후에 무시키가 숨어 있는 곳을 향해 천천히 발걸음을 옮겼다.

"……읏! 이쪽으로 와요……!"

무시키는 숨을 삼키며 뒤편을 쳐다봤다. 하지만 이 골목의 안쪽은 사람이 도저히 지나갈 수 없을 정도로 좁았다.

"—어쩔 수 없군요."

바로 그때, 쿠로에는 무시키의 어깨를 꾹 움켜잡으며 그의 몸을 벽 쪽으로 몰아넣는 듯한 자세를 취했다.

"저기, 쿠로에? 대체 뭘……."

"여기서 존재변환을 해버리죠. 어차피 행사 전에는 해야만 하니까요."

"존재변환—."

그 말을 들은 무시키가 숨을 삼켰다.

존재변환. 그것은 표리일체가 된 무시키와 사이카의 몸을 뒤바꾸는 것이다.

사이카에서 무시키가 될 때는 마력의 방출량을 올리기 위해 무시키를 흥분시킬 필요가 있다.

무시키에서 사이카가 될 때는 반대로, 외부로부터 마력

을 받아들여야만 한다.

그리고, 그것을 위한 가장 효율적인 방법이란—.

"……."

쿠로에는 표정을 바꾸지 않으며, 무시키의 턱을 스윽 들어 올렸다.

"저, 저기, 잠깐만요, 쿠로에."

"시간이 없습니다. 그리고 이미 몇 번이나 하지 않았습니까. 이제 와서 뭘 주저하는 거죠?"

"그건 그렇지만……."

무시키는 볼을 붉히며 고개를 돌렸다.

확실히 쿠로에의 말대로지만, 지금 무시키는 쿠로에가 진짜 사이카라는 사실을 알고 있다. 그런 만큼, 긴장하지 말라는 게 무리라고나 할까—.

"—됐으니까, 얌전히 있어."

"……읏!"

다음 순간 쿠로에의 입에서 흘러나온 말에, 무시키는 온몸을 부르르 떨었다.

쿠로에는 그 틈을 놓치지 않고, 무시키의 얼굴을 꼭 잡더니—.

"으음—."

그대로, 자신의 입술을 무시키의 입술에 포갰다.

"……읍……."

온몸이 녹아내릴 것만 같을 정도로 부드러운 감촉이, 희미하게 감도는 달콤한 향기가, 무시키의 뇌를 유린했다. 무시키는 손가락 하나 까딱하지 못하며, 시야가 깜빡거리는 듯한 충격을 맛봤다.

그리고, 그로부터 몇 초 후…….

"—후유."

쿠로에가 입술을 떼자, 무시키의 몸은 쿠오자키 사이카로 변해 있었다.

그렇다. 이 행위— 키스가 바로, 외부에서 마력을 주입하는 가장 효율적인 수단이다.

"……."

무시키는 여전히 눈이 풀린 채, 입맞춤의 감촉이 남아 있는 입술을 매만졌다.

"……왠지, 평소보다 길지 않았어?"

"기분 탓 아닐까요?"

쿠로에는 태연한 어조로 그렇게 말하며 고개를 돌렸다. 그런 그녀의 말투는 평소 느낌으로 되돌아와 있었다.

바로 그 타이밍에, 루리가 골목 안을 쳐다봤다.

"……어머? 마녀님과 쿠로에……? 이런 데서 뭐 하는 건가요?"

"사이카 님께서 신기한 곤충을 발견했다고 말씀하셔서……."

쿠로에는 태연한 표정으로 그렇게 둘러댔다. 그러자 무시키는 쓴웃음을 머금으며 고개를 끄덕였다.

"아…… 응. 그런 느낌이 들었어."

"그랬군요. 지적 호기심이 대단하세요."

루리는 감탄한 어조로 그렇게 말하더니, 무시키를 찾듯 주위를 둘러봤다. 하지만 그의 모습이 보이지 않자, 미간을 살짝 찌푸리며 고개를 갸웃거렸다.

"왜 그러십니까?"

"아…… 아무것도 아냐. 착각을 한 것 같네—."

바로 그때, 뭔가를 눈치챈 루리는 눈을 동그랗게 떴다.

"쿠로에? 무슨 일 있었어? 얼굴이 빨갛잖아."

"뭐?"

루리가 그렇게 말하자, 무시키는 무심코 입을 열었다.

"……잘못 보신 것 아닐까요?"

하지만 쿠로에는 태연한 어조로 그렇게 말하더니, 무시키에게 얼굴을 보여주지 않으며 골목 밖으로 나가고 말았다.

『무시키』와 『사이카』의 이중생활을 시작하고 약 한 달이 흘렀다.

경이적인 관찰안과 망집에 가까운 학습 능력, 그리고 지극히 취미에 가까운 집착을 통해 무시키는 쿠오자키 사이카로서의 행동거지를 익혔다. 하지만 아직 긴장에 사로잡힐 때가 적지는 않았다.

특히 긴장하는 것은 사이카의 오랜 지인과 이야기를 나눌 때와 자신의 행동으로 인해 사이카의 평가나 사회적 지위가 훼손될 수 있을 때다.

그리고 지금 이 상황은— 그 두 가지 패턴을 완벽하게 충족시키고 있었다.

그도 그럴 것이, 사이카와 마찬가지로 마술사 양성 기관의 수장을 맡고 있는 마술사를 환대해야만 하는 것이다.

"……."

행사장에 설치된 단상에 놓인 의자에 앉은 무시키는 마음속의 긴장을 들키지 않기 위해 작게 숨을 내쉬었다.

〈정원〉 동부 에어리어에 위치한 대형 홀은 현재, 간이적인 식전 행사장으로 꾸며져 있었다.

평소에는 광대한 홀에는 〈정원〉의 학생들이 줄지어 서 있었고, 그 정면에 놓인 단상에는 교사와 기사들이 앉아 있었다. 낯익은 홀의 풍경에서 왠지 장엄한 기운이 감돌고 있는 듯한 느낌이 들었다.

"—사이카 님, 왜 그러십니까?"

무시키의 태도에서 뭔가를 감지한 건지, 쿠로에가 그렇게 물었다. —참고로 그녀는 무시키가 익히 아는 무표정한 얼굴을 하고 있었다.

"아, 별거 아냐. 〈누각〉의 학원장과 만나는 건 참 오랜만이라 싶어서 말이지."

무시키는 이 자리를 고려해 그렇게 답했다. 그러자 그 말을 들은 쿠로에가 속삭이는 투로 대답했다.

"너무 걱정하지 않으셔도 됩니다. 〈누각〉의 시온지 교세이 옹은 사이카 님의 오랜 지인이지만, 직접 얼굴을 마주할 기회는 그리 많지 않았으니까요. 위화감을 눈치챌 가능성은 낮습니다."

"흠—."

"그런 점에서 보자면, 기사 후야죠가 훨씬 무시무시합니다."

"설득력 넘치는 말이네."

무시키는 쓴웃음을 머금더니, 뒤편에 앉아있는 루리를 돌아봤다.

……등을 꼿꼿이 편 단아한 자세로 의자에 앉아 있으면서도, 핏발 선 눈으로 학생들을 노려보고 있었다.

하지만 그것은 학생들이 무례한 짓을 하지 않을까 걱정되어 감시하고 있는 것이 아니었다. 굳이 따지자면, 수많은 학생 중에서 특정 인물을 찾고 있는 듯한 눈치였다. ……무시키의 모습으로 돌아가는 것이 벌써 두려워서 견딜 수가 없었다.

"—아, 하지만 주의하실 점이 하나 있습니다."

바로 그때, 쿠로에는 문뜩 생각난 투로 그렇게 말했다. 무시키는 일단 루리에 관해서는 생각하지 않으려 하면서, 쿠로에를 돌아보았다.

"주의?"

"네. 부디 **지지 말아** 주십시오."

"……뭐? 물론, 최선을 다할 생각이긴 한데—."

"아뇨. 교류전이 아니라—."

쿠로에가 말을 이으려던 순간, 행사장 상부에 설치된 스피커에서 〈정원〉 관리 AI인 시르벨의 목소리가 흘러나왔다.

『—〈그림자의 누각〉 일행이 입장하겠습니다. 여러분, 힘찬 박수로 맞이해주십시오.』

그 말과 함께, 행사장의 입장용 문이 천천히 열렸다.

그리고 문밖에서 대기하고 있던 일행이, 일사불란한 발걸음으로 입장했다.

몇 명의 교사들과 짙은 색 교복을 입은 백여 명가량의 소년, 소녀들이었다. 견장 끝에서 빛나고 있는 리얼라이즈 디바이스가, 그들 전원이 마술사라는 사실을 알려주고 있었다.

이윽고 박수를 받으며 행진한 일행은 지정된 위치에 도착하자, 걸음을 멈췄다.

그러자, 일행을 선도하듯 걷던 교사들이 무시키 일행이

있는 단상에 올라왔다.

선두에서 선 인물은 마술사 느낌이 물씬 나는 로브를 걸친 나이 지긋한 남성이었다. 얼굴에 깊이 새겨진 주름과 새하얗고 긴 수염을 지녔지만, 등이 꼿꼿할 뿐만 아니라 발걸음도 전혀 흐트러지지 않았다.

틀림없다. 〈그림자의 누각〉 학원장인 시온지 교세이 본인이다. 미리 쿠로에가 보여준 자료에서와 똑같은 모습을 하고 있었다.

"—오랜만이구나. 〈정원〉의 마녀."

시온지는 무시키의 앞으로 걸어오더니, 그렇게 말하면서 오른손을 내밀었다.

"그래. 시온지 옹도 무탈해 보이는—."

무시키가 심장을 진정시키려는 듯이 심호흡을 한 후, 미소를 머금으면서 그 손을 잡기 위해 오른손을 내밀려 했다.

하지만…….

다음 순간, 시온지는 가운뎃손가락을 세웠다.

"어."

이 갑작스러운 사태에, 무시키는 어리둥절하다는 듯이 눈을 동그랗게 떴다.

그러자 시온지는 그대로 표정을 일그러뜨리더니, 긴 눈썹 아래로 날카로운 안광을 뿜으면서 무시키를 노려보았다.

"작년에는 자아아아아알도 그딴 짓을 벌였구나, 이 성질 머리 더러운 마녀야! 매번 비겁하기 그지없는 수를 쓰다니……! 이제까지의 굴욕을 곱절로 갚아주마……!!"

"으음……."

노신사 같은 외모의 사람이 이런 욕설을 내뱉자, 무심코 당황하고 말았다.

확실히 〈누각〉의 학원장은 사이카에게 강한 경쟁심을 품고 있다는 이야기는 들었지만, 설마 이렇게 직접적으로 싸움을 걸 줄은 몰랐다. 무시키는 당혹스러워하며 쿠로에를 힐끔 쳐다봤다.

"……."

그러자 쿠로에는 당황한 기색도 없이, 고개를 끄덕였다.

딱히 말은 하지 않았지만, 왠지 『GO』라는 말이 들린 듯한 느낌이 들었다.

……오호라. 『지지 마라』라는 말은 이런 의미인가. 무시키는 식은땀을 흘리면서도, 각오를 다지며 시온지와 시선을 마주했다.

"—호오, 비겁하다는 말은 좀 그런걸. 혹시 〈누각〉에서는 승리를 위한 노력과 궁리를 비겁하다고 부르라고 교육하나 보지?"

"뭐라고, 이 능구렁이 마녀가……! 노력과 궁리이이이잇?! 그게 말이냐?! 〈정원〉에서는 그걸 노력과 궁리라고 부르는 거냐?!"

"……."

……대체 작년에 사이카는 무슨 짓을 한 것일까.

무시키가 진땀을 몰래 흘리고 있을 때, 시온지의 양옆에서 있던 두 교사가 그를 달래기 시작했다.

"자, 자…… 그만 진정하시죠, 학원장님."

"그래, 할아버님. 학생보다 더 흥분하면 어떻게 하냐고."

한 사람은 안경을 쓴 상냥한 인상의 여성, 그리고 다른 한 사람은 몸 곳곳에 흉터가 있는 거한이었다.

두 사람 다 쿠로에가 보여준 자료에 실려 있었다. 이름은— 사에키 와카바와 스오우 테츠가. 두 사람 다 〈누각〉의 교사이자, 〈정원〉의 기사에 해당하는 지위를 지닌 시온지의 측근이다.

아무래도 측근 두 사람은 이지적인 것 같았다.

이걸로 시온지가 조금이라도 진정해주면 좋겠지만—.

"—악독함의 극치라고 해도 과언이 아닌 저딴 암여우 따위와 얽혀봤자, 몸에 좋을 게 없어요."

"독 같은 걸 쓰고도 남을 것 같으니까, 너무 다가가지 말라고."

그렇지 않았다. 방향성이 조금 다를 뿐, 두 사람 다 호전적이었다.

무시키가 어떻게 할지 생각하고 있을 때, 시온지가 거칠어진 호흡을 가다듬으면서 자신만만한 미소를 머금었다.

"……뭐, 좋다. 올해의 〈누각〉은 이전과 다르지. 작년처럼 될 거라고는 꿈도 꾸지 마라."

"호오, 그거 기대되는걸. ―네가 무릎 꿇는 모습이 벌써부터 말이지."

"흥…… 멋대로 떠들어라!"

그것으로 대화가 일단락됐다고 판단한 것일까. 스피커에서 다시 시르벨의 목소리가 흘러나왔다.

『―훈훈한 분위기 속에서 인사가 끝났으니, 바로 교류전 대표의 소개로 넘어갈까 합니다. 이름이 호명된 학생은 단상으로 올라와 주십시오.』

AI의 눈에는 방금 그게 훈훈한 분위기로 보였던 걸까. 아니면 고도의 비아냥거림이었던 걸까. 그 판단은 서지 않지만…… 빨리 이 행사를 끝내고 싶은 건 무시키도 마찬가지였다. 시르벨의 진행을 방해하지 않기 위해, 시온지에게서 시선을 뗐다.

그러자 다음 순간, 행사장 안의 조명이 어두워지면서 단상에 영상이 투영됐다.

『―〈공극의 정원〉 대표. 3학년, 모에기 호노카.』

그리고 시르벨의 말에 맞춰 화려한 이펙트가 펼쳐지더니, 학생의 사진과 이름이 표시됐다. 학원간의 교류전이라기보다, 격투기 이벤트 같은 분위기였다.

"아, 네!"

어머머…… 나쁜 아이군요.

L NOVEL

왕의 프러포즈 2권
발매 기념 초판 한정 특전

[NOT FOR SALE]

약간 멋쩍은 표정을 지으면서, 〈정원〉의 교복을 입은 소녀가 단상으로 올라갔다. 행사장 전체에서 우레와 같은 박수와 환성이 터져 나왔다.

『3학년, 시노즈카 토우야.』

"음."

이어지는 호명에 맞춰, 이번에는 장신의 남학생이 단상 위로 올라왔다. 그가 손을 흔들자, 행사장 곳곳에서 새된 환성이 쏟아졌다.

『2학년, 후야죠 루리.』

"—네."

이름을 불리자, 이미 단상에 있던 루리가 자리에서 일어섰다.

그러자, 이제까지와는 비교도 안 될 만큼 커다란 환성이 행사장을 가득 채웠다.

역시 S급 마술사이자 〈기사단〉의 멤버다. 지명도와 인기가 어마어마한 것 같았다.

평소의 루리를 아는 사람으로서, 왠지 불가사의한 느낌이었다.

그런 환성 속에서, 시르벨이 말을 이었다.

『다음은 2학년인 쿠가 무시키입니다만, 오늘은 몸이 좋지 않아서 결석했습니다.』

이것은 사전에 연락해둔 사항이다. 무시키가 사이카로서

행사에 출석했으니, 그는 등장할 수가 없다.

그러자 행사장에서는 아까까지와 다르게 야유가 쏟아져 나왔다. ……그것은 「모처럼의 교류전 개회식에 선수가 결석하다니」라는 의미처럼도 느껴졌고, 「예의 보이삐, 도망친 거 아냐?」라는 의미로도 느껴졌지만…… 일단 무시키는 깊이 생각하지 않기로 했다.

이것으로 〈정원〉 대표는 총 네 명이 소개됐으니, 남은 건 한 명이다.

투영된 영상에 한층 더 거대한 이펙트가 펼쳐지더니, 그 학생의 이름과 사진이 큼지막하게 표시됐다.

『—2학년, 쿠오자키 사이카.』

바로 그 학생의 이름과, 사진이 말이다.

"……어엇?"

영상에 표시된 것을 본 무시키는 한동안 아무 말 없이, 고개를 갸웃거렸다.

왠지, 이상한 것을 본 듯한 느낌이 들었다.

하지만, 〈누각〉 측에서 느낀 경악은 무시키와는 비교도 안 될 만큼 거대했다.

『—뭐어어어어어어어어어어어어어어어어어어엇?!』

단상에 줄지어 서있던 〈누각〉의 교사진 및 행사장의 학생들이 일제히 비명에 가까운 목소리를 냈다. 그 목소리가 너무 컸기에, 행사장 안의 공기가 더 떨릴 정도였다.

"어, 어떻게 된 것이냐, 〈정원〉의 마녀?! 왜 네 이름이 저기에 표시된 것이냔 말이다!!"

"아, 아니, 이건—."

무시키가 당혹스러워하며 대답하려 했을 때, 그 말을 끊듯이 시르벨이 말했다.

『사~ 양— 아니, 쿠오자키 사이카는 지난달에 〈정원〉에 편입했습니다. 그러니 출전 자격이 있죠.』

"……뭐엇?!"

시온지는 이해가 안 된다는 듯이 눈을 치켜떴다.

『마술사 등급, 전투 실적, 양쪽 다 교내에서 최고봉이에요. 온갖 관점에서 봐도, 〈정원〉 대표에 걸맞다고 판단했습니다.』

"그야 그렇겠지!"

시온지는 응석받이처럼 단상에서 발을 구르며 그렇게 외쳤다.

……아니, 뭐, 시르벨의 말도 틀리지는 않지만, 확실히 외부인이 느닷없이 들으면 혼란에 빠질 일이기는 했다.

"……쿠로에?"

다들 당혹스러워하는 가운데, 무시키는 낮은 목소리로 뒤편에 있는 쿠로에에게 말을 건넸다.

"무슨 일이시죠?"

"……으음, 내 기억으로는 말이지? 대표 건에 대해서는 손을 써보겠다고 하지 않았어?"

"네. 그래서 손을 써서, 사이카 님을 대표에 집어넣었습니다."

"……, 아하?"

무심코 「어째서?!」 하고 외칠 뻔한 무시키는 마음을 억지로 가라앉히면서 그렇게 대꾸했다. 사이카에게는 당황이나 초조가 어울리지 않는 것이다.

"일단 물어봐도 될까? 왜 나를 대표에 넣은 거야?"

"손을 써봤습니다만, 역시 무시키 씨를 대표에서 빼는 것은 무리였습니다."

"흐음."

"그러니 다른 학생 중 한 명을 사이카 님으로 변경했습니다."

"……다른 학생은 변경할 수 있는데, 왜 무시키는 뺄 수 없는 거야?"

"대표 다섯 명 중에도 우선도가 있는 듯합니다. 신화급 멸망인자를 해치운 기록이 있는 무시키 씨의 변경은 받아들여지지 않았습니다."

"……그랬구나. 그런데, 왜 하필이면 나를 대표에 넣은 건데?"

무시키가 묻자, 쿠로에는 코로 숨을 내쉬며 답했다.

"『그녀』를 쓰러뜨린 건 사실입니다만, 무시키 씨의 마술은 매우 불안정합니다. 게다가 상대는 〈누각〉의 정예죠. 허무하게 당해버릴 가능성도 있습니다."

"뭐…… 그건 그렇지."

"무시키 씨의 구멍을 메울 수 있는 전력이 없다면— 교류전에서 질지도 모릅니다."

"——."

바로 그때, 무시키는 그제야 눈치챘다.

—얼마 전부터 교류전에 그다지 관심이 없는 듯한 태도를 보였지만, 실은 누구보다도 그녀가 승리에 집착하고 있는 것이다.

"……귀여워."

무시키는 볼을 살짝 붉히면서 그렇게 중얼거리고 말았다.

"네?"

"아, 아무것도 아냐."

무시키가 얼버무리듯 헛기침을 했을 때, 그제야 상황을 파악한 듯한 시온지가 무시무시한 표정으로 노려보기 시작했다.

"이, 이 망할 〈정원〉 자시이이이익! 올해는 무슨 짓을 꾸몄나 했더니, 이딴 더러운 수작을 부린 것이냐……! 이렇게까지 해서라도 교류전에서 이기고 싶은 거냔 말이다아아아아—! 그러고 보니 이제야 눈치챘는데, 그 옷은 〈정원〉의 교복이구나아아아아앗! 이딴 교활한 짓을 벌이다니이이이잇!"

"어."

시온지는 부들부들 떨리는 손으로 미워서 못 견디겠다는 듯이 무시키를 가리켰다. 아무래도 사이카가 이 교류전에 나가기 위해 일부러 편입했다고 여기는 것 같았다.

그리고 그 말을 들은 다른 교사들의 얼굴에도 전율이 흘렀다.

"비겁해……! 이래서야 극채가 아니라 극악의 마녀잖아!"

"젠장…… 더러워, 더럽다고오오오!"

"……아니, 저기 말이야."

아무래도 완전히 오해한 것 같았다.

무시키가 사이카로서 〈정원〉에 편입한 것은 다른 이유 때문이지만…… 그것까지 설명할 수도 없었다. 무시키는 어쩌면 좋을지 생각하며 팔짱을 꼈다.

그런 무시키의 마음을 헤아린 것처럼, 루리가 슬며시 앞으로 나섰다.

"루리—."

"이 일은 저한테 맡겨주세요."

아무래도 이 상황을 수습할 자신이 있는 것 같았다. 그녀의 믿음직한 뒷모습을 본 무시키는 그렇게 하겠다는 듯이 고개를 끄덕였다.

하지만…….

"—아까부터 듣고 있자니 말이 너무 심하군요. 다 큰 어른이 이러쿵저러쿵 말이 많네요……. 이 교류전의 최대 목적은 마술사의 전투 기술 향상일 텐데요. 만약 자신이 어찌할 수 없는 강대한 멸망인자가 나타나더라도, 당신은 비겁하다, 반칙이다, 하고 외칠 건가요? 참 믿음직한 마술사도 다 있군요."

"뭐, 뭐라고……?!"

아니었다. 상황을 수습하기는커녕, 불에 기름을 들이부었다.

아마 상대방이 아까부터 사이카를 나쁘게 말한 것 때문에 화가 났던 것이리라. 그래서 그런지 평소보다 말 한 마디 한 마디가 더 매서웠다. ……솔직히 말해 무시키도 속이 좀 개운해졌다.

하지만 방금 발언 탓에 단상 위의 분위기가 더욱 험해지고 만 것은 사실이었다. 이대로 가다간 내일 교류전을 기다릴 것도 없이 이 자리에서 바로 데스매치가 시작될지도 모른다.

바로 그때—.

"—실례하겠습니다."

그런 분위기를 찢듯이 모습을 드러낸 이가 있었다. —쿠로에였다.

"……자네는 누구지?"

"처음 뵙겠습니다, 시온지 학원장님. 사이카 님의 종자인 카라스마 쿠로에라고 합니다."

쿠로에는 공손하게 인사를 한 후, 담담히 말을 이었다.

"〈누각〉 여러분께서 당황하신 것도 충분히 이해가 됩니다. ……실은 저도 평소부터 사이카 님의 무리한 요구에 휘둘리고 있죠. 그런 만큼, 여러분의 마음을 충분히 이해할 수 있습니다."

"으, 음……."

시온지는 그 정중한 인사에 기세가 꺾인 건지 그런 신음을 흘렸다. 쿠로에는 그 기회를 놓치지 않겠다는 듯이 말을 이었다.

"그런고로, 〈정원〉 측에서 여러분에게 제안을 드리고자 합니다."

"제안?"

"네. ―사이카 님의 참전은 다른 학생이 두 명 탈락한 후에 가능해지며, 사용 마술 또한 제1현현까지로 하겠습니다. 어떠신지요?"

"……뭐!"

쿠로에가 그렇게 말하자, 시온지는 눈을 동그랗게 떴다.

"……진심인가?"

"물론입니다. ―그렇죠? 사이카 님."

쿠로에가 동의를 구하듯 시선을 보내왔다.

무시키가 쿠로에의 말에 이의가 있을 리가 없었다. 당당히 고개를 끄덕이며 「그래」 하고 대답했다.

"……."

시온지는 잠시 생각에 잠기더니, 곧 고개를 들었다.

"……좋다. 본의는 아니지만, 후야죠 양이 아까 한 말도 일리가 있기는 하지. ―단, 조건이 하나 있다."

"어디 말해 봐."

무시키가 그렇게 말하자, 시온지는 고개를 끄덕였다.

"〈누각〉 측의 대표 학생 소개를, 10분만 기다려줬으면 한다."

"흠……?"

영문 모를 제안이었기에, 무시키는 쿠로에를 힐끔 쳐다봤다. 그러자 쿠로에는 괜찮다는 듯이 고개를 살며시 끄덕였다.

"좋아. 이쪽도 이의는 없어."

"……그럼 지금으로부터 10분 후, 재개하도록 하지."

그렇게 말한 시온지는 측근 두 사람을 데리고 단상에서 내려가더니, 행사장 안쪽으로 모습을 감췄다.

무시키는 그 뒷모습을 쳐다보면서 약간 고개를 갸웃거렸다.

"10분……이라. 뭘 하려는 걸까?"

"—아마 대표 선수를 바꾸려는 거겠죠. 사이카 님을 상대하기 위한 특별한 편성을 짜려는 게 아닐까 싶습니다."

쿠로에가 그렇게 말하자, 무시키는 「그렇구나」 하고 말하며 턱을 쓰다듬었다.

그리고— 그로부터 딱 10분 후.

『—그럼, 〈누각〉 측 대표 학생 소개를 시작하겠습니다.』

시온지 일행이 돌아오는 것을 기다리지도 않으며, 스피커에서 시르벨의 목소리가 흘러나왔다.

『3학년, 마츠바 타케루.』

"오오!"

호명에 맞춰, 〈누각〉의 남학생이 단상으로 올라왔다. 굵직한 성원이 그의 등을 밀어주듯 흘러나왔다.

하지만, 문제는 그다음부터였다.

『이어서 3학년, 네기시 쇼우를 대신해— 1학년, 스오우 테츠가.』

"—네!"

귀에 익은 이름과 목소리가 들려오자, 무시키는 눈을 동그랗게 떴다.

고개를 돌리자 아까 단상에서 모습을 감췄던 〈누각〉의 교사, 스오우 테츠가의 모습이 눈에 들어왔다.

아니— 정확하게는 아까까지와 조금 다른 점이 있었다.

"……어?"

그 모습을 본 무시키는 얼이 나간 듯한 표정을 지었다.

하지만 그것도 무리는 아니었다. 온몸에 흉터가 난 30대 중반 가량의 험상궂은 남자가 〈누각〉의 교복을 억지로 입고 있었다. 사이즈가 맞지 않다는 것을 한눈에 알 수 있었다. 교복 등 부분이 찢어져서 테이프를 붙여둔 상태였다.

하지만 본인은 전혀 개의치 않으면서, 당당히 대표 학생 자리에 섰다. 통나무처럼 굵은 팔로 팔짱을 끼자, 겨우겨우 형태를 유지하고 있던 교복 소매가 비명을 질렀다.

"나한테 맡겨두면, 만사 오케이라고!"

그렇게 말한 그는 순진무구한 미소를 머금었다. 명백하게 아까까지와는 캐릭터가 달랐다. 어쩌면 나름대로 『젊음』을 이미지하며 행동하는 걸지도 모른다.

『3학년, 신바시 마코를 대신해— 1학년, 사에키 와카바.』

"예이~!"

이어서, 사이온지의 측근 중 한 명인 사에키 와카바가 단상 위에 나타났다.

그 소개를 듣고 불길한 예감이 들었지만— 역시 그녀 또한 〈누각〉의 여자 교복을 입고 있었다.

"……."

뭐랄까, 묘령의 여인이 몸에 찰싹 달라붙는 교복을 입고 있는 모습은 스오우 때와는 다른 의미의 파괴력을 지니고 있었다. 행사장 곳곳에서 「우와아……」, 「퇴폐업소 아가씨 같아……」, 「오히려 에로틱해……」 같은 술렁거림이 들려왔다.

하지만 본인은 전혀 개의치 않으면서, 살짝 올려다보며…….

"하아~, 교류전 같은 건 대박 귀찮은 초~ 베리 배드 MK5, 거든~?"

그런 불가사의한 언어를 늘어놨다. 저것도 그녀 나름대로 젊음을 연출하는 걸까. 무시키는 잘 모르겠다.

하지만 그것으로 끝이 아니었다. 시르벨이 다음 사람을 호명했다.

『3학년, 쿠와조메 하루키를 대신해— 1학년, 시온지 교세이.』

"네~엡!"

그 목소리와 함께 나타난 이는 예상대로 〈누각〉 학원장, 시온지 교세이였다.

물론 그도 학생복을 걸치고 있었다.

"저, 이런 건 처음이지만…… 최선을 다하겠습다~!"

"—대체 뭐 하자는 거야?!"

바로 그때, 태클을 날린 이는 무시키의 앞에 서 있던 루리였다. 더는 못 참겠다는 듯이 〈누각〉 대표 학생(을 자처하는 교사진)을 손가락으로 가리켰다.

그러자 시온지는 자신만만한 미소를 지으면서 고개를 치켜들었다.

“훗…… 무슨 문제라도 있나? 우리는 방금 〈누각〉에 편입한 파릇파릇한 1학년 3인방이지. 어디 사는 누군가의 억지가 용납된 만큼, 이 정도는 용납될 거라고 생각하는데 말이다. ―설마 비겁하다고 말하려는 건 아니겠지?”

시온지를 비롯한 세 사람이 훗훗훗…… 하고 웃었다. 처음에 소개된 평범한 학생은 약간 압도당한 듯한 표정을 지으면서도 거기에 맞췄다.

……여러모로 말도 안 되기는 하지만, 저들의 행동 자체는 〈정원〉 측과 크게 다를 것이 없었다. 사이카가 대표인 만큼, 인정하지 않을 수 없다. 무시키는 진땀을 흘리면서 고개를 끄덕였다.

“뭐, 뭐어…… 제시한 조건을 어긴 건 아니지. 그쪽이 그걸로 됐다면 인정하겠어. 하지만―.”

“하지만, 뭐지?”

“대표는 다섯 명일 텐데? 남은 한 명은 어디 있는데?”

무시키가 묻자, 시온지는 입술 가장자리를 치켜올리며 씨익 웃었다.

“―잘 물어봤다. 마지막 한 명이야말로 〈누각〉 비장의 카드. 타도 〈정원〉을 위해 준비한 최강의 자객이지.”

“비장의 카드……?”

“그래. 이름은―.”

시온지가 말을 이으려던 바로 그때였다.

"—타앗!"

어디선가 그런 목소리라 들려오더니, 학생들이 줄지어 서 있는 행사장 쪽에서 누군가가 단상을 향해 몸을 날렸다.

그리고 그 사람은 공중에서 몸을 한 바퀴 회전시키더니, 멋진 포즈를 취하면서 단상에 착지했다.

"……아! 너는—."

그 사람의 얼굴을 본 무시키는 무심코 눈을 동그랗게 떴다.

두 갈래로 나눠 묶은 화려한 색상의 머리카락, 입술 사이로 드러난 송곳니, 그리고 크고 작은 다양한 이어 커프스…….

그렇다. 그 사람은 바로 MagiTube의 인기 스트리머 쿠라라, 토키시마 쿠라라였던 것이다.

하지만 무시키의 기억과 다른 점이 딱 하나 있었다.

쿠라라는 현재 시온지 일행과 같은 학원의 교복을 입고 있었다.

"휘유~. 겨우 찾았네요~, 〈정원〉의 마녀님—."

쿠라라는 천천히 고개를 들더니, 무시키의 눈을 응시했다.

"……윽."

무시키는 살짝 미간을 찌푸렸다. 그녀의 두 눈에 어린 감정이 『무시키』의 몸으로 마주했을 때와는 명백하게 다르다고 느껴졌기 때문이다.

"—쿠라라?! 그 교복은 〈누각〉의……?!"

루리가 경악에 찬 표정으로 목소리를 쥐어짜 내서 그렇

게 말했다.

그러자 미리 타이밍을 맞추기라도 한 것처럼, 단상에 투영된 영상에『토키시마 쿠라라』의 이름과 사진이 표시됐다.

"―〈누각〉의, 마지막…… 대표? 네가……?"

무시키가 의아한 투로 묻자, 시온지는 양손을 활짝 벌렸다.

"그렇다. 이 아이가 바로 〈누각〉의 비밀병기! 후야죠 루리 못지않은 인재지……!"

쿠라라는 영상 쪽을 힐끔 쳐다보더니, 「아하」 하고 가벼운 어조로 말했다.

"참, 그랬죠. 정찰 삼아 먼저 와 있었던 거예요. 하지만, 뭐, 이제 와선 아무래도 상관없어요. 그것보다―."

쿠라라는 단상에 설치된 마이크를 손에 쥐더니, 무시키를 손가락으로 가리켰다.

그리고 〈정원〉과 〈누각〉의 교사 및 학생에게 똑똑히 들릴 만큼 큰 음량으로, 힘차게 선언했다.

"―마녀님! 무시삐의 여친 자리를 걸고, 이 몸과 승부해요!"

느닷없이 들려온 그 말에―.

"……뭐?"

당사자인 무시키는, 그저 얼이 나갈 수밖에 없었다.

제3장 【대결】 마녀님 vs 쿠라라, 사랑의 삼세판

인류 역사에서, 항상 최고의 콘텐츠로 군림해온 것이 두 가지 있다.

하나는 『투쟁』.

그리고 다른 하나는 『연애』다.

유사 이래, 사람은 가슴 뛰는 영웅담에 열광했고, 아름다운 사랑 이야기에 가슴이 타들어 갔다.

아무리 시대가 바뀌고, 기술 혁신이 일어나서, 세상에 변혁이 일어날지라도, 이 취향만은 달라지지 않았다.

당연했다. 그것들은 사람이 살아서 목숨을 이어가는 데 있어, 근원적인 욕구에 기인한 쾌락인 것이다.

인간이 집단 안에서 살아가는 이상, 자신의 목숨을, 동료를, 재산을 지키기 위해 싸울 수밖에 없으며, 자손을 남기기 위해서는 생식을 할 상대를 찾아야만 한다.

하지만 실제 인생에서 그것들이 전부 이상적으로 이뤄질 리가 없다.

하지만— 아니, 그렇기 때문에, 사람은 빠져들고 마는 것이다.

피 끓고, 가슴 뛰는 『누군가』의 무용담에…….

아름답고, 혹은 추악함으로 꾸며진 『누군가』의 사랑 이야기에…….

그리고, 세상의 이면에서 활동해온 마술사 또한 인간인 만큼, 그 예에서 벗어나지 못했다.

즉—.

뛰어난 실력을 지닌 마술사 두 명이 연인을 걸고 싸운다고 하는, 두 가지 요소를 겸비한 이벤트에 흥분하지 않을 리가 없는 것이다.

"……곤란하게 됐네."

"곤란하게 됐습니다."

〈누각〉 학생을 맞이하는 환영식이 끝난 후.

사이카의 모습으로 학원장실에 돌아온 무시키와 쿠로에는 인상을 쓰며 시선을 마주했다.

정확하게는 무시키만 인상을 쓰고 있으며, 쿠로에는 여전히 무표정했지만, 마음속으로 곤란해하고 있다는 것은 알 수 있었다.

두 사람이 당혹스러워하고 있는 원인은 바로 쿠라라다.

지금으로부터 약 30분 전. 〈누각〉 최후의 대표 학생으로서 단상에 나타난 쿠라라는 아니나 다를까, 수많은 사람 앞에서 사이카에게 승부를 제안한 것이다.

—그것도, 무시키의 여친 자리를 걸고, 말이다.

"WeSPER는 그 이야기로 시끌시끌하군요. 트렌드 워드가 됐을 정도입니다."

"WeSPER?"

쿠로에가 스마트폰 화면을 보면서 그렇게 말하자, 무시키는 고개를 갸웃거렸다.

"마술사 전용 SNS의 일종입니다. 이전에 소개해드렸던 것과 다르게, 불특정 다수가 짤막한 문장을 공개하는 형식이죠."

그렇게 말한 쿠로에가 화면을 보여줬다. 『극채의 마녀 vs 쿠라라, 사랑의 승부 개막?!』이라는 기사에 코멘트가 잔뜩 달려 있었다. ……역시 현대의 마술사들이다. 실로 현대적인 방법으로 정보를 공유하고 있는 것 같았다.

"왜 그 자리에서 딱 잘라 거절하지 않은 거죠?"

"……미안해."

쿠로에가 그렇게 말하자, 무시키는 이마를 손으로 짚으며 신음하듯 그렇게 말했다.

그렇다. 다들 얼이 나가 있는 사이에 쿠라라가 멋대로 이야기를 진행하더니, 영문을 모르는 사이에 이야기가 정리되고 — 적어도 주위가 그렇게 여겼다 — 말았던 것이다.

그 결과, 무시키는 구체적인 대답을 하지 않았는데도 불구하고 승부를 벌이게 됐다. 실제로 현재 〈정원〉 안은 그 이야기로 시끌시끌했다.

"……하지만 그 상황에서 『무슨 소리를 하는 건지 모르겠네』 하고 말했다간, 쿠라라가 의기양양한 표정으로 무시키한테 쳐들어갈 거라고 생각했거든……."

"그건…… 그럴지도 모르겠습니다만……."

쿠로에는 작게 한숨을 내쉬었다. 무시키도 마치 옮은 것처럼 한숨을 내쉬었다.

정말, 일이 성가셔졌다. 게다가 하필이면 『무시키의 쟁탈전』이라는 형태로 도전을 받은 것이다. ……자신이 자신을 쟁탈하게 됐다. 대체 뭘 어떻게 하면 좋을까. 마치 철학적인 명제와 마주한 것 같은 느낌이었다.

무시키가 그런 생각을 하고 있을 때, 쿠로에는 뭔가가 생각난 것처럼 그를 향해 시선을 돌렸다.

"그럼 이렇게 하죠. 쿠라라 양에게 『나와 무시키 사이에는 네가 끼어들 틈이 없다』 하고 선언하는 겁니다. 두 사람이 서로를 사랑하고 있다는 걸 알면, 쿠라라 양도—."

"—그럴 수는 없어요!"

무시키는 반사적으로 고함을 질렀다.

그리고 어안이 벙벙한 쿠로에의 모습을 보더니, 화들짝 놀라며 어깨를 부르르 떨었다.

"갑자기 고함을 질러서 미안해요. 게다가 말투도……."

"아뇨, 괜찮습니다. 편한 말투로 이야기하시죠. 지금 이 자리에는 저밖에 없으니까요."

쿠로에는 하고 싶은 말이 있으면 해 보라는 투로 그렇게 말했다. 그러자 무시키는 고개를 살짝 숙인 후에 말을 이었다.

"……확실히, 나는 지금 사이카 씨의 몸을 지녔어요. 자초지종을 모르는 사람에게, 내 말은 사이카 씨의 말로 들리겠죠. 내가 그렇게 말한다면, 쿠라라가 순순히 포기할 가능성도 있긴 해요."

하지만, 하고 말한 무시키는 주먹을 말아 쥐었다.

"나는 어디까지나, 사이카 씨의 몸을 지키고 있을 뿐이에요. 사이카 씨의 의지를 무시하는 발언을 함부로 해선—안 된다고 생각해요. 그런 식의 발언은 조심해서 해야 할 거예요."

"……."

무시키가 그렇게 말하자, 쿠로에는 한동안 침묵을 지킨 후에 한숨을 내쉬었다.

"그렇군요. 제 생각이 짧았습니다. 용서해주십시오."

"……앗! 아뇨, 그렇지는—."

바로 그때, 무시키는 눈을 동그랗게 떴다.

가면 같던 쿠로에의 표정이, 희미하게 변화한 것처럼 보였던 것이다.

"쿠로에…… 방금, 살짝 웃었어요?"

"글쎄요. 무슨 소리를 하시는 건지 모르겠군요."

쿠로에는 즉시 원래의 무표정한 얼굴로 되돌리더니, 시

치미를 떼듯 시선을 돌렸다.

하지만 금방 마음을 다잡은 것처럼, 다시 무시키를 쳐다봤다.

"—그렇다면, 대응책을 생각해봐야만 할 겁니다. 쿠라라 양의 발언은 〈정원〉과 〈누각〉의 학생 및 교사에게 널리 알려졌으니까요. 물론, 사이카 님의 지위라면 무시해버리는 것도 가능하겠습니다만—."

"—그건, 사이카 씨답지 않다……는 거죠?"

"맞습니다."

쿠로에는 무시키의 말에 동의한다는 듯이, 고개를 끄덕였다.

"다행히 사이카 님은 구체적인 발언을 하지 않으셨습니다. 이건 어디까지나 무시키 씨가 사이카 님을 마음에 두고 있다는 말을 들은 쿠라라 양의 폭주이며, 사이카 님은 거기에 휘말린 것이죠. —하지만 도전을 받은 이상, 도망치는 건 사이카 님답지 않습니다."

그렇다면, 하고 쿠로에가 이어서 말했다.

"—사이카 님이 취할 행동은, 그 결투 신청을 재미있어하며 정면에서 받아주는 것입니다. 그리고 콧노래를 부르며 그녀에게 승리하는 것이죠. 무시키 씨의 여친 운운은 어디까지나 쿠라라 양의 발언입니다. 이겼다고 해서 어떤 액션을 취해야만 한다는 족쇄 같은 건 없죠. 사이카 님은 어디까지나, 도전을 받아줬을 뿐이니까요. 하지만 쿠라라 양은 이 승부의 제안자입니다. 그러니 남들이 보는 앞에서 패배한다면, 무시키 씨를 포기하겠죠."

"……그래."

무시키는 납득한 듯이 고개를 끄덕이더니, 의자에서 몸을 슬며시 일으켰다.

"확실히, 그래야— **나**답겠지."

그리고 방 안쪽에 놓인 거울에 비친 자신의 모습을 보며, 사이카의 말투로 그렇게 말했다.

쿠로에는 동의한다는 듯이 고개를 끄덕였다.

"……뭐, 자신이 걸린 승부에 자신이 임한다는 건, 꽤 영문 모를 소리지만 말이야."

"그런 불평은 안 하는 편이 좋지 않을까 싶습니다."

쿠로에는 도끼눈을 뜨며 그렇게 말하더니, 다시 스마트폰을 조작했다.

"현재 〈정원〉 안에서는 내일 열릴 교류전의 전야제가 열리고 있습니다. —그리고 쿠라라 양은 사이카 님과의 대결용으로 특설 스테이지를 설치하고 있다는군요. 예의 바르게도 다목적 홀의 사용 신청까지 했습니다."

"여러모로 성급한 아이인걸. 내가 승부를 거절할 거라고는 눈곱만큼도 생각하지 않나 봐."

"거기까지 생각이 미치지 않은 건지, 아니면 이렇게까지하면 사이카 님이 승부를 받아들일 수밖에 없을 거라고 생각한 건지…… 어느 쪽이든 간에, 성가신 상대인 건 틀림없습니다. 하지만—.”

“—그래. 가자, 쿠로에. 그리고 당연히, 승리를 거머쥐고 개선하도록 할까. 그 어떤 싸움일지라도, 쿠오자키 사이카에게는 도주와 패배가 어울리지 않으니 말이야.”

“네. 함께하겠습니다.”

쿠로에는 무시키의 말에 만족한 듯이 고개를 끄덕이더니, 학원장실 안쪽에 있는 문으로 걸어갔다.

중앙 학사 최상층의, 건물 밖과 접한 벽에 설치된 문. 원래라면 그 문 너머에 펼쳐져 있어야 하는 건 허공뿐이다. 시공자의 장난, 작업자의 실수, 혹은 문을 연 이를 나락으로 유혹하는 함정 같아 보이는, 기묘한 설비다.

하지만 쿠로에가 문손잡이를 쥐고 문을 열자, 그 너머에는 예상했던 허공과는 다른 공간이 펼쳐져 있었다.

“가시죠.”

“그래.”

무시키는 쿠로에의 말에 따라, 차분한 발걸음으로 문을 통과했다. 쿠로에는 그 뒤를 따르면서 문을 닫았다.

—무시키 일행이 도착한 곳은, 〈정원〉 서부 에어리어에 위치한 다목적 홀이었다.

안쪽에 스테이지가 있으며, 그곳을 중심으로 부채꼴 형

태로 객석이 펼쳐져 있다.

객석은 이미 만원 상태였다. 〈정원〉과 〈누각〉, 양측의 교복이 눈에 들어왔다.

그리고 그들의 시선이 향한 곳에는—.

『자~! 다들 모여주셔서 고마워요. 그럼 마녀님이 올 때까지, 이 몸의 독무대로 가볼까요~?』

이 사태의 중심인물인 마술사, 토키시마 쿠라라가 있었다.

쿠라라는 마이크를 한 손에 든 채, 분위기를 띄우려는 듯이 이야기를 이어가고 있었다. 유심히 보니, 〈슬라임〉 토벌 때와 마찬가지로 날개 달린 스마트폰이 공중에 떠 있었다. 아무래도 또 생방송 중인 것 같았다.

바로—.

『—우오옷?!』

다음 순간, 쿠라라는 눈을 치켜떴다.

하지만, 그 이유는 생각할 필요도 없었다.

왜냐하면 지금, 쿠라라와 무시키의 시선이 마주친 것이다.

쿠라라는 씨익 웃더니, 과장스러운 제스처를 취하면서 다른 이들의 시선을 무시키 쪽으로 유도했다.

『—다들, 입구를 주목해주세요! 〈공극의 정원〉 학원장이자 세계 최강의 마술사! 쿠오자키 사이카 님이 등장하셨어요!』

『……!』

쿠라라의 말에 이끌리듯, 관객들이 일제히 무시키를 돌

아보더니— 홀이 터져 나갈 듯한 박수와 땅을 뒤흔들 듯한 환성을 보냈다.

무시키는 한순간 움츠러들 뻔했지만, 사이카의 표정과 몸놀림을 흐트러뜨리지 않았다. 그리고 여유에 찬 미소를 머금으며 손을 흔들어 보였다.

그리고 느긋한 발걸음으로 객석 사이의 통로를 나아가더니, 무대 쪽으로 걸어갔다.

"—마녀님!"

그리고 무대에 오르기 직전…….

갑자기 귀에 익은 목소리가 들려오자, 무시키는 그쪽을 쳐다봤다.

"흐음, 루리. 그리고 히즈미도 있잖아. 관전하러 온 거야?"

그렇다. 그곳에 있는 이들은 바로 루리와 히즈미였다. 가장 앞줄에 앉아서, 안절부절못하는 듯한 표정을 짓고 있었다.

"네. 저 쿠라라라는 여자…… 보이뻬 선언으로 모자라, 마녀님까지 끌어들여 이딴 일을 벌이다니……! 마음 같아선 제가 박살을 내주고 싶지만…… 도전을 받은 사람은 마녀님이시니까요. 마녀님의 싸움을 제가 빼앗을 수는 없어요."

주먹을 부들부들 떨며 그렇게 말한 루리는 열띤 목소리로 말을 이었다.

"……부디, 부디 저 무례한 여자에게 따끔한 맛을 보여주세요."

"하하, 이거 책임이 막중한걸. 뭐, 열심히 해 보겠어."

무시키는 가벼운 어조로 그렇게 답했다. 그것이 이 자리에서 가장 사이카다운 반응일 거라고 자신했기 때문이다.

실제로 루리도 같은 생각인 것 같았다. 표정을 굳어 있지만, 사이카를 신뢰한다는 듯이 고개를 끄덕였다.

"—그런데 마녀님."

"왜?"

"오빠의 여친 자리를 건 싸움이라는 건, 쿠라라가 멋대로 떠든 말일 뿐인 거죠?"

루리는 99퍼센트의 신뢰와 1퍼센트의 걱정이 섞인 듯한 표정을 지으며 물었다.

무시키는 한순간 움찔했지만, 곧 고개를 끄덕였다.

"……응, 그래. 아무래도 나한테 이기면 그와 사귈 수 있다고 착각하나 봐."

"그렇죠?! 마녀님이 오라버니를 좋아할 리가 없는걸요!"

무시키의 말을 들은 루리가 환한 표정으로 그렇게 말했다.

"……."

……뭐, 처음부터 그런 가정하에서 일을 풀어나갈 작정이었지만, 이런 말을 실제로 들으니 복부에 묵직한 한 방이 꽂힌 것만 같았다. 무시키는 어찌어찌 미소의 가면이 벗겨지지 않도록 유지하며 애매하게 답했다.

바로 그때, 통로 건너편에 있는 좌석에서, 의미심장한 웃음소리가 들려왔다.

"—크크큭. 따끔한 맛을 보여주겠다, 라. 뜻대로 될까?"

그 자리에 앉은 이는 〈누각〉의 교복을 입은, 하얀 머리카락과 하얀 수염이 인상적인 노인이었다.

그런 특징을 지닌 인물은 한 명뿐이다. 〈누각〉 학원장이자 파릇파릇한 1학년, 시온지 교세이다. 유심히 보니 터질 듯한 교복을 입은 스오우 테츠가와 사에키 와카바도 시온지와 같은 줄에 앉아 있었다.

"시온지 옹도 있었나. 그것보다, 아직도 그 옷차림을 하고 있는 거야?"

"아직도, 는 또 무슨 소리냐. 〈누각〉의 학생인 만큼, 이건 올바른 옷차림이다."

"으음, 아니, 뭐, 그건 그렇지만……."

"그리고 토키시마 선뷔를 응원하는 것도, 신입생으로서 당연한 일이지."

"선뷔?"

"요즘 학생들은 같은 학원의 윗사람을 그렇게 부른다고 들었다만……."

시온지는 「틀렸느냐?」 하고 말하는 듯한 표정으로 고개를 갸웃거렸다.

그렇게 부르는 사람도 있긴 하겠지만, 노년의 신사에게

는 그다지 어울리지 않는 단어라는 느낌이 어마어마하게 들었다.

그런 대화를 들은 건지, 반대편 자리에 앉아 있던 루리가 언성을 높였다.

"……그것보다 시온지 학원장님. 저런 행동을 허락해도 되는 건가요? 행동 하나하나가 지나치단 생각이 드는데 말이죠."

"문제없다. 우리 〈누각〉은 학생의 자주성을 존중하거든."

"……실제로는요?"

"주의를 준다고 저 자연 발화식 폭죽녀가 얌전히 있을 리가 없고, 교류전을 치르기 전에 〈정원〉 측을 조금이라도 피곤하게 만들 수 있다면 감지덕지—."

"……."

"—헉."

시온지는 어깨를 부르르 떨었다. 그리고 눈을 살짝 내리깔았다.

"역시 후야죠 선배. 설마 내가 실언을 하게 만들 줄이야……."

"아니…… 딱히 아무 짓도 안 했는데요……."

루리가 식은땀을 삐질삐질 흘리며 그렇게 말했다. ……아무래도 쿠라라는 〈누각〉 측에서도 버거워하는 것 같았다.

하지만, 그렇다고 해서 꼬리를 말 수도 없다.

—지금의 무시키는 쿠가 무시키가 아니라, 〈정원〉의 간판을 짊어진 쿠오자키 사이카니까 말이다.

"……."

결의를 새롭게 다진 무시키는 쿠로에를 데리고 무대로 올라가더니, 그곳에서 기다리고 있던 쿠라라와 대치했다.

"으흐흐…… 왔군요, 마녀님. ……실은 무시당하면 어쩌나 하고 아주 쪼끔 생각했어요. 그러니 정말 땡큐예요. 까놓고 말해 덕분에 살았다니까요."

쿠라라는 자신만만한 미소를 머금으며 그렇게 말했다. 참고로 후반부의 대사는 작은 목소리로 말했다. 남들에게 폐란 폐는 다 끼치는 소녀지만, 이런 면은 미워할 수가 없었다.

"—그래도, 승부는 승부예요! 이 몸은 마녀님에게 이겨서, 무시삐의 하트를 거머쥘 거라고요!"

그렇게 말한 쿠라라는 손가락으로 상대를 가리켰다.

적어도 〈정원〉의 학생 중에는 극채의 마녀에게 이런 소리를 할 수 있는 사람이 없을 것이다. 좋은 의미에서도 나쁜 의미에서도, 배짱이 두둑한 것 같았다.

"……."

무시키는 뒤편에 서 있는 쿠로에에게 눈짓을 보냈다.

그러자 그 의도를 눈치챈 듯한 쿠로에는 고개를 끄덕였다.

무시키는 훗 하고 웃으며 쿠라라와 마주하더니, 힘찬 목소리로 선언하듯 말했다.

"후후, 좋아. 그 어떤 이유일지라도, 내가 등을 보일 수야 없지. ─너를 쓰러뜨리고, 무시키의 연인이 될 자격을 손에 넣겠어."

무시키가 그렇게 선언하자, 홀 안은 흥분의 도가니가 됐다.

물론, 진담은 아니다(물론 무시키는 진담이기를 바라지만).

하지만 만약 사이카가 이런 사태에 처했을 경우─ 분위기를 띄우기 위해 도전에 응해주는 것이 가장 『사이카다운』 행동이라는 생각이 들었다.

그리고 간단히 상대를 쓰러뜨린 후, 상품을 둔 채 「재미있는 승부였어」 하고 말하며 돌아간다.

이것이야말로 『쿠오자키 사이카』다운 해결법이라고, 무시키는 믿어 의심치 않았다.

실제로 쿠로에가 동의한 것을 보면 같은 생각인 듯하며, 객석 가장 앞줄에서 무시키를 지켜보고 있는 루리 또한 딱히 놀란 기색을 보이지는 않았다.

그뿐만 아니라 경악을 금치 못하는 옆자리의 히즈미에게 「후훗. 진정해, 히즈미. 방금 그건 마녀님 스타일의 마이크 퍼포먼스야」 하고 설명해줄 정도의 여유를 보이고 있었다. 목소리가 들린 건 아니지만, 틀림없을 거라는 확신이 들었다. 해석의 일치율이 높아서 정말 다행이다.

그에 반해 무시키와 마주한 쿠라라는 「어, 설마 마녀님도 무시삐를……?」 하고 말하는 듯한 표정을 짓고 있었다.
아직 사이카를 충분히 이해하지 못한 것 같았다.

"—그런데, 승부 방법은 어떻게 되지? 역시 모의전일까? 현현은 몇 단계까지로 제한할 거야?"

"자, 자, 자……."

무시키가 그렇게 묻자, 쿠라라는 당황한 듯이 손바닥을 펼쳐 보였다.

"잠깐만요. 그건 내일 모의전까지 아껴두자고~요. 정말~, 마녀님은 장난~꾸러기☆"

쿠라라는 그렇게 말하며, 귀엽게 익살을 떨었다.

참고로 그런 그녀의 이마에는 땀방울이 송골송골 맺혀 있었다.

당연하다면 당연하겠지만, 일대일의 모의전 형식으로 사이카에게 이길 자신은 없는 것 같았다.

"그럼, 뭐로 승부할 거지?"

"그게 말이죠—."

『—기다려 주시길. 여기서부터는 제가 진행하도록 하겠습니다.』

쿠라라가 말을 이으려던 순간, 무대 중앙에 찬란히 빛나면서 한 소녀가 출현했다.

〈정원〉 관리 AI, 『시르벨』였다.

"우왓?! 깜짝 놀랐네! AI 언니잖아요."

——얏삐~! 쿠라라 채널 시간이에요~.

L NOVEL

왕의 프러포즈 2권
발매 기념 초판 한정 특전

[NOT FOR SALE]

"—시르벨?"

『에이~. 사~ 양도 참. 평소처럼 언니라고 불러줘요♡』

무시키가 이름으로 부르자, 시르벨은 싫다는 듯이 몸을 배배 꼬았다. 그 움직임에 맞춰, 풍만한 가슴이 좌우로 흔들렸다. 홀 곳곳에서 『오오……』 하며 숨을 삼키는 듯한 목소리가 들려왔다.

쿠로에한테서 『언니 누나』인 것에 비정상적으로 집착하는 AI라는 말을 들었지만, 아무래도 사이카도 예외는 아닌 것 같았다.

"사~ 양……."

무시키는 그 감미로운 울림을 입 안으로 읊조렸다.

……그래. 그런 것도 있는 건가.

이제까지 사이카에게 여동생 요소가 있을 거라고는 상상도 하지 않았던 무시키는 가슴이 살짝 뛰고 말았다.

하지만 심박수가 너무 상승했다간 무시키의 몸으로 되돌아갈 우려가 있다. 그렇기에 무시키는 마음을 진정시키려는 듯이 심호흡을 한 후, 시르벨과 마주했다.

"맞아. 그랬어, 언니. —그런데, 네가 왜 여기 나타난 거야?"

『승부를 하기로 한 만큼, 중립의 위치에서 룰을 정할 이가 필요하잖아요? 그렇다면 여러분의 언니 누나인 시르벨이 나설 차례죠. 아니면 사~ 양은 쿠라링이 정한 종목으로 싸우고 싶은 거예요?』

시르벨이 고개를 갸웃거리며 그렇게 말했다. 아무래도 쿠라라는 쿠라링이라고 불리는 것 같았다.

"흠……."

뭐, 확실히 그녀의 말이 옳았다. 승부인 만큼, 진행을 맡을 사회자와 심판이 필요할 것이다. 그리고 쿠라라에게 종목 선정을 맡기면, 자신에게 유리한 승부를 제안할 게 틀림없다.

하지만 순순히 납득하는 건 사이카답지 않다. 무시키는 자신만만한 미소를 머금었다.

"나는 딱히 그래도 상관없는데 말이지."

『우후후, 사~ 양의 그런 면은 참 멋져서 좋아해요.』

하지만, 하고 시르벨은 덧붙여 말했다.

『〈정원〉을 지키는 모두의 언니 누나로서, 불공평(언페어)한 승부를 두고 볼 수는 없어요. 쿠라링도 괜찮죠?』

"아~, 네. 그럼 맡길게요. 역시 공평한 룰로 싸워야 제대로 이겼다고 할 수 있을 테니까요. ─결코 구체적인 승부 방법을 생각해두지 않았다, 같은 건 아니거든요? 페어플레이 정신에 따를 뿐이거든요?"

쿠라라는 다짐을 받듯이 그렇게 말했다. 그러자 객석에서 아하하 하는 웃음소리가 들려왔다.

『─좋아요. 그럼 불초 이 시르벨이 사~ 양과 쿠라링이

치를 승부의 심판을 맡겠어요. 양쪽 다 귀여운 동생이라 마음이 아프니까, 진 사람한테는 나중에 위로해줄게요.』

그렇게 말한 시르벨은 빙긋 미소 지었다. 쿠라라는 〈누각〉의 학생이지만, 시르벨의 언니 필터 앞에서 그 점은 별다른 문제가 되지 못하는 것 같았다.

『자, 그럼 지금 바로 룰을 설명하겠어요. 승부는 총 세 번. 전부 끝난 후, 획득한 포인트가 많은 쪽의 승리예요. 제1시합은— 위장을 움켜쥐어라! 남자의 마음을 빼앗아라! 궁극의 요리 대결~!』

시르벨의 선언에 맞춰 화려한 효과음이 들려오더니, 무대에 글자가 투영됐다. 역시 AI라 그런지, 기자재의 조작과 연출이 완벽했다.

"요리 대결……?"

『네. 옛날부터 남녀 관계에 있어서, 상대의 위장을 움켜잡는 게 최고라고 여겨져 왔어요. 요리를 잘하면 예뻐 보인다. 이 승부에서는 사~ 양과 쿠라링의 요리 실력을 선보여주세요.』

"흠. ……그럼 어떻게 판정을 내릴 거지?"

무시키가 묻자, 시르벨은 크게 고개를 끄덕이며 말을 이었다.

『그야 물론, 특별 심사위원에게 부탁드릴 거예요.』

"특별 심사위원?"

『바로 뭇 군이에요.』

"—푸웁!"

시르벨이 그렇게 말하자, 무시키는 사레가 들리고 말았다. 사이카가 흔치 않은 모습을 보인 탓에 객석은 술렁였고, 뒤편에 있는 쿠로에가 날카롭게 노려보았다.

하지만 어쩔 수 없는 일이었다. 무시키는 현재, 사이카의 모습으로 이 자리에 있는 것이다. 이것이 무시키를 차지하기 위한 승부인 만큼, 타당한 인선이기는 하지만…….

그런 무시키의 반응을 어떻게 받아들인 건지, 쿠라라가 자신만만한 미소를 머금었다.

"뉴후후~. 마녀님, 왜~ 그러세요? 무시삐가 심사위원인 게 불만이에요? 혹시 요리 실력은 그다지 자신 없는 거예요?"

"그런 건 아니지만……."

무시키는 난처한 표정을 지으며 말끝을 흐리더니, 낮은 목소리로 뒤편에 있는 쿠로에에게 말을 건넸다.

"……쿠로에, 어쩌면 좋을까?"

"요리를 마친 후, 즉시 존재변환을 하면 될 거라고 생각합니다. ……시르벨이 아까 한 말과 다르게, 매우 불공평한 승부라고 생각하지만 말이죠."

그렇게 말한 쿠로에는 불만이 있는 것처럼 미간을 살짝 찌푸렸다.

아까도 느꼈지만, 그녀는 의외로 『승리』에 집착하는 타입 같았다. 상대를 맞이해 정정당당히 싸우고 싶어 하는 스타일 같았다.

사이카를 연기하기 위해 여러모로 그녀에 관해 공부해왔다고 생각했지만, 이제 와서 이런 새로운 일면을 보여줄 줄이야. 정말 무시무시한 사람이다. 귀여워.

"뭐…… 그건 그래. 무시키가 내 요리를 맛봤다간 곱절로 맛있다고 느낄 테니 말이지. 아무리 생각해도 쿠라라에게 불리한걸."

"아, 그런 의미였습니까?"

"응? 그럼 어떤 의미라고 생각했는데?"

"……선수와 심사위원이 동일 인물이라면, 요리의 완성도와 상관없이 자유롭게 승패를 정할 수 있지 않을까요?"

쿠로에가 그렇게 말하자, 무시키는 화들짝 놀라며 눈을 치켜떴다.

"그런 생각을 한 거야? 천재네."

"그런 생각을 안 했다는 게 오히려 놀랍습니다만……."

"내가 직접 만든 요리라는 무시무시한 말로 머릿속이 가득 차서……."

"……."

쿠로에는 약간 어처구니없다는 표정을 짓더니, 「뭐, 그렇다면 맡기겠습니다」 하고 말하며 고개를 끄덕였다.

『—자, 그럼 대결 준비에 착수하겠어요.』

이야기가 정리됐다고 판단한 건지, 시르벨은 그렇게 말하면서 손가락을 튕겼다. 물론 입체 영상이니 진짜로 손가락을 튕긴 건 아니지만, 진짜라고 여겨질 만큼 경쾌한 소리가 스피커에서 흘러나왔다.

그와 동시에 무대 바닥에 금이 가더니, 지하에서 뭔가가 솟구쳤다.

"……윽, 이건."

느닷없이 이런 일이 벌어지자, 무시키는 희미하게 미간을 찌푸렸다.

그사이, 무대 위에는 설비가 충실하게 갖춰진 주방 세트 두 개와 다양한 식재료가 가득 놓여 있는 선반이 나타났다.

"우효~! 이거 엄청나네요!"

몸을 배배 꼬는 쿠라라의 눈이 반짝였다. 그런 그녀의 동작에 맞춘 것처럼, 허공에 떠 있는 스마트폰이 식재료를 훑듯이 날아다녔다. 대체 어떤 원리로 움직이고 있는 걸까.

그 반응을 본 건지, 시르벨은 만족한 것처럼 에헴 하며 가슴을 폈다.

『이런 일도 있을까 해서 준비해뒀어요. 식재료와 설비는 자유롭게 이용해주세요. 앞치마도 있으니 착용해주세요.』

시르벨은 그렇게 말하면서 조리대 위를 가리켰다. 그곳에는 그녀의 말대로, 곱게 접힌 앞치마가 놓여 있었다.

"오, 좋네요. 이런 소품이 있냐 없냐에 따라 화면의 인상이 꽤 달라지거든요."

쿠라라는 즐거운 투로 그렇게 말하면서, 앞치마를 걸쳤다. 고양이 같으면서 해골 같아도 보이는 기묘한 마스코트가 그려진 앞치마였다. 유심히 보니, 쿠라라가 착용한 머리 장식과 같은 캐릭터 같았다.

참고로 무시키의 앞치마에는 한자로 『극채』라고 적혀 있었다. 그리고 앞치마 전체가 다양한 색깔로 꾸며져 있었다. ……시르벨이 두 사람에게 맞춰서 나름대로 고른 걸지도 모르지만, 사이카의 앞치마는 기발하다 못해 기괴한 디자인이었다.

『자, 준비는 됐나요? 주제는 「뭇 군이 기뻐할 요리」. 제한 시간은 60분. 그럼— 배틀, 스타트예요!!』

시르벨이 손가락으로 총 모양을 만들자, 탕! 하는 소리가 홀 안에 울려 퍼졌다.

"훗수~! 내가 먼저예요~!"

그 순간, 쿠라라는 그대로 바닥을 박차면서 식재료가 놓인 곳으로 향했다. 그리고 준비되어 있던 바구니 안에 식재료를 손에 닿는 대로 집어넣었다.

먼저 식재료를 독점해서, 사이카의 선택지를 줄이려는 작전일까. 아니면 진짜로 저 많은 식재료를 전부 쓸 생각인 걸까.

이 단계에서는 쿠라라의 노림수를 알 수 없지만, 실제로 심사해야만 하는 무시키로서는 후자가 아니기를 기도할 수밖에 없었다.

"흠……."

쿠라라보다 몇 초 늦게 바구니를 손에 쥔 무시키 또한 식자재 앞에 섰다.

—참고로 이 승부와는 전혀 상관이 없지만, 앞치마를 걸치고 바구니를 손에 든 채 걷는 자신의 모습에서 새색시 느낌이 마구 난다는 생각이 들었다. 나중에 쿠라라 채널의 아카이브 방송을 살펴봐야겠다고 무시키는 마음속으로 굳게 결심했다.

"……아, 이럴 때가 아니지."

지금은 그럴 때가 아니다. 무시키는 자제하려는 듯이 머리를 내저었다.

현재 무시키는 누가 보기에도 사이카가 틀림없다. 승패 운운을 떠나, 추태를 보여서 사이카의 평판을 떨어뜨리는 짓만은 피해야만 한다.

뭐, 요리를 망치는 덜렁이 사이카도 매우 괜찮을 것 같지만— 일단 지금은 그런 생각을 하지 않는 편이 좋겠다고 생각했다.

"그래……. 그럼 그걸로 할까."

무시키는 작은 목소리로 그렇게 중얼거린 후, 바구니에 식재료를 집어넣었다.

구채
Choco
SYRUP

"……큰일이네."

루리는 관객석 가장 앞줄에서 표정을 굳히더니, 신음하는 듯한 목소리로 그렇게 중얼거렸다.

"큰일이라니…… 뭐가 말이야?"

옆에 앉은 히즈미가 고개를 갸웃거리며 그렇게 물었다. 그러자 루리는 무대 위에서 시선을 떼지 않은 채 말을 이었다.

"……승부 종목이야. 마술을 이용한 싸움이라면, 마녀님에게 맞설 수 있는 사람이 이 세상에 존재할 리 없지만— 마녀님은 평소에 직접 요리를 하실 일이 거의 없어."

"어, 그럼……!"

"……응. 그에 반해 쿠라라는 자신만만하잖아. 어쩌면 저래 봬도 요리가 특기일지도—."

"크크큭…… 후~하하!"

루리가 식은땀을 흘리며 그렇게 말하자, 통로 너머의 좌석에 앉아있던 시온지가 힘차게 웃음을 터뜨렸다.

"그래. 〈정원〉에 그런 약점이 있을 줄이야. 내일의 전초전 삼아, 저 자식이 패배하는 모습을 감상하도록 할까."

"큭—."

시온지가 승리를 확신하는 듯한 어조로 그렇게 말하자, 루리는 분하다는 듯이 인상을 찡그렸다.

하지만…….

『—오오, 사~ 양이 요리를 시작했습니다. 칼 솜씨가 참 매끄럽군요. 감자껍질을 벗긴 후에 네 동강을 냈으며— 모서리 부분을 깎는 것도 잊지 않았습니다! 소소한 작업이지만, 모깎기를 하느냐 마느냐에 따라 완성된 요리의 맛이 달라진다니까요~.』

다음 순간에 시르벨의 실황 중계를 들려오자, 시온지의 미소가 얼어붙었다.

"뭐—?"

"어?"

루리가 어리둥절하다는 듯이 눈을 동그랗게 뜨자, 이어서 쿠라라의 목소리가 들려왔다.

"훗— 꽤 하는 군요, 마녀님! 하지만 이 몸도 안 질 거예요! 이얍! 비기, 야마타노오로치!"

쿠라라는 그렇게 말하면서 양손을 교차시켰다.

그 손가락 사이에는 각각 다른 스파이스와 조미료 병이 끼워져 있었다. 그 숫자는 여덟 개나 됐으며, 쿠라라의 움직임에 맞춰 분말이 흩뿌려졌다.

"푸…… 엣취잇~! 엣취~!"

『오오, 쿠라링! 양을 너무 많이 넣은 것 아니려나요? 하지만 그런 덜렁대는 부분이 여동생 포인트가 높아서 큐트해요!』

쿠라라의 재채기와 시르벨의 실황 중계로, 홀 안이 웃음소리로 가득 찼다.

"……으음."

"……."

루리가 미간을 찌푸리며 시온지 쪽을 쳐다보니, 그는 머리를 감싸 쥔 채 몸을 동그랗게 말고 있었다.

루리에게도 그 모습을 못 본 척해줄 정도의 인정미는 있었다. 그녀는 아무것도 못 본 듯한 표정으로 무대를 향해 시선을 돌렸다.

"왠지…… 괜찮아 보이네. 마녀님은 요리도 할 줄 아시나 봐."

바로 그때, 히즈미가 안도한 듯한 목소리로 그렇게 말했다.

하지만 루리는 진지한 눈길을 머금으며 턱을 쓰다듬었다.

"응…… 이건 기쁜 오산이야. 하지만, 그런 만큼 커다란 문제가 생기고 말았어."

"커, 커다란 문제……? 그게 대체—."

히즈미가 마른 침을 삼키며 물었다.

그러자 루리는 진지한 표정으로 말을 이었다.

"『실은 요리도 잘하는 완벽한 마녀님』과, 『남들 몰래 연습해 온 노력가 마녀님』…… 어느 쪽 해석도 버리기 어렵네……."

"……나, 때때로 루리의 성격이 부러울 때가 있어."

루리가 진지한 어조로 그렇게 말하자, 히즈미는 힘없는 목소리로 중얼거렸다.

"—좋아, 완성이야."

"이쪽도 다 됐어요!"

무시키와 쿠라라는 그렇게 말하는 것과 동시에…….

요리 종료를 알리는 벨이 홀 안에 울려 퍼졌다.

『—사~ 양, 쿠라링, 수고 많았어요. 두 사람이 열심히 요리하는 모습을 보고, 이 언니는 눈시울이 뜨거워졌답니다. 그럼 모처럼의 요리가 식기 전에 심사를 진행하도록 하죠. —뭇 군?』

시르벨이 무시키를 부르듯 그렇게 말했다.

하지만 무시키가 대답할 리가 없다.

바로 그때, 무시키는 호주머니에서 스마트폰을 꺼내서 귀에 댔다.

"—여보세요. ……흠, 그래. 알았어. 금방 갈게."

그리고 적당히 연기를 하면서, 시르벨과 쿠라라를 돌아봤다.

"미안한데, 급한 볼일이 생겼어. 금방 돌아올 테니까, 먼저 심사를 진행해줘."

"볼일~? 무슨 일 터졌어요?"

"아, 응. 아무래도 내가 안 가면 세상이 위험할 것 같아."

"예상보다 훨씬 큰일이잖아요!"

무시키가 대충 둘러댄 말에, 쿠라라는 경악에 찬 목소리를 냈다. 무시키는 손을 가볍게 내저었다.

"맞아. 매우 심각한 사태야. 이건— 해결에 20분 정도 걸리려나? 하지만 내가 없는 편이 무시키도 냉철한 판단을 내릴 수 있겠지."

그리고 약간 농담 투로 그렇게 말했다.

그러자 쿠라라는 식은땀을 흘리면서 작게 휘파람을 불었다.

"휘유…… 너무 폼 잡는 거 아니에요?"

적당히 그럴듯한 변명을 해 봤지만, 쿠라라는 그것을 도발로 받아들인 것 같았다. 이 상황에서라면 사이카가 자리를 비워도 위화감은 적을 것이다.

"그럼, 실례하겠어. —쿠로에, 동행을 부탁해도 될까?"

"네."

무시키는 쿠로에를 부르더니, 그대로 무대 뒤편으로 걸어갔다.

그리고, 수십 초 후…….

"……."

쿠가 무시키의 모습으로 되돌아간 무시키는 쿠로에에게 안내를 받으면서, 머뭇머뭇 무대 뒤편에서 걸어 나왔다.

그렇다. 무대 뒤편에 들어가고 1분도 채 흐르기 전에, 사이카 모드에서 무시키 모드로 존재변환을 한 것이다.

너무 금방이었기에, 무시키는 왠지 좀 부끄러울 지경이었다.

……그래도 벽 쪽으로 몰아넣은 후에 귓가에서 속삭이듯 「브래지어 차는 법을 가르쳐주지」 하고 말하는 건 반칙이라고 생각한다. 그런 걸 견뎌낼 수 있을 리가 없다. 이게 정식 경기라면 규정 위반이다. 조사를 위해 녹음을 요구해야만 한다.

"와~아! 만나고 싶었어요, 무시삐♡ 이 몸의 멋진 활약은 봤나요~?"

무시키가 모습을 드러낸 순간, 쿠라라가 손 키스를 날리며 그렇게 말했다. 그러자 무시키는 쓴웃음을 머금으며 작게 손을 흔들었다.

객석에서 야유가 날아왔지만, 이제는 그런 게 신경 쓰이지 않았다. 굳이 따지자면, 가장 앞줄에서 시선으로 꿰뚫어 죽일 듯이 노려보고 있는 루리가 더 무서웠다.

『자, 그럼 뭇 군은 이 자리에 앉아주세요.』

시르벨은 그렇게 말하면서 무시키에게 자리에 앉을 것을 권했다.

무시키가 순순히 그 말에 따르면서, 주방 세트 안쪽에 생겨난 의자에 앉았다.

『자, 그럼 심사를 시작하겠습니다. 우선 선공— 사~ 양의 요리부터 맛봐주세요!』

시르벨이 손을 들어 올렸다.

그러자, 은색 뚜껑이 덮인 요리를 든 쿠로에가 앞으로

나섰다.

"사이카 님께서 잠시 자리를 비우신 관계로, 제가 대신 서빙을 하겠습니다."

그렇게 말한 쿠로에는 무시키 앞의 테이블에 접시를 내려놓은 후, 뚜껑을 손에 쥐었다.

그에 맞춘 것처럼, 긴장감을 고조시키는 드럼 소리가 들려왔다.

"자, 드셔 주십시오."

그리고 쿠로에가 뚜껑을 연 순간, 스포트라이트가 요리를 환하게 비췄다.

바로— 무시키가 정성껏 만든『고기 감자조림』을 말이다.

『오오, 고기 감자조림! 고기 감자조림입니다! 연인에게 만들어주고 싶은 요리 랭킹 1위의 자리를 쭉 지켜온 어머니의 맛! 사~ 양, 의외로 검소한 메뉴도 만들 줄 아는군요! 향수를 부르는 그리운 맛은, 뭇 군의 마음도 녹일 수 있을 것인가!』

시르벨이 흥분한 어조로 그렇게 외쳤다.

"으음…… 그럼, 잘 먹겠습니다."

무시키는 두 손바닥을 맞대며 그렇게 말한 후, 젓가락으로 고기 감자조림을 입에 넣었다.

담백한 간. 풍부한 육수의 향기. 형태를 유지하고 있으면서도 잘 익어서 부드러운 재료들. —당연하겠지만, 예상했던 대로의 맛이다.

하지만, 지금 중요한 점은 그게 아니다.

그렇다. 중요한 것은 바로 이 고기 감자조림이 사이카가 직접 만든 요리라는 점이다.

물론 재료를 고르는 것부터 요리를 한 사람은 무시키 본인이다. 하지만 다르다. 그런 게 아니다. 중요한 것은 상상력(이미지네이션)이다. 사이카의 몸이 그런 작업을 했다는 것은 엄연한 사실이며, 무시키로서는 그것만으로 충분했다.

"아아—."

감동이 폐부를 가득 채웠다. 무의식적으로, 볼을 타고 뜨거운 것이 흘러내렸다.

"……맛있어."

『맛있어! 나왔습니다! 뭇 군, 감격의 눈물! 역시 사~ 양! 최강의 마술사는 요리도 능숙하군요!』

시르벨이 힘찬 목소리로 그렇게 외쳤다. 그러자 객석에서 「마녀님, 대단해~!」 하며 환성과 박수가 터져 나왔다. 쿠로에의 무표정한 얼굴에도 조금이지만 기뻐하는 기색이 흐르는 것 같았나. 귀엽다.

"훗—."

쿠라라는 그런 반응을 보고도, 자신 있다는 듯이 입술을 일그러뜨렸다.

"역시 마녀님이네요. 정말 나무랄 데 없는 상대예요. 하지만, 이 몸도 질 생각은 없다고요."

쿠라라는 자신만만한 어조로 그렇게 말하더니, 은색 뚜껑에 덮인 접시를 무시키 앞의 테이블에 힘차게 내려놨다.

"……."

무시키는 작게 숨을 삼켰다.

조리 중에는 자신의 요리에 집중한 탓에, 쿠라라가 어떤 것을 만드는지 살피지 못했다.

"두 눈 크게 뜨고 보라고요! 이게 이 몸의 요리에요!"

쿠라라는 과장된 포즈를 취하면서 뚜껑을 열었다.

그에 맞춰 시르벨이 연출을 한 건지, 뇌광 같은 이펙트가 발생하면서 접시가 빛에 휩싸였다.

그리고 다음 순간, 무시키는 보고 말았다.

바로— 이것저것 다 넣고 푹 익힌 듯한, 정체불명의 걸쭉한 물체를 말이다.

"이, 이건……."

"고기 감자조림이에요."

"……뭐?!"

쿠라라가 그렇게 말하자, 무시키는 경악에 찬 목소리로 그렇게 외쳤다.

그런 무시키의 리액션을 어떻게 받아들인 건지, 쿠라라는 팔짱을 끼면서 고개를 힘차게 끄덕였다.

"이야~, 이해해요. 한다고요. 의외죠? 설마 이 몸과 마녀님이 같은 요리로 승부하게 되다니 말이에요. 역시 일류끼리는 통하는 데가 있다? 같은 거려나요?"

"……."

무시키가 경악한 포인트는 거기가 아니지만, 자신감이 넘치는 쿠라라에게 사실대로 말해주는 것이 주저됐다. 그래서 어찌어찌 자극적인 표현을 피하면서 완곡하게 말하기로 했다.

"으음…… 겉모습이 꽤 개성적이라고나 할까……."

"아, 눈치챘어요? 겉보기의 『임팩트』를 의식해 봤거든요. 역시 요리는 일종의 작품이니까요~."

"……테마는 뭐야?"

"『꿈』—이려나요."

"……."

쿠라라가 멋진 표정으로 그렇게 말하자, 무시키는 무심코 식은땀을 흘렸다.

어째서일까. 손을 움직일 수 없었다. 무시키가 지닌 생물로서의 본능이, 이 물질을 섭취하는 것을 거부하는 듯한 느낌이었다.

하지만 쿠라라는 요리 앞에서 꼼짝도 못 하는 무시키를 보더니, 왜 그러는지 알겠다는 듯이 손뼉을 치며 스푼을 손에 쥐었다.

"정말, 무시삐는 어리광쟁이라니까요~. 자—, 아~♡"

그리고 그런 말을 하면서 고기 감자조림을 숟가락으로 뜨더니, 무시키를 향해 내밀었다. 다양한 스파이스가 뒤섞인 독특한 향기가, 무시키의 코를 따끔따끔하게 자극했다.

솔직히 말해 먹을 마음이 들지 않았지만, 심사위원이니 시식을 거부할 수도 없다. 몸을 부들부들 떨면서도 마음을 다진 무시키는 입을 열었다.

"에잇☆"

바로 그때, 쿠라라가 쥐고 있던 스푼을 주저 없이 무시키의 입 안으로 집어넣었다.

"……윽?!"

달콤하고 씁싸름하면서도 맵다고 하는 기묘한 맛이, 혀를 자극했다. 어마어마하게 자극적인 향기 탓에, 하마터면 사레가 들릴 뻔했다.

고깃덩어리 같은 게 들어있다는 건 겨우겨우 이해했지만, 무시키는 그것을 씹을 용기가 없었다. 최대한 맛을 보지 않으려 유의하면서, 꿀꺽 삼켰다.

"하아……, 하아……."

"무시삐, 어때요~?! 맛있나~요?!"

쿠라라가 눈을 반짝이면서 물었다.

금방이라도 숨이 끊어질 듯한 무시키는 어깨를 들썩이면서 어찌어찌 말을 짜냈다.

"……리."

"네?"

"……사이카 씨의…… 승리……."

얼굴이 진땀으로 범벅이 된 무시키가 그렇게 말하자, 시르벨이 흥분한 어조로 외쳤다.

『—판정이 내려졌습니다! 제1시합의 승자는 사~ 양! 1포인트 선취예요!』

그리고 승자를 가리키려는 듯이 손을 들었다.

사이카가 현재 자리를 비웠기에, 대리인 쿠로에에게 스포트라이트가 쏟아졌다. 그 결과, 기묘한 우연이기는 하지만 당사자가 축하를 받았다.

『수고 많았어요. 뭇 군, 승패를 가른 건 뭐였나요?』

"……평범함에 담긴 사랑스러움, 이려나요."

『그렇군요. 심오하네요.』

무시키의 말을 이해한 건지는 모르겠지만, 시르벨은 팔짱을 끼며 고개를 끄덕였다.

한편, 그 옆에서는 쿠라라가 이상하다는 듯이 고개를 갸웃거렸다.

"어라~? 이상하네요~. 최고의 조미료를 아낌없이 썼는데……."

"최고의 조미료……?"

"『사랑』이에요. 꺄핫♪"

쿠라라는 그렇게 말하면서 볼을 붉혔다.

"……."

……사랑은 달고, 쓰며, 또한 매운 것 같았다.

왠지 무시키는 어른의 계단을 한 칸 올라간 듯한 느낌을 받았다.

◇

"……쟤들, 뭐 하고 있는 거야?"

〈정원〉 교사 안비에트 스바르나는 중앙 학사의 식당에서 스마트폰 화면을 보면서 미심쩍다는 듯이 눈썹을 찌푸렸다.

단정하게 땋은 장발과 갈색 피부, 흉포한 짐승 같은 두 눈이 인상적인 20대 중반의 남성이다. 고급스러운 셔츠와 조끼, 바지로 세련된 패션을 자아낸 그는 금으로 된 화려한 액세서리를 착용하고 있었다.

오늘은 〈누각〉을 맞이하는 환영식 및 전야제라서, 평범한 수업은 쉰다.

안비에트는 다른 일이 있어서 환영식에 출석하지 못했지만, 그 식전에서 『사건』이 일어났다는 소문은 들었다.

듣자 하니 〈정원〉 학원장인 쿠오자키 사이카와 〈누각〉의 여학생이 남학생 한 명을 둘러싸고 다투게 된 것 같았다.

황당무계한 이야기다. 솔직히 말해 안비에트는 반신반의

했지만—.

『—자, 그럼 제2시합으로 넘어가겠습니다. 1승을 거둔 사~ 양이 이대로 연승을 할까요. 아니면 쿠라링이 저력을 보여줄까요. 정말 눈을 뗄 수 없군요.』

“…….”

안비에트는 스마트폰에서 흘러나온 음성을 들으면서, 볼을 긁적였다.

두 사람의 승부가 MagiTube를 통해 생중계되고 있었다.

식당을 둘러보니, 대결이 펼쳐지고 있는 홀에 들어가지 못한 학생들이 안비에트처럼 스마트폰과 태블릿으로 방송을 시청하고 있었다. 식사를 하는 학생이 오히려 적어 보였다.

실제로 화면 하단에 표시된 시청자 수는 생전 처음 보는 숫자였다. 사이카는 물론이고, 상대인 학생도 유명한 스트리머 같았다.

“……어이없군.”

안비에트는 그렇게 중얼거리더니, MagiTube를 끄고 스마트폰을 호주머니에 집어넣었다. 자신이 이런 스트리밍을 보고 있는 것 자체가 여러모로 참을 수 없는 일이었다.

아직 할 일이 남았다. 안비에트는 주문해둔 클럽 샌드위치를 입으로 가져가더니, 우물우물 씹은 후에 삼켰다.

하지만…….

"—어, 정말이야?!"

"제2종목이 이런 거라니……!"

주위에서 스트리밍을 보고 있던 학생들의 대화가 들려오자, 안비에트의 귀가 움찔거렸다.

"대체 어느 쪽이 이길까……?"

"그것보다, 이런 걸 스트리밍해도 괜찮은 거야……?"

"이, 이거, 눈을 못 떼겠는걸……."

"……."

……왠지, 엄청 신경 쓰였다.

안비에트는 짜증을 내듯 혀를 차더니, 집어넣었던 스마트폰을 꺼내서 MagiTube의 아이콘을 터치하려 했다.

"오오, 안비에트. 이런 곳에 있었던 게냐. 한참 찾았느니라."

"—우왓?!"

하지만 그 순간에 그런 목소리가 들려오자, 안비에트는 그대로 자세가 무너지고 말았다. 놓친 스마트폰이 허공을 가르더니, 그것을 받기 위해 기묘한 댄스를 추고 말았다.

"그대, 지금 뭘 하는 게냐?"

그 모습을 본 건지, 방금 목소리의 주인— 엘루카 프레에라가 도끼눈을 떴다. 안비에트는 바닥에 떨어지기 직전에 스마트폰을 잡더니, 날카로운 눈길로 그녀를 노려봤다.

"시, 시끄러워. 갑자기 말 걸지 말라고! 이건 그러니까,

딱히 스트리밍을 보려던 게 아니라, 업무 일정을 살피려던 것뿐이거든?!"

"아무도 그런 건 물어보지 않았느니라."

"큭……."

안비에트는 분하다는 듯이 신음을 흘리더니, 몸을 일으키면서 엘루카를 쳐다봤다.

"……그런데 무슨 일이야? 엘루카."

"응? 아, 맞다."

안비에트가 그렇게 묻자, 엘루카는 용건이 생각난 것처럼 작게 고개를 끄덕였다.

"—그대에게 부탁할 일이 있느니라."

"흥. 싫다면 어쩔 건데?"

안비에트는 투덜대듯 그렇게 말하며 눈썹을 찡그렸다.

하지만 엘루카는 의아하다는 듯이 고개를 갸웃거렸다.

"음? 싫은 게냐?"

그리고, 안비에트를 똑바로 바라보며 그렇게 물었다.

마치 안비에트가 아무 이유 없이 자신의 부탁을 거절할 리가 없다고, 진심으로 믿고 있는 듯한 표정이었다.

"……칫."

……이래서, 나이 먹은 마술사는 질색이다.

안비에트는 짜증을 내듯 혀를 차더니, 이야기해 보라는 듯이 턱짓을 했다.

◇

『제2시합은— 자기 어필 대결입니다!』

제1시합의 승패가 갈린 후…….

무대 중앙에 선 시르벨은 관객석에 선언하듯 그렇게 말했다.

참고로 시르벨 앞에는 공중에 둥실둥실 떠 있는 쿠라라의 스마트폰이 있었다. 역시 기계끼리라 그런지, 연계가 완벽했다.

"자기 어필……?"

무시키가 의아하다는 듯이 고개를 갸웃거리자, 시르벨은 『네!』 하고 활기차게 대답했다.

『마음이 통하는 관계는 아름답지만, 분명 말과 태도를 통해서만 전할 수 있는 마음도 존재해요. 그러니까! 사~양과 쿠라링은 자신이 뭇 군을 얼마나 생각하고 있는지를 차례차례 표현해주세요. 제한 시간은 5분. 필요한 게 있다면 이쪽에서 준비하겠어요. 뭇 군은 어느 쪽의 어필에 더 가슴이 두근두근했는지로 판정을 내려주세요.』

"아, 아하……."

……그런 승부라면 무시키가 사이카를 좋아하는 만큼, 제1시합보다 더 결과가 일방적이지 않을까.

무시키가 그렇게 생각하며 식은땀을 흘리고 있을 때, 쿠라라가 오른손을 들엇다.

“저기~. 시르 언니, 질문 있어요.”

『네. 뭔가요, 쿠라링.』

“어필 방법은 뭐든 괜찮나요?”

『네. 그 부분은 자유롭게 해도 좋아요. 각자가 자신 있는 방법으로, 뭇 군에게 마음을 전해주세요.』

“흠흠…… 그럼 무시삐를 더 콩닥거리게 만든 쪽이 이긴 거네요?”

『네.』

“흐음…….”

시르벨이 그렇게 대답하자, 쿠라라는 혀로 입술을 날름 핥았다.

“……윽?!”

그 요염한 표정을 본 무시키는 무심코 어깨를 부르르 떨었다. 이유는 모르겠지만, 왠지 위험한 향기를 맡고 만 것이다.

하지만 시르벨은 그런 쿠라라를 눈치채지 못한 건지, 눈치챘으면서 무시하는 건지, 손뼉을 치는 듯한 동작을 취했다.

그러자 그 움직임에 맞춰, 무대 위에 있던 주방 세트와 식재료 선반이 바닥으로 빨려 들어갔다.

『자. 제1시합은 사~ 양이 선공이었으니, 이번에는 쿠라링부터 가보죠. ―필요한 게 있나요?』

"으음, 그게요. 저기—."

쿠라라는 잠시 생각에 잠긴 후, 시르벨에게 귓속말을 했다. 입체 영상이니 다른 기기를 통해 소리를 듣고 있을 테지만, 시르벨은 진짜로 귓속말을 듣고 있는 것처럼 고개를 끄덕였다.

『알았어요. 준비할게요.』

시르벨은 그렇게 말하더니, 손가락을 튕겼다.

그러자, 바닥에서 커다란 3인용 소파가 튀어나왔다.

『이거면 어때요?』

"응, 완벽하네요. 역시 시르 언니~."

『에헤헤.』

쿠라라가 칭찬해주자, 시르벨은 기쁘다는 듯이 볼을 붉혔다. 왠지 묘하게 귀여웠다.

"자, 그럼 무시삐. 이 몸의 어필 타임을 시작할 테니까, 저쪽에 서주세요."

쿠라라는 그렇게 말하면서 방금 나타난 소파 쪽을 가리켰다.

"으음……."

무시키는 불안을 느끼면서도, 그녀의 지시에 따라 소파 앞에 섰다.

『—네. 그럼 선공인 쿠라링은 어필을 시작해주세요. 제한 시간은 5분. 준비— 스타트~!』

시르벨의 목소리에 맞춰, 벨이 울렸다.

무대 뒤편에 투영된 영상에 숫자가 표시되더니, 점점 줄어들기 시작했다.

"뮤후후. 그럼, 시작해볼까요."

쿠라라는 무시키의 앞으로 걸어오더니, 볼을 희미하게 붉히며 말을 이었다.

"저기— 무시삐~. 만난 지는 얼마 안 됐지만, 이 몸은 무시삐를 정말 정말 좋아하거든요……?"

쿠라라는 아양 떠는 듯한 어조로, 그렇게 말했다. 그러자 홀에서 『오오……』 하는 감탄과 『우와아아아아……!』 하는 비탄이 터져 나왔다.

하지만 쿠라라는 그런 목소리가 들리지 않는 것처럼— 마치 이 공간에 자신과 무시키밖에 존재하지 않는 것처럼, 그에게서 눈을 떼지 않았다.

"……윽."

경박한 발언을 할 때가 많은 그녀답지 않게, 분위기가 진지했다. 그런 쿠라라의 올곧은 시선에 꿰뚫린 무시키는 무심코 숨을 삼켰다.

"전에 말했죠? 이 몸은 의외로 헌신하는 타입이라고요. 무시삐를 위해서라면 뭐든 다 해줄 거고, 무시삐한테라면 무슨 짓을 당해도 괜찮아요. —아, 못 믿는 거죠? 말로만 그러는 것처럼 보이죠? 그럼— 증명해줄게요."

"뭐……?"

무시키가 눈을 동그랗게 뜨자, 쿠라라는 볼을 붉히면서 요염한 미소를 머금더니, 치맛자락을 움켜쥐었다.

그리고 그대로, 치마를 걷어 올리기 시작했다.

"아니……, 잠깐, 어……?!"

그 뜻밖의 행동에, 무시키는 당황하고 말았다.

홀 안이, 커다란 웅성거림과 흥분으로 가득 찼다. 무시키의 시야 구석에, 무시무시한 표정을 지으며 무대 위로 뛰어 올라오려 하는 루리와 그녀를 필사적으로 말리는 히즈미의 모습이 비쳤다.

하지만 무시키에게는 그걸 신경 쓸 여유조차 없었다.

그저 온몸이 딱딱히 굳어버린 상태에서, 쿠라라의 움직임만을 주시했다.

"뮤후훗—."

쿠라라는 그런 무시키의 모습을 재미있다는 듯이 응시한 후, 단숨에 치마를 치켜올렸다.

"쿠, 쿠라라……!"

무시키는 어찌어찌 목소리를 쥐어짜 내면서 눈을 감았다.

그러자 시야가 어두워진 가운데, 쿠라라의 웃음소리가 들려왔다.

"냐하하~. 괜찮아요, 무시삐. 안에 수영복을 입었거든요."

"뭐—?"

그 말을 듣고 눈을 슬쩍 떴다. 쿠라라가 말한 대로, 그녀가 슬라임 목욕을 할 때 입었던 수영복이 치마 아래에서 모습을 드러냈다.

"이야~. 마음 같아서는 확 보여주고 싶지만, 지금은 스트리밍 중이거든요. 속옷이 비치면 잘릴 가능성이 있다니까요~. 이상하죠? 천 면적은 거의 같은데 말이에요. 이건 부당한 팬티 차별이라고 생각해요."

쿠라라가 태연한 어조로 그렇게 말하자, 무시키는 거북한 듯이 시선을 돌렸다.

"……그, 그래……."

확실히 수영복은 수영복이지만, 쿠라라의 말대로 겉보기에는 속옷과 별반 다를 게 없었다. 무시키에게는 자극이 매우 강했다.

그 점을 눈치챈 듯한 쿠라라는 씨익 웃으며 말했다.

"어라~? 무시삐, 혹시 부끄러워하는 거예요? 귀~여워라~."

놀리는 투로 그렇게 말한 쿠라라는 교복의 타이를 느슨하게 하면서 블라우스의 단추를 하나씩 풀기 시작했다.

"……윽?! 뭐, 뭘—."

"이야~. 위에도 수영복을 입었으니 전혀 문제없어요. 하. 지. 만~."

그렇게 말한 쿠라라는 교복 앞섶을 확 벌렸다. 새하얀

배와, 수영복에 감싸인 가슴이 언뜻 보였다.

"—윽!"

수영복은 수영복이다. 하지만 교복 사이로 그것이 드러난 모습이 참 선정적이면서 비도덕적이었다. 차라리 수영복만 걸치는 쪽이 훨씬 건전해 보일 지경이었다.

"자, 꽤~ 에로틱하죠?"

쿠라라가 가슴을 강조하며 무시키에게 다가가자, 그는 무심코 뒷걸음질을 쳤다.

"우왓—?!"

하지만 뭔가에 발이 걸려 엉덩방아를 찧고 말았다. 털썩 하는 소리와 함께 부드러운 감촉이 엉덩이에 전해졌다.

그것은 바로 아까 시르벨이 준비한 소파였다.

"으음, 포지션 완벽~. 역시 이 몸이라니까요."

쿠라라는 몸을 배배 꼬면서 그렇게 말하더니, 도망갈 길을 차단당한 무시키를 덮치듯이 소파 위에 몸을 걸쳤다.

쿠라라의 머리카락과 피부에서 달콤한 향기가 풍겨 나왔고, 그녀가 토한 희미한 숨결이 무시키의 피부를 희롱했다.

"……윽."

무시키는 숨을 삼켰다. 심장이 격렬하게 뛰기 시작했다.

위험하다. 만약 지금 사이카 모드였다면, 바로 무시키 모드로 존재변환했을 게 틀림없다.

"무시삐~. 이 몸을 선택해준다면, 진짜로 전부 보여줄 수 있거든요……? 카메라가 없고, 둘만 있는 곳에서…….”

쿠라라는 달콤한 목소리로 그렇게 말하며 무시키에게 몸을 기댔다.

벚꽃 빛깔 입술이, 무시키의 눈앞까지 다가왔다.

“싫……어, 안 돼……. 안 된다고—.”

하지만 바로 그때, 커다란 벨 소리가 홀 안에 울려 퍼졌다.

아무래도 어필 타임이 끝난 것 같았다.

『스톱! 쿠라링도 참, 너무 대담해서 이 언니까지 가슴이 콩닥거렸잖아요!』

시르벨이 부끄럽다는 듯이 몸을 배배 꼬면서 볼을 붉혔다. 다들 그 모습을 보고 이게 승부의 일환이라는 것을 떠올린 건지, 하아 하고 한숨을 내쉬었다.

“이야~, 5분이 참 짧네요. 뭐, 그래도? 귀여운 무시삐를 봤으니 만족했어요.”

웃으면서 그렇게 말한 쿠라라가 소파에서 내려왔다. 참고로 블라우스 단추는 여전히 푼 상태였다. 객석에서 플래시의 꽃이 피어났다.

“어? 예~이. 피스~ 피스~.”

그걸 눈치챈 쿠라라는 가슴을 가리긴커녕 포즈를 취했다. 엄청난 멘탈이다.

무시키는 몇 초 동안 꼼짝도 못 했지만, 겨우겨우 속박에서 풀려난 것처럼 한숨을 내쉬며 몸을 일으켰다. 참고로 발은 아직도 희미하게 떨리고 있었다.
바로 그때, 쿠로에가 슬며시 다가왔다.
"—무시키 씨, 괜찮으십니까?"
"아, 으음…… 괜찮아요. 하지만…… 자기 어필 승부에서 이런 짓을……."
"확대 해석이라고 해도 과언이 아니겠군요. 규정에 저촉되지 않는 점이 문제입니다. 그것보다……."
"네?"
무시키가 고개를 갸웃거린 순간, 그는 손등을 세게 꼬집혔다.
"……아얏?!"
예상치 못한 일인지라, 무심코 비명을 지르고 말았다. 그러자 시르벨이 의아하다는 듯이 눈을 깜빡였다.
『뭇 군, 왜 그래요?』
"아…… 아뇨. 아무것도 아니에요……."
무시키는 얼버무리듯 그렇게 말하더니, 당혹스러워하며 쿠로에에게 말을 건넸다.
"……뭐 하는 거예요, 구로에."
"모기가 있었습니다."
"……보통은 꼬집지 않고 때리지 않나요?"
"자, 다음은 사이카 님의 차례군요."
쿠로에는 무시키의 말을 가볍게 무시하더니, 무대 뒤편

으로 걸어갔다.

"사이카 님께서 돌아오실 때가 된 것 같군요. 제가 모셔오겠습니다. ―무시키 씨는 여기서 기다려 주십시오."

"어? 아― 네."

무시키는 그 말을 듣고 고개를 끄덕였다.

쿠로에는 그 모습을 본 후, 무대 뒤편으로 사라졌다.

하지만 무대 뒤편에 사이카가 없다는 것은 무시키가 누구보다 잘 알고 있었다. 아까까지 이 자리에 있던 사이카는, 현재 무시키로 모습을 바꾸고 이 자리에 있으니 말이다.

뭔가 좋은 아이디어가 있나 본데, 대체 뭘 어쩔 생각인 걸까―.

"―어?"

바로 그때, 무시키는 얼빠진 듯한 소리를 냈다.

쿠로에가 사라지고 몇 분 후. 무대 뒤편에서 손 하나가 튀어나오더니, 매끄럽게 손가락을 움직이고 있었던 것이다.

"저, 저 손은―."

"마녀님……?"

객석이 술렁거렸다.

그렇다. 무대 뒤편에서 튀어나온 손은, 움직임만으로도 그것이 『쿠오자키 사이카』의 손이라는 것을 뽐내는 듯한 위용을 갖추고 있었다.

『으음…… 사~ 양? 무대에 안 나올 건가요?』

"……."

시르벨이 묻자, 사이카의 것으로 보이는 『손』은 희미한 움직임을 선보이며 재촉했다.

『으, 으음…… 뭐, 좋아요. —후공인 사~ 양. 어필 타임, 스타트~!』

시르벨의 선언에 맞춰, 카운트다운이 시작됐다.

그러자 『손』은 이제까지와 다르게 요염한 손놀림을 선보이며, 천천히 손짓했다.

마치, 무시키를 부르듯이…….

"아—."

무시키는 눈을 치켜뜨더니, 후들거리는 발걸음으로 마치 불나방처럼 그쪽을 향해 걸어갔다.

저곳에 사이카가 없다는 건 알고 있다.

하지만 그런데도, 저 『손』은 사이카의 손처럼 보였던 것이다.

그리고—.

"……뭐 하는 거예요, 쿠로에."

무대 뒤편이 보이는 위치에 도착한 무시키는 그 정체를 보더니, 작은 목소리로 그렇게 중얼거렸다.

그렇다. 사이카의 것 같던 그 『손』은, 아까 무대 뒤편으로 사라진 쿠로에의 것이었다.

……뭐, 다들 착각하는 게 당연했다. 그 『손』은 사이카의 의

지에 따라 움직이며, 사이카의 버릇을 재현했으니 말이다.

"승부의 특성상, 무대 위에 사이카 님과 무시키 씨가 동시에 존재해야만 합니다. 그렇다면, 방법은 이것뿐이죠."

"뭐…… 그건 그렇겠지만요."

무시키가 무대 쪽에 들리지 않도록 목소리를 낮춰서 그렇게 말하자, 쿠로에는「그건 그렇고」하며 눈을 가늘게 떴다.

"아까 쿠라라 양의 어필 때, 참 즐거워 보이시더군요."

"힉……?!"

"반드시 사이카 님을 선택하겠다는 표정을 지어놓고, 이제는 결심이 흔들리고 있는 것 아닙니까?"

"아, 아니, 그렇지는……."

"딱히 비난하는 건 아닙니다. 오히려 쿠라라 양의 건투를 칭송하고 싶달까요."

하지만, 하고 쿠로에는 이어서 말했다.

"쿠오자키 사이카에게 패배란 두 글자는 어울리지 않습니다. 설령 제아무리 어처구니없는 승부일지라도 말입니다. 그건 알고 계시겠죠?"

"아, 네. 물론이에요. 제한 시간이 끝나면 무대에 나가서, 사이카 씨의 승리를 선언할 테니까—."

"—그래서는 이겼다고 할 수 없습니다."

"네?"

무시키가 눈을 동그랗게 뜨자, 쿠로에는 천천히 교복 단추를 풀었다.

"……윽?! 쿠, 쿠로에?! 대체 뭘—."

이 갑작스러운 사태 탓에 무시키가 아연실색한 가운데, 쿠로에가 그대로 교복을 벗자—.

그 안에 입고 있던, 검은색 수영복이 모습을 드러냈다.

어둑어둑한 무대 뒤편에서, 쿠로에는 작디작은 천 조각 두 장만을 걸친 자신의 몸을 드러냈다. 그 비일상적이기 그지없는 광경에, 무시키는 당황할 대로 당황하고 말았다.

"아……? 어……?!"

이해할 수가 없었다. 무시키는 볼과 귀가 새빨개진 채, 쿠로에를 멍하니 응시했다.

그러자 쿠로에는 자신의 몸을 내려다보며 담담히 대답했다.

"아, 이것 말인가요. 쿠라라 양의 어필 타임 때, 준비해 뒀습니다."

"아, 니, 그것보다, 왜 이런 짓을……."

무시키가 떨리는 목소리로 묻자, 쿠로에는 무시키를 벽 쪽으로 몰아넣듯 한 걸음 내디디며 말을 이었다.

"말했을 텐데요. 그저 판정만 내려선, 진정한 승리를 거뒀다고 할 수 없습니다. —진짜 몸이 아닌 게 유감입니다만, 무시키 씨가 진심에서 우러난 목소리로 사이카 님의 승리를 선언하게 만들겠습니다."

"잠깐—."

무시키는 쿠로에가 다가오는 것을 막으려고 손을 내밀었지만, 도리어 그 손을 상대방에게 잡히고 말았다.

희미하게 볼을 붉힌 쿠로에가 옅은 미소를 머금은 채, 그 입술을 살며시 벌렸다.

"자, 멋진 목소리로 울어봐. —너를, 신부로 삼아주겠어."

"무, 무슨 일이 일어난 거야……? 저 손…… 마녀님의 손이 맞는 거지?"

옆자리에 있는 히즈미가 당혹스럽다는 듯이 미간을 살짝 찌푸렸다. 그러자 루리는 턱을 매만지며 눈을 가늘게 떴다.

"응, 틀림없어. 마녀님의 분위기가 분명했는걸."

"그, 그렇구나……."

루리가 자신만만하게 단언하자, 히즈미는 식은땀을 흘리며 그렇게 대답했다. 참고로 주위에 앉아 있던 학생들도 「후야죠의 말이라면 맞겠지……」 하며, 납득한 듯한 표정을 지었다.

"……으음, 쿠가가 마녀님에게 이끌려서 무대 뒤편으로 갔는데……."

"그래. 아마 마녀님에게 심오한 이유가—."

루리가 말을 이으려던 바로 그때였다.

"아……, 아아아아아아아아아아아아아아아아아아—?!"

무대 뒤편에서, 무시키의 절규가 터져 나왔다.

"……읏?! 어—?"

그 뜻밖의 리액션에, 루리는 눈을 치켜떴다.

이윽고 제한 시간 종료를 알리는 벨이 울리자, 초췌해질 대로 초췌해진 무시키가 무대 뒤편에서 비틀거리며 돌아왔다.

『무, 뭇 군. 괜찮아요? 대체 무슨 일이—.』

"……완벽한……."

『네?』

"완벽한…… 사이카 씨의 승리……."

무시키는 그렇게 중얼거린 후, 그대로 무대에 철퍼덕 쓰러졌다.

◇

"……헉!"

무시키는 눈을 치켜뜨더니, 힘차게 몸을 일으켰다.

아무래도 한동안 의식을 잃었던 것 같다. 주위를 둘러보니, 이곳은 다목적 홀의 무대 위였다.

그리고, 그제야 생각났다. 그렇다. 무시키는 지금, 사이카와 쿠라라가 벌이는 승부의 심사위원을 맡고 있었다.

『뭇 군, 괜찮나요?』

시르벨이 걱정 섞인 어조로 묻자, 무시키는 이마를 손으로 짚으며 대답했다.

"……괜찮아요. 나, 얼마나 잔 거죠?"

『한 1분 정도예요. ―그래도, 걱정했어요. 대체 무슨 일이 있었던 거죠?』

"무슨 일……."

무시키는 미간을 찌푸리며 생각에 잠겼다. ……뭔가 엄청난 일이 있었던 것 같은 느낌이 들지만, 잘 생각나지 않았다.

"윽, 머리가……."

『아, 무리하지 마세요. 아무튼, 제2시합도 사~ 양의 승리인 걸로 괜찮죠?』

시르벨이 허둥지둥 그렇게 말했다.

그러고 보니, 사이카의 승리를 선언한 것은 기억에 남아 있었다. 무시키는 천천히 고개를 끄덕였다.

아무튼 이것으로, 사이카는 세 번의 승부 중에서 두 번 승리했다.

―즉, 이 승부는 사이카의 승리로 끝났다.

하지만 무시키가 주먹을 말아 쥐려 한, 바로 그때였다.

『―역시 사~ 양이에요. 제2시합도 이겨서 2포인트 획득했네요. 하지만! 승부는 아직 몰라요. 제3시합의 승자에게는…… 100포인트가 주어지니까요!』

"……어, 어째서요?!"

엉터리 퀴즈 방송을 연상케 하는 포인트 배분이었기에, 무시키는 무심코 그렇게 외쳤다.

하지만 시르벨은 무시키가 왜 그러는지 모르겠다는 듯이 고개를 갸웃거렸다.

『어? 뭐가 말이죠?』

"아니, 그러니까 세 번의 시합 중에서 두 번을 먼저 이긴 쪽의 승리인 게—."

말을 이으려던 무시키는 입을 다물었다.

시르벨이 룰을 설명하면서 했던 말이 생각났기 때문이다.

「승부는 총 세 번. 전부 끝난 후, 획득한 포인트가 많은 쪽의 승리예요.」

그렇다. 시르벨은 더 많은 시합에서 이긴 쪽이 승자라고 말하지 않았고— 또한, 각 시합에서 몇 포인트를 딸 수 있는지도 밝히지 않았다.

"아니, 하지만, 그래도……."

적당한 반박이 생각나지 않은 무시키가 당혹스러워하고 있을 때, 쿠라라가 「후유~」 하고 한숨을 내쉬었다.

"이야…… 진 줄 알았다니까요. 러키~ 러키~. 제3시합에 이 몸의 모든 것을 걸겠어요!"

쿠라라가 그렇게 선언하자, 객석이 들끓었다. —룰에 위화감을 느낀 사람이 없지는 않은 것 같지만, 의문의 목소리는 그 열광에 완전히 뒤덮이고 말았다.

"……."

무시키가 「어떻게 하죠」 하고 말하듯이 쿠로에를 쳐다보자, 그녀는 눈을 살짝 내리깔면서 한숨을 내쉬었다.

"—불합리하다는 생각이 들지 않는 건 아니지만, 룰을 시르벨 언니에게 일임해버렸으니 어쩔 수 없군요."

게다가, 하고 쿠로에는 말을 이었다.

"그 어떤 방식으로 몇 번을 대결할지라도, 사이카 님께서 이기실 거란 사실에는 변함이 없습니다."

그 말에, 홀 안은 더욱 커다란 흥분에 사로잡혔다. 쿠라라는 작게 휘파람을 불었다.

"휘유…… 멋지네요~. 마치 마녀님 같아요."

"황송합니다."

쿠로에가 시치미를 떼며 인사를 했다. 갑작스러운 발언에도 이렇게 완벽한 반응을 보이다니, 대단했다.

……뭐, 쿠로에가 저렇게 말한다면 무시키도 불평할 수는 없다. 애초에 지금의 무시키는 사이카가 아니라 무시키의 몸이다. 이의를 주장할 권리를 지니고 있지 않았다.

"어라? 그러고 보니 마녀님은 아직 안 돌아오신 거예요?"

그제야 사이카가 없다는 것을 의아하게 생각한 건지, 쿠라라가 아무도 없는 무대 뒤편을 쳐다보며 그렇게 말했다.

하지만 쿠로에는 딱히 당황하지 않으며 대답했다.

"네. 또 세상을 위기에서 구하러 가셨습니다."

"대박~. 이 세상은 완전 헐~이네요."

말도 안 되는 변명이라고 생각하는 건지, 아니면 진짜로 믿은 건지, 쿠라라는 식은땀을 삐질삐질 흘리며 그렇게 대답했다. 이런 이유로 둘러댈 수 있는 사람은 아마 사이카뿐일 것이다.

쿠로에는 이 이야기를 길게 끌고 싶지 않은 건지, 화제를 바꾸려는 듯이 시르벨을 향해 말했다.

"—그러니, 계속 진행해도 괜찮습니다. 시르벨 언니. 마지막 승부는 대체 뭐죠?"

『네!』

쿠로에가 묻자, 시르벨은 힘찬 목소리로 말했다.

『제3시합에서 겨룰 것은—. 바로, 여차할 때 소중한 사람을 지킬 힘이에요!』

"소중한 사람을 지킬—."

"힘……?"

시르벨이 한 말을, 쿠로에와 쿠라라가 따라서 말했다.

시르벨은 힘차게 고개를 끄덕이더니, 두 손을 펼쳤다.

『그래요. 불가사의하게도 사~ 양과 쿠라링은 둘 다 내일 열리는 교류전의 대표죠. 그렇다면, 그 자리에서 자웅을 결하는 거예요. —내일 교류전에서 승리한 학원에 속한 이가, 이 승부의 승자랍니다!』

『뭐—.』

시르벨이 그렇게 선언하자…….

『뭐어어어어어어어어어어어—?!』

쿠라라와 무시키만이 아니라, 홀 안에 있는 모든 관객이—경악하고 말았다.

하지만, 그것도 당연했다.

물론 〈정원〉과 〈누각〉의 교류전을, 개인적인 승부에 이용하는 점에 대한 비난도 있을 것이다.

하지만 그 이전에, 교류전에서 결판을 낸다는 것은 즉, 쿠오자키 사이카에게 마술로 도전한다는 말과 다름없는 것이다.

"—후후."

하지만…….

당사자인 쿠라라는 초조해하거나 당황하지 않으며, 작은 미소를 흘렸다.

"쿠라라—?"

무시키가 의아해하며 이름을 부르자, 쿠라라는 손을 내저었다.

"아아, 뭐, 괜찮아요. 딱히 정신이 나간 건 아니거든요. 그저— 뭐랄까, 이런 일도 다 있구나~ 싶달까요."

"……뭐? 이런 일도……?"

무시키가 당혹스럽다는 듯이 미간을 찌푸리자, 쿠라라는 과장스럽게 고개를 끄덕이며 말을 이었다.

"—아니, 이 몸도 제대로 싸워서 마녀님에게 이길 수 있을 거라고는 눈곱만큼도 생각 안 하거든요? 하지만 내일 교류전은 그냥 싸우는 것과는 달라요. 마녀님은 조건부 참전이고, 이쪽에는 믿음직한 『신입생』이 있죠. 그리고 무엇보다—."

쿠라라는 오른손을 치켜들었다.

그러자 허공에 떠 있던 스마트폰이 빨려들 듯이 그 손에 쥐어졌다.

—그 순간.

"……윽?!"

무시키는 무심코 눈을 치켜떴다.

쿠라라의 몸에서 뿜어지는 마력이, 갑자기 크고 농밀해진 것이다.

"이야~, 역시 마녀님이라니깐. 동접자 수가 한 번도 본 적 없는 숫자네요. 무시삐를 건 이 몸과 마녀님의 대결 생방송— 화제가 안 되는 게 이상하긴 해요. 으음~, 솔직히 말해 예상 밖이네요."

"쿠라라, 그 마력은……."

무시키가 묻자, 쿠라라는 입가를 일그러뜨리며 웃었다.

"응. 더 이상은 숨길 필요가 없겠네. —아니, 이 기회에 모두에게 알려주는 편이 나을 것 같으니 가르쳐줄게요. ―이 몸의 【상상기라성(上上綺羅星)(인플루언스타)】은 남에게 자기 존재가 알려지면 알려질수록, 화제가 되면 될수록, 자기 마력을 늘려주는 마술이에요. 뭐, 그러니까― 지금의 이 몸은 인생에서 가장 끝내주는 상태라는 거죠."

"뭐……?!"

"……즉, 사이카 님에게 도전한 것은 그 모습을 스트리밍해서 자기 힘을 늘리기 위해서였던 겁니까?"

쿠로에가 날카로운 시선으로 노려보며 말했다.

크러자 쿠라라는 고개를 좌우로 저었다.

"이야, 착각하지 마세요. 이 몸이 무시삐 러브인 건 진짜라고요. 져도 된다고 생각한 건 아니고, 실제로도 진심으로 싸웠어요. ―하지만 이래 봬도 이 몸은 〈누각〉의 학생이니까요. 이걸로 파워업해서 〈정원〉에게 이긴다면 일석이조랄까, 두 마리 토끼를 다 잡아서 해피랄까~."

쿠라라는 그렇게 말하더니, 손에 쥔 스마트폰을 자신을 향해 들었다.

그렇다. 셀카를 찍듯이 말이다.

"그럼 마녀님 덕분에, 준비는 완벽하게 끝났어요. 쿠라라메이트 여러분, 내일 교류전은 꼭 봐줘요~!"

쿠라라는 윙크를 하며 그렇게 말하더니―.

무시키와 쿠로에를 향해 시선을 보내며, 요사한 미소를

머금었다.
“자— 내일은 마녀를 사냥해볼까요~.”

제4장 【꼭 봐】 교류전 개막

—새의 지저귐이, 왠지 평소보다 선명하게 들렸다.

전야제로부터 하룻밤이 흘렀다. 어제의 소음이 거짓인 것처럼, 〈정원〉 부지 안에는 정적이 감돌고 있었다.

그럴 만도 했다. 어제만 해도 학원 안을 가득 채우고 있던 학생들이, 지금은 거의 보이지 않았다.

하지만, 그것도 당연하다면 당연했다.

왜냐하면 이곳은 지금부터—『전장』이 되는 것이다.

“…….”

무시키는 마음을 진정시키려는 듯이 심호흡하면서, 다시 주위를 둘러보았다.

무시키 일행은 현재 〈정원〉 동부 에어리어의 동쪽 끝에 있는 연구동 앞에 있었다. 수많은 첨탑의 다발 같은 형태의 건물이 줄지어 있으며, 그것이 광장에 인상적인 그림자를 자아내고 있다.

무시키의 주위에는 네 사람이 있었다. 다들 그와 같은 학원의 교복을 입었지만, 그중 두 명과는『쿠가 무시키』로서 얼굴을 마주하는 게 처음이었다.

“—안녕, 네가 예의 편입생이지? 소문을 들었어. 나는 3

학년인 시노즈카 토우야야. 오늘은 잘 부탁해."

손을 내밀며 그렇게 말한 이는 키가 큰 남학생이었다.

시노즈카 토우야. 무시키와 다르게, 정상적인 루트로 교류전 대표로 뽑힌 마술사다.

"아— 네. 쿠가 무시키예요. 잘 부탁합니다."

무시키가 손을 내밀자, 토우야는 시원시원한 미소를 지으며 그 손을 힘차게 움켜잡았다.

그 뒤를 이어, 뒤편에 있던 여학생이 인사를 해왔다.

"으음…… 모에기 호노카예요. 방해가 되지 않도록 노력할 테니, 부디 잘 부탁드려요……."

그녀는 약간 머뭇머뭇하며 그렇게 말했다. 몸은 무시키 쪽을 향하고 있지만, 시선은 대각선 아래쪽을 향하고 있었다.

"네. 나야말로 잘 부탁드려요. 여러모로 부족한 부분이 많지만, 최선을 다하겠습니다."

무시키가 인사를 건네자, 호노카는 부끄러워하듯 고개를 푹 숙였다. 앞 머리카락이 긴 탓에, 얼굴이 절반가량이 그 머리카락에 가리고 말았다.

그녀 또한, 토우야와 마찬가지로 〈정원〉 대표로 선발된 학생 중 한 명이다. 꽤 내성적으로 보이지만, 마술 실력은 확실할 것이다.

간략하게 두 사람과 인사를 나눈 무시키는 하아, 하고 안도의 한숨을 내쉬었다.

실은 어제와 그저께에 좋지 못한 형태로 눈길을 끈 것 같아서 조금 걱정했지만, 토우야와 호노카는 무시키에게 딱히 악감정을 품고 있는 것 같지는 않았다.

상대가 마음속으로 어떻게 생각하는지까지는 알 수 없지만, 겉으로나마 우호적인 관계를 맺으려는 자세를 보여주는 게 감사했다.

그도 그럴 것이, 이제부터 함께 싸워야 할 동료다. 〈정원〉 대표로 뽑힐 레벨의 마술사라면, 괜한 알력을 피하려 하는 것이 당연할지도 모른다.

하지만— 매사에는 언제나 예외가 존재하는 법이다.

"……."

무시키는 아까부터 등을 마구 찔러대고 있는 날카로운 시선 끝을 살피듯, 뒤편을 돌아보았다.

그러자 무시키의 예상대로, 언짢은 듯이 표정을 일그러뜨린 〈정원〉 기사, 후야죠 루리의 모습이 눈에 들어왔다.

"……루리도, 잘 부탁해……."

"뭘 잘 부탁한다는 건데?"

무시키가 미묘거리며 그렇게 말하자, 루리는 짜증을 숨김없이 드러내며 그렇게 쏘아붙였다.

……예상은 했지만, 역시 무시키가 대표로 뽑힌 것에 납득하지 않은 눈치였다. 어제도 쿠라라와의 승부가 끝난 후에 루리와 얼굴을 마주하지 않기 위해 뒷문으로 도망쳤기에,

무시키로서 그녀와 마주한 것은 그저께 이후로 처음이다.

"……진짜, 이번 교류전은 대체 뭐야. 편입한 지 얼마 안 된 무시키가 대표로 뽑히지를 않나, 마이솔로지아의 단독 토벌 기록이 있다고 하지를 않나……!"

루리는 더는 못 참겠다는 듯이 서서히 언성을 높였다. 말 한마디 할 때마다 손등에 혈관이 불거지더니, 미간에 새겨진 주름 또한 늘어났다.

"—진정하십시오, 기사 후야죠."

그런 루리에게 말을 건 이는 이 자리에 있는 마지막 사람— 쿠로에였다. 지극히 냉철한 어조로, 루리를 타이르듯 말했다.

"이미 결정된 일이니, 어찌할 수 없습니다. 사랑하는 오빠를 위험에 처하게 하고 싶지 않은 건 이해합니다만—."

"뭐—, 뭐어어어어어어어어어어어어어엇?!"

쿠로에가 담담한 어조로 한 말에, 루리는 얼굴을 새빨갛게 붉히며 절규를 토했다.

"이이이이이이이, 이 애가 무슨 소리를 하는 거야?! 내, 내내내내, 내가 누구를 사랑한다는 건데?! 멋대로 떠들지 말아주겠어?!"

순식간에 얼굴이 땀으로 범벅이 된 루리가 상기된 어조로 그렇게 외쳤다. 참고로 눈은 서식지를 옮기는 물고기 같은 속도로 마구 흔들리고 있었다.

“어머, 아니었습니까. 무시키 씨를 너무너무너무~ 좋아하는 나머지 화가 난 것이라고 생각했습니다만…….”

“누, 누누누~ 누가 그런 소리를 했는데?! 아니거든?! 나는 그저 〈정원〉의 마술사로서, 미숙한 자가 대표로 뽑히는 걸 용납할 수 없을 뿐―.”

“흠. 기사 후야죠는 미숙한 자가 신화급 멸망인자를 쓰러뜨릴 수 있다고 생각하는 겁니까?”

“그, 그건― 정보의 진위조차 아직 확실치 않잖아!”

“그 점에 관해서는 사이카 님께서 확인해주셨습니다. 혹시 사이카 님께서 거짓말을 하셨다는 말인지요?”

“크……윽……!”

쿠로에가 그렇게 말하자, 루리는 분하다는 듯이 이를 악물었다.

하지만 그것도 어쩔 수 없다. 루리도 무시키와 마찬가지로, 사이카 씨 사랑해 클럽의 일원이다. 사이카의 말을 의심하는 거냔 말을 듣는다면, 물러날 수밖에 없을 것이다.

참고로 사이카 씨 사랑해 클럽은 비공식 공상 속 조직이며, 딱히 그런 팬클럽이 실제로 존재하는 건 아니다.

하지만 루리는 아직 납득을 못 한 눈치였다. 그녀는 날카로운 눈길로 무시키를 쳐다봤다.

“……백 보 양보해서 대표로 뽑힌 건 어쩔 수 없다고 쳐. 하지만 쿠라라와의 일은 대체 뭐야?! 보이삐 발언으로 모자라, 마녀님까지 끌어들여서 난리를 벌이더니, 오늘 대전 상대를 일부러 파워업시키기까지……!"

"아, 아니, 그런 소리를 나한테 해 봤자……."

무시키는 곤란하다는 듯이 미간을 찌푸렸다.

확실히 쿠라라가 소동을 일으켰고, 그 소동의 중심에 무시키가 있는 건 사실이다. 하지만 무시키는 의도치 않게 이 일에 휘말렸을 뿐이다.

무시키가 말끝을 흐리자, 루리는 미심쩍음과 불안이 뒤섞인 표정을 지었다.

"……무시키, 혹시 그런 애가 취향인 거야?"

"아, 딱히 그런 건 아닌데……."

"그럼 보이삐는 무슨 소린데?"

"그러니까, 그건 쿠라라가 멋대로 하는 말이라고."

"……그럼 어떤 애가 취향이야?"

"어?"

"뭐야. 대답 못 하는 거야?"

"그런 건 아닌데…… 으음…… 머리카락이 길고, 차분하며, 멋진 데다, 고결한—."

"나, 나나나나나나나, 남들 앞에서 부끄러운 소리를 하면 어떻게 해!"

갑자기 얼굴을 새빨갛게 붉힌 루리는 무시키를 두들겨 팼다.

뭐가 뭔지 모르겠다. 머릿속이 의문 부호로 가득 찬 무시키는 팔을 교차시키며 그 공격을 견뎌낼 수밖에 없었다.

바로— 그때였다.

광장의 중심에 옅은 빛이 모여들더니, 소녀의 형태를 이룬 것이다.

『—자~, 다들 모였군요. 시스터스 & 브라더스, 준비는 됐나요?』

〈정원〉 관리 AI 시르벨은 경쾌한 어조로 그렇게 말하더니, 몸을 빙글 회전시키면서 멋진 포즈를 취했다.

바로 그때, 루리와 무시키가 공방전을 펼치고 있다는 것을 눈치챈 시르벨은 영문을 모르겠다는 듯이 고개를 갸웃거렸다.

『어라? 무슨 일 있나요?』

"……아무것도 아냐!"

루리는 흥 하고 코웃음을 치며 팔짱을 끼더니, 고개를 돌렸다.

시르벨은 그런 루리의 모습을 흥미롭다는 듯이 쳐다봤지만, 곧 뭔가가 문뜩 생각난 투로 이야기를 이어갔다.

『뭐, 좋아요. 그럼 교류전의 룰을 설명하겠어요. —전투 가능 구역은 〈정원〉 동, 서, 및 중앙 에어리어. 〈정원〉 측은 동부 에어리어 동쪽 끝, 〈누각〉 측은 서부 에어리어 서쪽 끝을 스타트 포인트로 삼으며, 정오를 알리는 종을 신호 삼아 전투를 시작하겠습니다. 시설 외벽에는 방어 술식이 걸려 있으니 웬만한 공격으로는 손상되지 않겠지만, 필요 이상으로 공격을 가하는 건 자제해주세요. 현현 단계는 위험도를 고려해 제2까지로 한정하며, 먼저 상대를 전멸시킨 쪽의 승리예요. 탈락 판정은 대미지 카운터로 내리겠어요. —이미 착용했죠?』

시르벨은 그렇게 말하면서 손목을 가리키는 시늉을 했다.

그러자 무시키는 자신의 손목에 채워진 손목시계 같은 기계를 쳐다봤다. 지금은 파란색 램프가 켜져 있었다.

『그 카운터는 학생이 입은 교복과 연동하고 있으며, 일정 이상의 대미지를 받았다고 판단되면 램프의 빛이 노란색, 그리고 빨간색으로 변화해요. 램프가 빨간색이 된 사람은 탈락으로 판정되며, 그 후로는 마술 사용이 원칙적으로 금지되죠. 서둘러 비전투 구역으로 이동해주세요. 또한 탈락한 상대를 공격하는 행위도 금지니까 주의해주세요. 일단 이 정도만 설명하면 되겠네요. —질문 있어요?』

"……물어볼 게 있어, 시르벨."

『…….』

루리가 손을 들며 불렀지만, 시르벨은 전혀 반응을 보이지 않았다.

"시르벨?"

『…….』

“시이르으베엘?”

『…….』

“……시르벨 언니.”

『네~! 무슨 일인가요, 루~ 양!』

루리가 체념한 투로 그렇게 말하자, 시르벨은 환한 미소를 지으며 그렇게 답했다.

“……이번에는 추가 룰이 있지? 마녀님이 어떤 조건에서 나설 수 있는 거야? 그리고 모습이 안 보이시는데, 지금 어디 계셔?”

루리가 주위를 둘러보며 묻자, 시르벨은 과장스럽게 손뼉을 쳤다.

『아, 맞아요. —이번에는 특별 룰에 따라, 〈정원〉 측은 네 명으로 전투를 시작하게 됐어요. 그리고 두 명의 탈락이 확인된 단계에서, 사~ 양의 참전이 허가되죠. 단, 사~ 양이 전투 가능 구역에 들어가기 전에 네 명 전원이 탈락한다면, 그 시점에서 「전멸」 취급이 되니 주의해주세요. 사~ 양이 지금 어디에 있냐면—.』

“—그 점에 대해서는 제가 설명해 드리겠습니다.”

시르벨의 말을 이어받듯이, 쿠로에가 손을 살며시 들어 보였다.

“사이카 님은 현재, 비전투 구역에서 대기하고 계십니다. 두 명의 탈락이 확인되는 대로 연락이 될 예정입니다만, 시간이 다소 지체될 거라고 예상됩니다. 혹시 모르니, 두 명이 당한다면 교전을 멈추고 사이카 님의 도착을 기다리는 편이 현명하겠죠."

그렇게 말한 쿠로에는 무시키에게 눈짓을 보냈다. 무시키는 거기에 답하듯 고개를 살며시 끄덕였다.

사이카의 참전에 관해서는 쿠로에와 미리 이야기를 해뒀다.

참전이 허가되자마자 비전투 구역에서 대기하고 있던 쿠로에와 합류하고, 존재변환 및 대미지 카운터를 교환한 후에 『사이카』로서 참전한다.

……아무리 짧게 잡아서 3분은 걸릴 것이다. 그사이에 전멸하지 않도록 주의해야만 하리라.

"아…… 그래. 그게 무난하겠지."

쿠로에의 말에 동의한다는 듯이, 토우야가 표정을 굳히며 고개를 끄덕였다.

"우리도 실력에 자신이 없는 건 아니지만— 어디까지나 학생 레벨이거든. 상대가 교사급이라면, 제대로 맞서 싸울 수 있는 건 후야죠 양 정도겠지. 한심한 이야기지만, 이 승부는 마녀님이 얼마나 빨리 참전하느냐에 달렸다고 해도 과언이 아냐. 아— 물론 소문 자자한 쿠가가 경이적인 힘을 발휘해준다면, 거기에 걸어본다는 방법도 있긴 하네."

"……너무 기대하지는 말아주세요."

무시키가 땀을 삐질삐질 흘리며 그렇게 말하자, 토우야는「오케이」하고 말하며 어깨를 으쓱했다. 루리처럼 무시키의 대표 선정에 이의를 표하지는 않았지만, 실력이 파악되지 않은 존재에게 기대하는 것은 위험 부담이 크다고 생각하는 눈치였다.

"하지만, 다행히 올해 교류전의 무대는 〈정원〉이야. 이곳에 대해서는 우리가 더 잘 알잖아. —그러니 전투 개시와 동시에 네 명이 뿔뿔이 흩어져서 행동하는 작전을 제안하고 싶은데, 어떻게 생각해?"

"……어, 하지만 그러다간 자칫하면 1 대 5로 싸우게 될지도 모르는데……."

호노카가 불안한 투로 그렇게 말하자, 토우야는 굳은 표정으로 수긍했다.

"……그럴 가능성은 있어. 하지만 우리가 가장 피해야만 하는 건, 네 사람이 한꺼번에 당해버리는 거야. 뭉쳐서 행동하는 게 최선이라고는 생각할 수 없어."

"그렇구나……."

무시키는 턱을 쓰다듬으면서, 납득했다는 듯이 중얼거렸다.

확실히 그의 말대로다. 이것은 어떻게 사이카라는 조커를 이 자리에 불러내느냐의 싸움이다. 정석대로 움직였다간 일망타진되고 말 것이다.

게다가 따로 행동하는 편이, 전투 구역을 이탈해서 존재 변환을 해야만 하는 무시키로서는 오히려 나았다.

"—이의 없어요."

"무시키는 왜 그렇게 자신만만한 건데?"

무시키가 그렇게 말하자, 루리는 도끼눈을 떴다.

그러는 루리도 작전 자체에 이의가 있지는 않은 것 같았다. 그녀는 눈을 내리깔며 고개를 끄덕였다.

다른 이들의 반응을 본 호노카 또한, 각오를 다진 것처럼 고개를 끄덕였다.

"—좋아. 결정됐어. 개시 신호에 맞춰 각자 행동을 개시하자. 몸을 숨긴 채로 탐색을 진행하면서, 가능하면 적을 격파하는 거야. 우선 목표는 마츠바 타케루. 다음은 토키시마 쿠라라야."

"흐음. 이유를 여쭤도 되겠습니까?"

토우야의 말을 들은 쿠로에가 그렇게 물었다. 그러자 토우야는 쿠로에를 쳐다보며 대답했다.

"우리가 그나마 상대할 수 있는 건 학생인 그 두 사람뿐일 테지. 어제 방송을 볼 때, 토키시마 쿠라라는 주의해야겠지만— 그래도 교사진보다 강하다고는 생각하기 어려워."

"……그렇군요."

"무슨 문제라도 있어?"

"아뇨. 지극히 타당한 판단이라고 생각합니다."

쿠로에는 눈을 살짝 내리깔면서 그렇게 답했다.

그 표정에서는 어딘가 우려의 기색이 느껴졌지만— 이 자리에서 그것을 눈치챈 이는 아마 무시키뿐이리라.

실제로 토우야는 쿠로에의 반응을 딱히 미심쩍어하지는 않으며, 말을 이었다.

"후야죠 양은 스오우 테츠가, 사에키 와카바를 타깃에 포함시켜도 되겠지만— 시온지 학원장은 절대 안 돼. 마녀님이 참전할 때까지, 절대로 건드리지 마."

"그 사람, 그렇게 강한가요?"

무시키는 의아해하며 물었다. 어제의 인상만 본다면, 사이카를 라이벌로 여기는 재미있는 할아버지라는 느낌이었던 것이다.

하지만—.

"—마술사 양성 기관의 학원장. 그 말이 가지는 의미를, 우리는 알잖아."

"……."

그 질문에 대한 토우야의 대답에는 반박을 쏙 들어가게 하는 설득력이 있었다.

확실히 그 말이 옳다. 사이카와 마찬가지로, 상대는 마술사 양성 기관의 수장인 인물이다. 그런 남자가 평범한 마술사일 리가 없다.

무시키는 다시 마음을 다잡으려는 듯이, 두 손으로 자신의 볼을 때렸다.

바로 그때…….

『—이야기는 끝났나요~?』

『……우왓?!』

갑자기 눈앞에 시르벨의 얼굴이 쑥 나타나자, 무시키 일행은 화들짝 놀랐다.

아무래도 상체를 뒤편으로 쑥 젖히는 식으로, 무시키 일행 사이에 몸을 쏙 밀어 넣은 것 같았다. 실체가 없는 입체영상이기에 가능한 짓이다.

"하아, 놀랐잖아."

『죄송해요. 하지만 이제 시간이 다 되었거든요.』

그렇게 말한 시르벨이 손을 가볍게 흔들었다. 그러자 그 궤적에 따라 『11:55』이라는 숫자가 표시됐다.

전투 개시 5분 전. 아무래도 이야기가 생각보다 길어진 것 같았다.

『…….』

무시키 일행은 아무 말 없이 시선을 교환하더니, 누가 먼저랄 것 없이 고개를 끄덕였다.

그리고 전투 배치에 임하듯이, 간격을 벌리며 광장에 자리했다.

그 모습을 본 쿠로에는 그들을 향해 공손히 인사를 했다.

"—그럼, 저는 비전투 구역으로 대피하겠습니다. 여러

분, 무운을 빕니다."

그렇게 말한 쿠로에가 광장을 벗어났다. 무시키 일행은 제각각 말 또는 행동으로 그녀를 배웅한 후, 서쪽―〈누각〉 대표들이 있을 방향을 응시했다.

『―자. 전투 개시 3분 전이 됐으니, 이 언니도 이만 가볼게요. 이번에는 심판도 겸하고 있으니 한쪽을 편들 수는 없지만, 여러분의 활약을 기대하고 있어요.』

"그래. 고마워, 누나."

"……힘낼게요, 언니."

"네. 지켜봐 주세요, 누나."

토우야, 호노카, 무시키의 대답을 들은 시르벨이 만족한 듯이 방긋 미소 지었다.

그 와중에 혼자만 대답하지 않았던 루리의 얼굴을, 시르벨은 핥듯이 들여다보았다.

"……하아. 알았어, 언니, 됐지?"

『후후. 그럼 힘내세요!』

루리가 한숨을 내쉬며 그렇게 말하자, 시르벨은 만면에 미소를 머금으며 공기에 녹아들 듯 사라졌다.

그런 루리의 모습이 왠지 귀여웠던 무시키는 무심코 입가에 미소를 머금었다.

"……왜 웃는 거야?"

"미안해. ―하지만 루리는 시르벨을 언니라고 부르는 걸

참 질색하네.”

그렇다. 그것이 위화감의 정체일지도 모른다. 사이카만 얽히지 않는다면, 루리는 기본적으로 냉정하고 합리적이다. 대화를 원활하게 이어가기 위해 상대가 바라는 호칭을 쓰는 것을 싫어할 것 같지는 않았다.

“그야 언니가 아닌걸.”

“뭐, 그건 그래.”

“언니가 아닌 사람을 『언니』라고 부르면, 왠지 올케언니 같아서 싫단 말이야.”

“뭐?”

“아무것도 아냐. 그것보다, 집중하기나 해. ……솔직히 말해 아직 납득한 건 아니지만, 〈정원〉 대표로 뽑혔으니 한심한 싸움만은 절대 하지 마.”

“—응. 알아.”

무시키는 루리의 말에 고개를 끄덕인 후, 주먹에 힘을 주며 앞쪽을 쳐다봤다.

그리고— 중앙 에어리어 쪽에서, 정오를 알리는 종소리가 들려왔다.

〈정원〉 대 〈누각〉, 교류전의 개막이다.

“좋아. 그럼 가자. 작전대로 각자 흩어져—.”

토우야가 다른 이들에게 지시를 내리려 한, 바로 그때였다.

“—어?”

한순간, 상공에서 별 같은 것이 반짝이는가 싶더니―.

무시키 일행이 있는 광장을 향해, 일직선으로 『뭔가』가 날아왔다.

"―피해!!"

루리가 찢어지는 목소리로 그렇게 외쳤다.

다음 순간…….

눈앞에서, 엄청난 폭발이 일어났다.

『……읏?!』

―섬광. 폭음. 진동. 온몸을 때리는 충격파.

눈, 귀, 피부― 온몸의 감각기관이 허용량 이상의 정보를 한꺼번에 받아들인 탓에, 한순간 의식이 몽롱해졌다.

"무시키!"

"……읏!"

하지만 큰 목소리로 이름을 불린 무시키는 어찌어찌 의식의 끈을 부여잡았다.

그리고 그제야 눈치챘다. 자신들 앞에, 푸르게 빛나는 베일 같은 것이 펼쳐져 있다는 것을…….

"이건―."

한순간 적의 공격이라고 생각했지만― 아니었다.

어느새 루리가 자루가 긴 무기를 손에 쥐고 있었다.

무시키 일행을 감싼 베일은 그 무기의 끝에서 전개된 것이다.

틀림없다. 루리의 제2현현, 【인황인】이다. 아무래도 한 발 앞서 적의 공격을 눈치챈 루리가 무시키 일행을 지켜준 것 같았다.

마력의 빛으로 짠 칼날이 다양한 형태로 변형한다는 것은 알고 있었지만, 설마 이런 식으로 이용할 수 있을 줄이야.

얇은 베일 너머에는 운석이라도 떨어진 것처럼 커다란 구덩이가 생겨 있었다. 방어 술식이 걸린 주위 시설은 무사한 것 같지만, 직접 공격을 받은 지면은 무참하기 그지없는 모습으로 변모했다.

어마어마한 위력이다. 만약 루리가 공격을 막아주지 않았다면, 무시키는 순식간에 탈락했을지도 모른다.

"—호오, 막아낸 건가. 역시 후야죠 루리. 〈정원〉 기사에 걸맞은 실력이구나."

바로 그때였다.

"……윽?!"

갑자기 그런 목소리가 들려오자, 무시키 일행은 하늘을 올려다보았다.

그곳에는 긴 수염과 머리카락, 그리고 전혀 어울리지 않는 〈누각〉 교복을 걸친 노신사가 하늘에 선 것처럼 떠 있었다.

그 발치에는 마법진 같은 2획의 계문이, 그리고 오른손에는 농밀한 마력을 띤 지휘봉 같은 지팡이가 현현되어 있었다.

그렇다. 〈누각〉 학원장이자 1학년인 시온지 교세이였다.

"시온지 학원장……?! 말도 안 돼, 〈누각〉의 스타트 지점은 서부 에어리어일 텐데……! 게다가 방금 공격은—."

토우야는 경악을 금치 못하며 그렇게 외쳤다.

그러자 시온지는 눈을 가늘게 뜨면서 턱을 살짝 들어 올렸다.

"말도 안 돼—라. 자네도 마술사라면 그 말은 함부로 입에 담지 말도록. 우리는 세계의 수호자이자 신비의 탐구자다. 상대가 예상조차 못 한 수를 쓰는 것을 당연하게 여겨야 하지."

초연한 태도인 시온지는 가르침을 내리듯 그렇게 말했다.

무시키와 루리는 전율에 사로잡히며 미간을 찌푸렸다.

"큭……, 어마어마한 위압감이야……!"

"어제, 마녀님에게 불평만 늘어놓던 사람처럼 보이지 않네……!"

"……그건…… 다른 이야기지. 그리고 잘못한 건 그 자식이거든."

무시키와 루리가 그렇게 말하자, 시온지는 아까와는 전혀 다르게 떨떠름한 어조로 그렇게 말하며 입술을 삐죽 내밀었다.

시온지는 마음을 다잡으려는 듯이 어험 하고 헛기침을

하더니, 다시 무시키 일행을 내려다보았다.

“그것보다, 괜찮겠느냐? 나는 꽤 온정을 베풀었다고 생각하는데…….”

“어—?”

“임전 태세인 적 앞에서, 한 명만 제2현현을 발현시켜도 괜찮은 거냐고 묻는 거다.”

““““……윽!””””

시온지가 그렇게 말한 순간, 〈정원〉 대표들 사이에서 긴장이 흘렀다.

“—【나충선(羅衝扇)】!”

그래피에르
“【점정회필(點睛繪筆)】……!”

토우야와 호노카가 계문을 전개해서 제2현현을 발현시켰다.

토우야는 철선, 호노카는 거대한 붓 같은 현현체를 각각 거머쥐었다.

그러자 그 행동을 기다리고 있었다는 듯한 타이밍에, 땅을 뒤흔드는 듯한 소리가 울려 퍼지기 시작했다.

“아니, 이건……?!”

다음 순간, 무시키의 낭패한 목소리를 삼키려는 것처럼 지면이 진동하더니, 무시키 일행의 발치에 깔려있던 돌이 갑자기 솟구쳤다.

그리고 그 밑에서 거대한 드릴 같은 제2현현을 손에 쥔 마술사, 스오우 테츠가가 나타났다. 아무래도 지하에 구멍을 파며 이동해서 기습한 것 같았다.

“하핫—!! 머리 위만 신경 쓰다간 발목을 잡히고 말걸? 비유가 아니라 실제로 말이지!”

“큭……!”

무시키 일행은 지면을 박차면서 그 자리에서 물러났다.

하지만 그것으로 끝이 아니었다. 테츠가와 함께 땅속으로 온 것일까. 몸에 찰싹 달라붙는 교복을 입은 사에키 와카바가 지상으로 튀어나오면서 녹색 회전식 기관총(개틀링건)을 겨눴다.

“아니~. 우리를 까맣게 잊다니, 베리 배드 레알 卍 왕발끈 스틱 파이널리얼리티 뿡뿡 드림(갓)이거든~?!”

그런 영문 모를 소리를 늘어놓으면서, 그녀는 무시키 일행을 향해 총탄을 난사했다. 그러자 엄청난 굉음이 무시키의 고막을 강타했다.

“—칫!”

토우야가 공중에서 몸을 비틀면서, 거대한 철선을 휘둘렀다. 그러자 그곳을 기점으로 해서 바람의 격류가 생겨나더니, 와카바가 쏜 총탄의 궤도를 비틀었다. 빗나간 탄환은 무시키 일행을 스쳐 지나가더니, 벽에, 지면에 작렬했다.

하지만 와카바는 딱히 놀라지 않으며 옅은 미소를 머금었다.

"흐음, 꽤 하네. 하지만, 내 제2현현은 이제부터가 진짜야. ……라고나 할까~!"

말투를 신경 써야 한다는 게 뒤늦게 생각난 것처럼 말을 덧붙인 와카바는 치켜든 손을 말아 쥐었다.

"—【싹트는 납(스프레드)】!"

그 순간, 벽과 지면에 명중한 탄환이 꿈틀거리더니, 거기서 식물의 덩굴 같은 것이 무수히 뻗어 나왔다.

"아니……!"

"꺄앗!"

토우야와 호노카가 덩굴에 발이 휘감긴 탓에 자세가 무너졌다.

그 순간, 루리는【인황인】의 칼날로 두 사람을 휘감은 덩굴을 잘랐다.

"미안해, 덕분에 살았어!"

"아뇨. —그것보다 조심하세요! 아직 끝난 게 아니에요!"

루리가 고함을 질렀다. 그녀의 말대로, 탄환이 싹트면서 엄청난 양의 덩굴이 여전히 뻗어 나오고 있었다. 그 덩굴들은 촉수처럼 꿈틀거리더니, 루리 일행을 옭아매기 위해 뻗어왔다.

"큭—."

"하앗!"

토우야는 철선으로 바람을 일으켜서, 그리고 호노카는

붓으로 허공에 궤적을 그려서 몰려드는 덩굴로부터 도망쳤다.

하지만 상대는 와카바의 덩굴만이 아니다. 그 한순간의 빈틈을 노린 테츠가는 드릴로 루리를 겨누며 돌진했다.

"【특공선아(特功旋牙)】! 우랴아아아아앗—!!"

"……윽! 큭—."

루리는 그 공격을 눈치챘지만, 완전히 허를 찔린 탓에 그 움직임에 대처할 수 없었다. 이대로 있다간, 루리가 대미지를 입고 탈락하고 만다.

사이카가 참전하는 조건은 아군 두 명의 탈락이다. 거꾸로 보자면 한 명은 미리 쓰러뜨려도 괜찮은 것이다. 그렇다면 가장 성가신 루리를 해치우자고 생각했으리라.

"루리—!"

그렇다면 무시키로서는 함께 그 공격을 맞고 탈락해서, 사이카의 참전 조건을 충족시키는 게 최선의 수일지도 모른다.

하지만 그런 타산적인 생각은 지금 무시키의 머릿속에 존재하지 않았다.

루리가— 여동생이 위기에 처했다. 오빠가 힘을 내는 이유로, 그 이상 필요한 게 있을 리가 없다.

"—아아아아아아아아아아아아아아앗!"

무시키는 고함을 지르면서 지면을 박차더니, 루리를 감

싸듯이 드릴 앞으로 몸을 내밀었다.

“아! 오라버니—.”

루리의 목소리가 고막을 흔들었다. 그 안에는 그리운 호칭이 담겨 있었다. 하지만 지금의 무시키는 거기에 반응을 보일 여유가 없었다. 그저 의식을 날카롭게 만들며, 거대한 탄환처럼 날아오는 드릴과 대치했다—!

—다음 순간…….

“……윽, ——.”

무시키는 뒤편에서 들려온 격렬한 격돌음을 들었다.

—궤도가 어긋난 테츠가가, 그대로 벽과 격돌한 것이다.

하지만 그것은 우연한 일이 아니며, 테츠가가 명중 직전에 조준을 비튼 것도 아니었다.

그 이유는 단순했다.

—무시키의 손에 현현한 투명한 검에 의해, 궤도가 어긋난 것이다.

“아—.”

얼이 나간 루리의 목소리가, 허공에 울려 퍼졌다.

“제2—현현……?”

그 시선은 무시키가 손에 쥔 아무런 색도 띠지 않은 검, 그리고 그의 머리 위에 전개된 왕관 같은 2획의 계문을 향하고 있었다.

“【영지검(홀로 에지)】—.”

무시키는 중얼거리듯 그렇게 말하더니, 안도의 한숨을 내쉬면서 어젯밤의 일을 떠올렸다.

◇

"—재현성을 찾아보죠."

"재현성……인가요."

교류전 전날. 쿠라라와의 승부, 제2회전이 끝난 후의 일이다.

무시키는 쿠로에를 따라서, 사이카의 저택 앞뜰을 찾았다.

이유는 단순했다. 발동 수련을 하기 위해서다.

그럴 만도 했다. 교류전을 하루 앞두고 있는데, 무시키는 여전히 자신의 의지로 자유롭게 제2현현을 발현시키지 못하는 것이다.

"제2현현이 마술사에게 있어 하나의 벽인 것은 사실입니다. 하지만, 교류전 대표로 선출된 수준의 마술사가 그 정도도 못 한다는 건 말도 안 되죠. 실력자들 사이에 초보자가 한 명 섞여 있다면, 바로 사냥당하고 말 겁니다. —그래도 내일 시합에는 사이카 님의 참전이라는 파격적인 조건이 포함된 만큼, 처음에 탈락하는 게 꼭 나쁘다고는 볼 수 없습니다. 하지만 자기가 타이밍을 봐서 탈락하는 것과 저항 한 번 제대로 못 해 보고 박살 나는 건, 의미 자체가 다르다고 할 수 있죠.”

“……그건 그래요.”

무시키는 한 마디도 반박을 못 하며 순순히 고개를 끄덕였다.

“하지만 무시키 씨는 적어도 지금까지 두 번, 제2현현에 성공하셨습니다. 처음은 『그녀』와 대치했을 때, 두 번째는 저와의 발동수련 때죠. 그 두 번에서 공통되는 요소를 찾는 겁니다.”

“공통되는 요소…….”

무시키는 그 말을 듣고 생각에 잠겼다.

“첫 번째는…… 너무 필사적이어서 잘 기억이 안 나요. 『그 사람』을, 그리고 사이카 씨를 구해야만 한다는 생각만 했는데—.”

“흠. 그럼 두 번째는 어떻습니까?”

“성공하면 사이카 씨가 어떤 질문에도 답해준다고 해서, 그 생각만 했었죠.”

“…….”

어찌 된 건지 쿠로에는 무시키의 솔직한 대답을 듣고 침묵에 잠겼지만, 곧 뭔가가 생각난 것처럼 눈썹이 흔들렸다.

“—사이카 님, 이 아닐까요?”

“네?”

“첫 번째, 두 번째, 양쪽 다 내용이 다르기는 하지만 사이카 님을 강하게 생각하신 것 같으니까요."

"—아! 그래요. 즉, 내 마술은 사이카 씨를 위해서 존재하는 거네요?"

"그렇게까지 말하진 않았습니다만……."

쿠로에는 도끼눈을 뜨며 말을 이었다.

"마술에 있어 정신력은 핵심입니다. 마음가짐과 의식에 따라서 출력이 차이 나는 일도 드물지 않죠. 이번에는 사이카 님을 마음속에 떠올리면서 마술을 발동시켜 주십시오."

"알았어요. 그럼……."

무시키는 심호흡을 한 후, 눈을 감으면서 머릿속으로 사이카의 모습을 떠올렸다.

"사이카 씨…… 나, 반드시, 당신을—."

그리고 결의를 품으며 주먹을 말아 쥐더니, 굳게, 굳게 염원했다.

"—바로 그겁니다. 더 강렬하게, 사이카 님을 상상해 주십시오."

"네. ……, 앗…… 사이카 씨. 대체 뭘…… 아, 안 돼요. 그런 건…… 우리—, 아직 제대로 사귀는 것도 아닌데—."

"무슨 상상을 한 겁니까."

쿠로에에게 머리를 쥐어박히자, 머릿속에 떠올랐던 이미지가 안개처럼 흩어졌다.

◇

"—다행이야. 제대로 발동했어."

무시키는 손안에 생겨난 투명한 검의 칼날을 응시하면서, 작게 한숨을 내쉬었다.

그 후로 쿠로에와 이미지 트레이닝을 반복했고, 사이카를 강하게 생각함으로써 제2현현을 발현시키는데 성공했지만— 실전에서도 가능할지는 미지수였다.

"투명한…… 검……."

그것을 본 루리가 가느다란 목소리로 그렇게 말했다.

무시키는 그녀를 힐끔 쳐다보더니, 살짝 고개를 끄덕였다.

"무사해서 다행이야."

"윽……."

무시키가 그렇게 말하자, 루리는 볼을 붉히면서 어깨를 부르르 떨었다.

하지만 곧 얼버무리려는 듯이 고개를 젓더니, 이어서 이렇게 말했다.

"무시키, 대체 어느새 제2현현을—."

"—응. 소중한 사람을 강하게 생각하면, 발현된다는 걸 깨달았거든."

"소중한 사람…… 이, 이이이이이…… 이런 상황에서 무슨 소리를 하는 거야?!"

아까부터 약간 발그레했던 볼을 새빨갛게 붉힌 루리가 새된 목소리로 그렇게 외쳤다.

확실히 전투 중에 입에 담을 말이 아닐지도 모르지만, 루리가 왜 이렇게 당황한 건지 모르겠다.

"……호오~? 꽤 하는군. ―그건 그렇고, 대체 뭘 한 거지? 내【특공선아】가 이렇게 완벽하게 무너지다니 말이야."

한편, 테츠가는 벽의 파편을 털어내면서 무시키 쪽을 쳐다보았다.

그의 손에 나타나 있던 드릴 형태의 제2현현【특공선아】의 일부가 마력의 빛을 남기며 사라지고 있었다.

"……윽."

그 모습을 보고 무심코 숨을 삼켰지만― 무시키는 들키지 않기 위해 표정을 관리했다.

확실히 사이카를 강하게 생각하는 것으로 제2현현의 발현에 성공한 것 같지만, 무시키는 자신이 쓰는 마술의 전모를 완전히 파악하고 있지는 않았다.

"……뭐, 좋아. 이 정도라면―."

테츠가는 한동안 무시키의 반응을 살피듯 쳐다보더니, 소멸하고 있는 제2현현을 없앤 후에 완전한 형태의 드릴을 다시 현현시켰다.

"……."

그 광경을 본 건지, 테츠가와 마찬가지로 무시키를 살피고 있던 루리가 마음을 다잡듯 헛기침을 한 후에 〈누각〉의 교사들을 빈틈없이 살피면서 입을 열었다.

"—아무래도, 저희가 흩어질 생각이었던 것을 간파당했나 보군요."

"……그런 것 같은걸."

"뭐…… 그런 거겠죠."

루리가 그렇게 말하자, 토우야와 호노카의 시선이 굳었다.

시온지, 테츠가, 와카바, 이 세 사람은 그들과 대조적으로 여유로운 표정을 지으며 제2현현을 들고 있었다.

루리의 추측은 적중한 것처럼 여겨졌다. 무시키 일행이 사이카의 참전 조건을 충족시키는 것이 〈정원〉의 승리로 이어질 거라고 생각한 것처럼, 〈누각〉 측은 그 조건을 충족시키지 못하게 하자고 생각할 테니 말이다.

그렇다면, 그들이 취할 수단은 무엇일까.

시합 개시 직후, 〈정원〉 측이 흩어지기 전에 한꺼번에 해치우거나, 탈락이 되지 않도록 유의하며 흩어지는 것을 방해한 후, 단숨에 정리해버리는 것이다.

그렇다. 지금 그들이 취하고 있는 행동이 바로 그러했다.

루리의 기지로 어찌어찌 단체 탈락은 면했지만, 상황은 낙관적으로 보더라도 최악이었다.

그도 그럴 것이, 무시키 일행은 실력만 보면 승산이 없는 교사진을 상대로 기선을 제압당한 것이다.

“……게다가, 아직 상대는 전원이 다 모이지 않았어. 쿠라라와 마츠바 선배가 어딘가에 숨어 있을 거야. ―특히 쿠라라. 그 애는 마녀님에게 이겨서 무시키의 여친이 되겠다고 했어. 그런 애가 아무 짓도 안 하며 가만히 있을 리가 없잖아. ……어제 무대 위에서 보여준 마력량도 범상치 않았는걸. 충분히 주의를 기울이도록 해.”

루리가 경계를 늦추지 말라는 의미에서 그렇게 말했다. 확실히 그녀의 말이 옳았다. 화려한 것을 좋아하는 그녀의 성격을 생각하면, 분명 거창한 일을 벌일 게 틀림없다. 무시키도 주위에 주의를 기울였다.

하지만 그 말을 들은 건지, 테츠가는 머리를 긁적였다.

“아…… 그 녀석들은 좀 더 시간이 걸릴걸? 우리 같은 이동 수단이 없으면, 서쪽 끝에서 동쪽 끝까지 뛰어올 수밖에 없다고.”

“…….”

테츠가가 그렇게 말하자, 루리의 볼을 타고 땀 한 방울이 흘러내렸다.

그 모습은 테츠가의 말이 방심을 유도하기 위한 것이 아닌지 의심하는 것처럼도 보였고, 멋대로 지나친 억측을 한 것을 부끄러워하는 것처럼도 보였다.

무시키는 후자일 가능성이 크다고 생각하지만, 루리를 생각해서 전자라고 생각하는 듯한 표정을 지었다.

"—무시키."

바로 그때, 루리가 시온지 일행을 쳐다보며 작은 목소리로 말했다.

"……우리가 시온지 학원장 일행을 막겠어. 그 사이에 이 자리를 벗어난 후, 모습을 감춰."

"무슨 소리를 하는 거야. 그럴 수는—."

"착각하지 마. 네 몸을 걱정해서 이런 제안을 하는 게 아냐. 이번에는 진짜야."

"이번에는?"

"……괜한 걸 신경 쓰지 말란 말이야."

루리는 볼을 붉히면서 헛기침을 하더니, 말을 이었다.

"솔직히 말해 교사급 세 사람을 상대로 정면 대결을 펼치는 건 악수 중의 악수야. 하지만 우리 모두가 당하더라도 너만 무사하면, 마녀님 참전의 조건이 갖춰져."

"그건—."

무시키가 무슨 말을 하려 했을 때, 토우야와 호노카도 동의한다는 듯이 고개를 끄덕였다.

—이 상황에서 무슨 말을 해본들, 그들에게 실례가 될 것이다. 마음을 굳힌 무시키는 고개를 끄덕였다.

"……알았어. 루리, 여기는 맡기겠어. 시노즈카 선배, 모에기 선배, 잘 부탁해요."

"응."

루리는 목소리만으로 그렇게 답했다. 토우야와 호노카 또한, 각자의 방식으로 알았다는 뜻을 전해왔다.

"그럼— 가죠!!"

""오오……!!""

루리의 호령에 맞춰, 〈정원〉 학생 세 사람이 땅을 박찼다. 그런 그들에게 맞서 싸우기 위해, 〈누각〉 교사진이 제2현현을 치켜들었다.

"……."

안비에트 스바르나는 매우 언짢았다.

이유는 크게 두 가지다.

하나는, 오늘이 〈정원〉 대 〈누각〉의 교류전 당일인데도 성가신 일을 떠맡게 된 탓에 지방으로 출장을 가게 됐다는 것이다.

그리고 다른 하나는, 그런 불합리하고 갑작스러운 요청을, 자신이 순순히 받아들였다는 것이다.

"쳇—."

선글라스를 쓴 안비에트는 짜증스럽게 혀를 차더니, 차의 액셀을 세게 밟았다.

그가 향하는 곳은 포장이 제대로 되어 있지 않은 산길이었다. 크고 작은 돌멩이를 타이어가 밟으면서, 차체가 크게 흔들렸다.

불쾌하지 않다면 거짓말이겠지만, 어쩔 수 없다.

―지금 그가 향하는 『시설』을, 한적한 주택가 한복판에 지을 수는 없으니 말이다.

안비에트는 짜증을 누그러뜨리려고 오디오의 음량을 올리더니, 머리를 좌우로 흔들면서 이 험한 길을 나아갔다.

그렇게 단조로운 풍경을 보며 약 세 시간가량 달려갔을 때였다.

안비에트는 드디어, 목적지에 도착했다.

언뜻 보면 딱히 눈길을 끄는 것이 없는 장소다. 이런 곳에 일부러 차를 세우는 사람은 운 나쁘게 차의 기름이 떨어진 사람 혹은 소변이 급한 사람뿐이리라.

안비에트는 적당한 곳에 차를 세우더니, 열쇠를 뽑고 차에서 내렸다. 물론 잠그는 것도 잊지 않았다. 이런 외진 곳에 자동차 도둑이 있을 것 같지는 않지만, 혹시 모르니 말이다.

그리고 호주머니에서 스마트폰을 꺼내서 지도를 표시하더니, 무성하게 자란 잡초를 헤치며 천천히 걸어갔다.

"으음― 이쯤인가?"

안비에트는 그렇게 중얼거리더니, 그대로 어느 바위를 향해 발을 내디뎠다.

원래라면 이대로 부딪쳐야 한다. 하지만 안비에트의 발은 아무런 저항도 받지 않으며 바위 안으로 빨려 들어갔다.

〈정원〉과 마찬가지로, 인식 저해 마술을 이용해 외부에서 모습을 인식 못 하게 해둔 것이다.

바위 안에는 밖과는 전혀 다른 근대적인 설비가 있었다. 엘리베이터로 보이는 문 옆에, 인증 장치가 설치되어 있었다.

안비에트는 ID와 홍채 인증을 마친 후, 엘리베이터를 타고 지하 깊숙이 내려갔다.

귀찮은 절차기는 하지만, 이 장소의 중요도와 이곳에 있는 것의 위험도를 생각하면 어쩔 수 없다.

—이곳은 세계 각지에 존재하는 봉인 시설 중 하나다.

〈정원〉 대도서관 지하에 존재하는 것과 같은 종류의 시설이다.

잠시 후, 엘리베이터가 목적지에 도달했다. 안비에트는 문이 열리길 기다린 후, 그 너머의 긴 복도를 걸어갔다.

곧 커다란 금속제 문과 함께 두 명의 경비원의 모습이 눈에 들어왔다. 한 사람은 턱수염을 길렀고, 다른 한 사람은 안경을 꼈다. 이곳에 상주하고 있다는 건, 두 사람 다 마술사일 것이다.

"—안녕, 수고 많네."

위의 층에서 인증을 마쳤기에, 이미 방문자가 있다는 것을 알고 있는 것 같았다. 두 사람은 차렷 자세로 서서 정중하게 경례를 했다.

“〈정원〉의 안비에트 스바르나 교사시군요. 소문은 익히 들었습니다.”

“그 고명한 『뇌제(雷帝)』를 뵈어서 영광입니다.”

“아…… 으음. 부끄러우니까 가능하면 그 별명으로 부르지 마.”

안비에트가 인상을 쓰며 그렇게 말하자, 경비원은 「죄, 죄송합니다」 하며 고개를 숙였다.

“그런데 오늘은 무슨 일로 이곳에 오신 겁니까?”

“아— 귀찮은 일을 떠맡았거든. 봉인물을 확인하고 싶어. ……하아, 교류전 당일에 출장을 보낸다는 게 말이 되냐고~.”

“그러고 보니 오늘은 〈누각〉과 〈정원〉의 교류전이 열리는 날이던가요.”

“그래. 한잔 걸치면서 구경하고 싶었는데 말이야.”

잔을 기울이는 제스처를 취하며 그렇게 말하자, 경비원이 동의한다는 듯이 웃음을 흘렸다.

“좋군요. 저도 빨리 일을 마치고 맥주 한잔 하고 싶습니다.”

“뭐? 술은 안 마셔. 내가 마시는 건 콜라라고, 콜라.”

“아, 술을 못 드셨군요.”

“그런 건 아냐. 일반 수업은 없더라도 교류전은 학원 활동의 일환이잖아. 교사가 술을 마실 수야 없지. 꼬맹이들의 세세한 움직임도 잘 안 보일걸?"

"……그, 그렇겠죠……."

경비원은 「이 사람, 생긴 것과 인상이 다르네……」 하고 말하는 표정으로 쓴웃음을 머금었다.

"으음…… 그럼 어느 봉인물의 열람을 희망하십니까?"

"아, O-08을 부탁해."

"——."

안비에트가 그 식별번호를 입에 담은 순간…….

경비원들의 표정이 차갑게 식었다.

"실례지만, 열람 목적을 여쭤도 될까요?"

"뭐? 그러니까 확인을 하러 왔다고. —어제 엘루카한테서 요청을 받지 못했어? O-08의 현황 보고를 하라고 했을 텐데?"

"네. 문제없다고 보고드렸습니다만……."

"그래서 온 거야."

"네?"

"—24개의 〈우로보로스〉의 몸 중에서, 아무 이상도 없다고 보고된 게 이 봉인 시설뿐이거든. 그러니 혹시나 몰라서, 실물의 직접 확인 및 마력 반응을 통해 이상이 없는지 보고 오라고 나한테 시킨 거야. 젠장. 알았으면 빨리, 내 즐거움을 훼방 놓은 뱀 자식의 대가리를 보여 달라고."

"……."

경비원들은 눈짓을 교환한 후, 이윽고 「……잠시 기다려 주십시오」 하고 말하면서 콘솔을 조작했다.

곧 묵직한 소리를 내면서, 거대한 문이 열렸다.

"이쪽으로 오시죠."

"그래."

턱수염을 기른 경비원이 안내하겠다는 듯이 그렇게 말했다. 그러자 안비에트는 그 뒤를 따르며 문 쪽으로 걸어갔다.

그리고, 다음 순간…….

"——."

뒤편에 있던 안경 쓴 경비원이 품속에 손을 넣는가 싶더니, 자동권총을 꺼내 안비에트를 겨누면서 주저 없이 방아쇠를 당겼다.

메마른 소리가 지하 시설에 울려 퍼졌다.

하지만…….

"아니—."

이어서 들려온 것은 안비에트의 고통에 찬 신음도, 바닥에 쓰러지는 소리도 아니었다. 그것은 바로 총을 쏜 안경 쓴 경비원의 당황한 목소리였다.

하지만 그것도 당연했다.

총구에서 발사된 탄환이 안비에트의 뒤통수에 닿기 직전, 전기에 휩싸여서 움직임을 멈춘 것이다.

"—이딴 장난감으로 해치울 수 있을 거라고 생각했냐?

나도 참 얕보였나 보네. 아앙?"

안비에트는 안경을 쓴 경비원을 날카롭게 놀려보았다.

"큭……!!"

안경을 쓴 경비원은 인상을 쓰더니, 다시 총을 쏘려 했다. 그와 동시에 턱수염을 기른 경비원도 품속에서 권총을 꺼냈다.

"하앗!"

하지만 안비에트가 일갈한 순간, 두 사람을 향해 번개가 떨어졌다.

"컥……?!"

"크앗……!"

짤막한 신음을 흘린 후, 검게 탄 두 경비원이 바닥에 쓰러졌다. 그 모습을 본 후, 안비에트는 미심쩍다는 듯이 미간을 찌푸렸다.

"……뭐가 어떻게 된 거야? 엘루카의 지나친 생각인가 했더니, 일이 꽤 수상하게 돌아가는걸."

아무튼 목적부터 달성해야 한다. 안비에트는 문 너머로 걸음을 옮기더니, 그곳에 들어있던 봉인정을 쳐다봤다.

"……아앙?"

그리고, 한쪽 눈을 치켜뜨며 으르렁거리는 듯한 소리를 냈다.

이 시설에 봉인되어 있는 〈우로보로스〉의 파편은 『머리』다.

〈정원〉 지하에 있는 『심장』과 어깨를 나란히 하는 중요 부위 중 하나다.

하지만 지금 안비에트의 눈앞에 있는 건, 무참히 깨진 봉인정뿐이다.

"〈우로보로스〉의 머리가— 없, 어?"

안비에트는 미심쩍은 표정을 짓더니, 입가에 손을 대며 생각에 잠겼다.

"……대체 언제부터지? 엘루카의 요청에 허위 대답을 해서 이 사태를 은폐하려 한 건가……? 아니, 그런다고 계속 숨길 수 있을 리가 없어. 애초에 저 경비원들은 뭐 때문에—."

그 순간, 안비에트는 말을 멈췄다.

이유는 단순했다. 뒤편에서 소리가 들리는가 싶더니, 시꺼먼 그림자 두 개가 자신에게 덤벼들었기 때문이다.

"—크앗!!"

"아아아아아아앗!"

그들이 아까 쓰러뜨린 두 경비원이라는 것을 이해하는 데는 그다지 시간이 걸리지 않았다.

등에 계문을 1획 전개한 후, 다시 전격을 날렸다. 두 사람은 또 신음을 흘리면서 그 자리에 쓰러졌다.

"흥, 꽤 터프하잖아. 심장이 멈춰도 이상하지 않을 공격이었는데 말이지. 뭐, 하지만 상관없어. 이봐, 여기 있던 봉인물은 대체 어디에—.”

하지만 안비에트는 또 말을 멈추고 말았다.

쓰러뜨린 줄 알았던 두 경비원이 또 일어섰기 때문이다.

“……아니?”

안비에트는 말도 안 된다는 듯이 눈을 가늘게 떴다. 확실히 아까보다 출력을 낮추기는 했지만, 순식간에 벗어날 수 있는 대미지는 아니었을 것이다. 마술을 쓰기라도 한 것일까—.

“아니, 설마…….”

안비에트는 발에 힘을 주면서, 계문을 한 획 더 전개했다.

그와 동시에, 안비에트의 좌우에 삼고저 같은 무기가 나타났다.

“제2현현—【뇌정저(바즈드라)】!!”

안비에트가 손을 내민 순간, 현현체가 회전하면서 아까와는 비교도 안 되는 출력의 전격이 전방을 향해 뿜어져 나갔다.

그것을 정통으로 맞은 경비원들은 오른팔과 왼쪽 어깨를 잃으며 그대로 벽에 내동댕이쳐졌다.

하지만…….

“아…… 아, 아아아아아아아아아—.”

경비원은 신음을 흘리며, 또 걸음을 내디뎠다.

아니, 그것만이 아니었다. 방금 잃은 팔과 어깨가 점점 재생되고 있었다.

"쳇—."

그 모습을 본 안비에트는 확신을 품으며 어금니를 깨물었다.

그리고 그대로, 발을 뻗어서 지면을 힘차게 내디뎠다.

그와 동시에 방 전체에 전류가 뿜어지면서, 또 두 경비원은 지면에 쓰러졌다.

하지만 이번에는 아무리 시간이 흘러도 일어설 기색이 없었다. 그저 바닥에 쓰러진 채, 손가락만 꿈틀거리고 있었다.

미약한 전류를 대상에게 계속 흐르게 해서, 근육의 움직임을 저해한 것이다. 이러면 한동안 움직이지 못하리라. 그리고 나중에 사람을 불러서 구속할 필요가 있다.

하지만, 지금은 그것보다 먼저 해야만 하는 일이 있다. 안비에트는 서둘러 엘리베이터로 돌아가더니, 지상층의 버튼을 연타했다.

그리고 올라가는 엘리베이터 안에서, 스마트폰을 조작해 엘루카에게 전화를 걸었다.

몇 번 신호가 간 후, 느긋한 목소리가 들려왔다.

『오오, 안비에트구나. 어떻게 됐느냐?』

"어떻게 되긴 뭐가 어떻게 돼! 〈우로보로스〉의 머리가 사라졌다고! 게다가—."

안비에트는 언성을 높이며 전했다. ―그, 파멸적인 정보를 말이다.

"―**불사신**이다! 〈우로보로스〉의 권능을 받은 녀석이 있어! 여기는 〈누각〉의 관할이었지……?!"

『……뭐라고?』

"조심해! ―**거기에 간 〈누각〉 학생 중에, 불사신이 섞여 있을 가능성이 있어!**"

교류전을 위해 비워진 〈정원〉 안에서, 예외적으로 열광에 사로잡혀 있는 장소가 존재했다.

―서부 에어리어에 위치한 연무장이다.

평소에는 학생들이 수련을 하는 장소지만, 지금은 약간 달랐다. 넓은 필드의 사방에는 거대한 영상이 투영되면서, 〈정원〉의 대표 학생들의 모습을 시시각각 보여주고 있다. 그리고 그것을 둘러싸듯 설치된 관객석에 자리를 잡은 〈정원〉과 〈누각〉의 학생들이, 자신들의 진영을 향해 성원을 보내고 있었다.

명목상으로는 학생들의 전투 기술 향상을 위한 교류전이지만, 적과 아군이 구분되는 것만으로 이렇게 열광할 수 있는 것이 바로 인간이란 생물이다.

게다가 이번 교류전에는 두 학원의 대표인 학원장까지 참전했으며, 사이카와 쿠라라의 남친 쟁탈전 제3시합까지 겸하고 있는 것이다.

그뿐만이 아니라—.

『오오~! 교~ 군에 이어 텟 군과 와카 양까지 동부 에어리어에 도달! 사~ 양이 참전하기 전에 상대팀 전원을 쓰러뜨리려는 작전일까요?!』

분위기를 띄우려는 듯이, 시르벨이 허공을 떠다니면서 경쾌한 어조로 실황 중계를 해주고 있었다.

또한 때때로 입체 영상을 분열시키더니…….

『어떻게 생각하십니까? 해설을 맡으신 시르벨 씨.』

『음, 역시 사~ 양을 경계하고 있는 것 같군요. 교~ 군은 일찌감치 결판을 내고 싶은 것 같습니다.』

……하고, 1인 연극(1인이 아니지만)을 하듯 중계하고 있었다.

세상을 이면에서 지키는 마술사들이라도, 다들 혈기 왕성한 젊은이들이다. 이런 상황에서 흥분하지 말라는 게 오히려 무리일 것이다.

"루리…… 쿠가……."

하지만 그런 와중에, 나게카와 히즈미는 불안한 표정으로 투영된 영상을 응시하고 있었다.

그 이유는 단순했다. 지금 싸우고 있는 후야죠 루리와

쿠가 무시키가 클래스메이트라서다.

게다가 기사인 루리는 그렇다 쳐도, 무시키는 지난달에 〈정원〉에 편입했다. 원래라면 교류전 대표로 뽑힐 리가 없다.

신화급 멸망인자를 쓰러뜨렸다—라고 시르벨이 말하기는 했지만, 싸우는 모습으로는 그렇게 보이지 않았다. 다치지 않아야 할 텐데—.

"—어머. 나게카와 양, 무슨 일이야? 표정이 좋지 않네."

히즈미가 기도하는 심정으로 영상을 보고 있을 때, 갑자기 그런 목소리가 들려왔다.

고개를 돌려보니, 20대 중반으로 보이는 여성이 옆에 서 있었다. 부드럽게 웨이브 진 머리카락, 대담하게 앞섶이 벌어진 블라우스, 그리고 옷자락이 과하게 짧은 타이트스커트를 입은 그 사람은— 히즈미의 반 담임인 쿠리에다 토모에 교사였다.

"아, 선생님……."

"마음을 편히 먹고 즐기렴. 모처럼의 축제잖니. —아, 옆에 앉아도 될까?"

"아, 으음…… 네."

히즈미가 식은땀을 흘리며 그렇게 말하자, 토모에는 옆자리에 털썩 앉으면서 손에 든 맥주를 맛있다는 듯이 전부 들이켰다.

"꿀꺽…… 꿀꺽…… 푸핫! 이거야말로 교류전의 묘미라

니깐~.”

“……으음, 마술사 양성 기관의 교류전은 축제가 아니라 멸망인자와 싸우기 위한 기술을 갈고닦는—.”

“정말~, 사소한 건 신경 쓰지 마. 스트레스는 피부의 적이거든?”

히즈미가 그렇게 말하자, 토모에는 아하하 하고 웃었다.

벌게진 얼굴과 밝은 분위기로 볼 때, 지금 손에 쥔 맥주가 첫 캔이 아닌 게 분명했다.

“나중에 마녀님에게 보고해야지.”

“저기, 진짜로 잘못했어요. 그럴 작정은 아니었어요. 타코야키 줄 테니까 용서해주세요.”

히즈미가 혼잣말을 하듯 그렇게 중얼거리자, 토모에는 갑자기 자세를 고치면서 손에 든 타코야키 용기를 내밀었다. 참고로 알코올 탓인지 공포 탓인지, 손이 부들부들 떨리고 있었다.

그렇다. 토모에는 평소 자신만만하지만, 사이카 앞이면 남의 집에 온 치와와처럼 된다.

옛날에 무슨 일이 있었던 건지는 모르겠지만, 그녀 역시 〈정원〉 출신의 마술사라고 들었다. 즉, 사이카의 제자라고 할 수 있는 것이다. 어쩌면 학생 시절에 트라우마가 될 만한 일이 있었던 걸지도 모른다.

히즈미는 타코야키를 한 개 입에 넣으면서(모처럼 받았

는데 안 먹으면 아까우니까), 다시 영상을 쳐다봤다.

"루리와 쿠가는 괜찮을까요. 상대가 〈누각〉의 선생님들인데……."

"걱정 안 해도 돼. 마녀님도 출전하기로 되어 있잖아."

히즈미가 타코야키를 먹었으니 매수에 성공했다고 여긴 건지, 토모에는 약간 여유를 되찾으며 그렇게 말했다. 여전히 태도를 바꾸는 게 정말 빠른 사람이다.

"하지만 두 명이 탈락하지 않으면 마녀님은 참전하지 못하잖아요. 게다가 네 사람이 한꺼번에 당하면, 마녀님이 나오기도 전에 패배한 게 된다던데……."

"뭐?! 그래?!"

토모에가 놀란 것처럼 눈을 치켜떴다. ……아무래도 이제야 그 점을 안 것 같았다. 진짜로 교류전을 축제로 착각한 것일까.

"게다가 이 싸움은 토키시마 양과의 승부도 겸하고 있잖아요. 쿠가의 여친 자리를 걸고 벌인……."

"아…… 그랬었지. 하지만 마녀님도 딱히 진심은 아닐걸? 기본적으로 그런 재미있는 이벤트를 거절하지 않는 사람이거든."

"그건 그럴지도 모르지만…… 마녀님도 승리에 집착하는 편이시잖아요."

"아, 응. 맞아. 무지막지하게 집착해. 게임도, 놀이도,

자기가 이길 때까지 한다니깐."

토모에는 주저 없이 답했다. 왠지 경험담처럼 들렸다.

"쿠가에게 아무런 감정이 없더라도…… 자기가 대표를 맡은 교류전에서 부전패를 하고, 하물며 토키시마 양과의 승부에서도 진다면…… 마녀님, 기분이 꽤나 상할 것 같은데……."

"뭐 하는 거야, 후야죠 야~앙! 더 팍팍 밀어붙여~! 자, 지금이야! 거기~! 확 죽여버려~!"

히즈미가 그렇게 말한 순간, 토모에가 필사적으로 응원하기 시작했다.

당연하다면 당연하지만, 상대방을 살해하면 즉시 반칙패다. 히즈미는 식은땀을 흘리며 쓴웃음을 머금었다.

바로 그때—.

"……어라?"

히즈미는 눈을 동그랗게 떴다.

지금까지 교류전을 중계하던 투영 영상이 갑자기 치지직하면서 흐트러지는가 싶더니, 그대로 새빨간 에러 화면이 된 것이다.

객석에 있던 〈정원〉과 〈누각〉의 학생들도 이상하다는 사실을 눈치챈 건지, 주위가 술렁거림에 휩싸였다.

하지만 히즈미가 더 위화감을 느낀 건— 그 화면 앞에 떠있던 시르벨의 상태다.

영상이 끊어졌는데도 상황을 설명하지 않았고, 학생들이

불안에 사로잡히지 않도록 달래지도 않으며, 그저 고개만 숙인 채 조용히 허공에 떠 있는 것이다.

"언니……?"

히즈미가 미심쩍은 표정을 지으며 그렇게 불렀다. ―물론 진짜 언니는 아니지만, 그렇게 부르지 않으면 응대해주지 않기 때문에 버릇이 된 것이다.

그러자, 마치 그 말에 호응한 것 같은 타이밍에…….

『히―.』

"어?"

『히히히히히히히히히히히히히히히히히히히히―힛!』

새된 웃음소리가, 연무장의 스피커에서 엄청난 음량으로 터져 나왔다.

"뭐…… 뭐야……?!"

이 갑작스러운 일에 귀를 움켜쥔 히즈미가 당황한 목소리로 그렇게 외쳤다.

이것은 시르벨의 목소리가 틀림없지만, 평소와 분위기가 너무 다른 탓에 바로 판별하지 못했다.

하지만 그런 히즈미의 당혹을 부추기는 것처럼, 새빨간 화면에 시르벨의 거대한 얼굴이 비쳤다.

―광기에 물든 처절한 미소를 머금은, 시르벨의 얼굴이

말이다.

『후후— **들켜버렸네**. 생각보다 빨랐잖아. 역시 엘 양과 안비 군이야. 참 대단해.』

그리고 혼잣말을 중얼거리듯, 시르벨이 말을 이었다.

『전파 방해를 해도 되겠지만— 이쪽도 곧 **목적지**에 도착하니까, 적당한 타이밍이겠네. 응, 그렇게 하자. 기왕이면 화끈하게 가는 편이 재미있을 거야.』

"어……? 대체 무슨 소리를 하는 거야……?"

시르벨의 말을 이해 못 한 히즈미의 표정은 당혹감으로 물들었다.

아니, 히즈미만이 아니었다. 주위에 있던 모든 학생이 영문을 모르겠다는 표정을 지었다.

하지만 시르벨은 전혀 개의치 않으면서, 마치 연극이라도 하듯 손을 활짝 펼쳤다.

『—안녕하세요, 친애하는 시스터스 & 브라더스. 오늘은 여러분에게, 아쉬운 소식을 전해야만 한답니다. 오랫동안 여러분의 언니 누나로 열심히 살아왔지만— 실은 저한테, 더 소중한 것이 생기고 말았어요.』

그리고 일부러 가슴 앞으로 손을 모은 후, 다시 두 손을 펼쳤다.

『여러분에게 소개할게요. —저의 새로운 동생들이랍니다.』

시르벨이 그렇게 말한, 다음 순간…….

『──!!』

연무장의 객석에 앉아 있던 〈누각〉의 학생.

그 **전원**이, 포효를 지르면서 일제히 벌떡 일어섰다.

그리고 각자의 마술을 펼치며, 〈정원〉 학생들을 공격하기 시작했다.

"아니……?!"

"꺄앗─!"

당황과 초조, 그리고 비명과 고함이 소용돌이치는 가운데…….

시르벨은, 광대처럼 과장스럽게 인사를 하면서, 웃었다.

『그럼 여러분, 안녕히 가세요. ─**오늘부로, 〈정원〉은 폐교랍니다.**』

제5장【열람 주의】쿠라라의 비밀, 확 가르쳐줄게요

"——."

루리의 고함에 맞춰 지면을 박찬 순간…….

갑자기 〈정원〉 전체에 사이렌 같은 소리가 울려 퍼지자, 무시키 일행은 움찔하며 그 자리에서 멈춰 섰다.

"뭐야……. 설마 멸망인자?!"

"아냐, 평소의 경보와 달라. 이건 대체—."

루리가 미심쩍은 표정을 지으며 주위를 둘러보자, 그에 맞춘 것처럼 〈정원〉 부지 곳곳에 시르벨의 영상이 투영됐다.

『—자, 친애하는 시스터스 & 브라더스. 때가 됐어요. 「사냥」 시간이에요. 부디 마음껏 즐겨주세요.』

그리고 주위의 스피커에서, 그런 안내방송이 흘러나왔다.

영문을 알 수 없는 내용이었기에, 무시키를 비롯한 〈정원〉 대표는 당혹스럽다는 듯이 서로를 쳐다봤다.

"시르벨 누나……?"

"대체 무슨 소리를—."

토우야와 호노카가 영문을 모르겠다는 표정을 지었다.

하지만 그러는 것도 당연했다. 확실히 시르벨은 인공지능치고 언동이 특이한 편이며, 묘한 집착도 지녔다. 하지만 기본적으로 그 행동은 〈정원〉을 위한 것이라는 점만은 일관됐다.

하지만, 방금 안내방송은 영문을 알 수 없었다.

대체 누구에게, 뭘 전하려는 건지도—.

"……읏."

하지만 바로 그때, 무시키는 작게 숨을 삼켰다.

시르벨의 안내방송을 듣고, 당혹과는 다른 반응을 보인 이들이 있다는 사실을 눈치챈 것이다.

"—호오."

시온지 교세이, 그리고 사에키 와카바와 스오우 테츠가.

무시키 일행과 대치한 〈누각〉의 세 교사가, 일제히 눈을 가늘게 떴다.

—마치, 전부 이해했다는 듯이…….

"생각보다 빠르구나. 이미 눈치챈 건가. —아니면, 도달했다고 봐야 하려나?"

"후후. 어쩌면 양쪽 다일지도 모르겠네요."

"어느 쪽이든 상관없어. 어느 쪽이든, 해야 할 일에는 변함이 없다고."

그렇게 말한 시온지 일행이 웃음을 흘렸다.

그 모습을 본 루리는 미간을 찌푸리며 입을 열었다.

"시온지 학원장님, 뭔가 아시는 바가 있으신가요? 방금 방송은 대체—."

"그래, 가르쳐주마. 괜찮지? 사에키 양, 스오우 군."
"네, 그러시죠—."
"—하아, 정말 못 말리는 할아버님이라니깐."
시온지가 그렇게 말하자, 와카바와 테츠가가 동시에 지면을 박찼다.
협공이라도 하려는 건가 했는데— 그렇지 않았다.
"……윽!"
다음 순간, 루리는 뭔가를 눈치챈 것처럼 어깨를 부르르 떨었다.
—그렇다. 두 사람은 무시키 일행을 향해 쇄도하지도, 주의를 끌기 위해 움직인 것도 아니었다.
그저 단순히— 이 자리에서 벗어났을 뿐이었다.
"도망쳐—!"
루리가 다른 이들을 향해 새된 목소리로 그렇게 외쳤다.
하지만, 무시키 일행이 그 말에 반응하기도 전에…….
"제4현현—【거성뇌함(巨星牢檻)(그래비티 팰리스)】."
〈그림자의 누각〉 학원장, 시온지 교세이의 제4현현이 전개됐다.
시온지의 발치에 그려진 계문이 4획이 되자, 그가 걸친 〈누각〉의 교복이 법왕을 연상케 하는 장엄한 로브로 변모했다.
그리고, 그와 동시에…….

그를 중심으로 한 주위의 경치가, 마치 소용돌이가 피어오르듯이 다른 형태로 변해갔다.

어둠으로 만든 듯한, 거대한 성당으로 말이다.

—제4현현. 현현술식의 정수이자 극치.

제1현현 〈현상〉, 제2현현 〈물질〉, 제3현현 〈동화〉의 위계를 넘어, 상상을 초월하는 수련 끝에 도달하는 지고의 〈영역〉.

자신을 중심으로 한 공간을 『자신의 경치』로 물들이는, 궁극의 술법이다.

무시키도 사이카 이외의 제4현현을 보는 건 처음이었다.

"아니! 이게 무슨 짓입니까?! 교류전의 규정은 제2현현까지일 텐데요! 승부를 포기하는 겁니까?!"

어둠의 감옥에 갇힌 토우야가 비명에 가까운 목소리로 그렇게 외쳤다.

그러자 시온지는 비웃음이 섞인 눈길로 그를 내려다봤다.

"—이 상황에서 교류전 같은 소리나 하는 건가. 자신이 처한 상황을 누구보다 빨리 이해하는 것 또한, 마술사의 자질이다."

그렇게 말하며, 천천히 오른손을 들어 올렸다.

지휘봉 같은 지팡이를 쥔, 오른손을 말이다.

그 순간—.

"컥……?!"

"크—!"

무시키 일행은 짧막한 신음을 흘리면서, 지면에 엎드렸다.

마치 보이지 않는 손에 짓눌리고 있는 듯한— 아니, 더 정확하게 표현하자면, 자신의 체중이 몇 배로 늘어난 듯한 느낌이다. 체중이 근력의 한계를 넘어선 탓에, 자세를 유지할 수 없다.

루리만이 【인황인】의 자루를 지팡이 삼으며 서 있지만, 자유롭게 움직일 수는 없는 것 같았다.

하지만 루리는 두 눈을 전의로 가득 채운 채, 시온지를 노려봤다.

"……자초지종은 모르겠습니다만, 적이라는 점만은 이해했습니다. 〈정원〉 기사의 이름으로, 당신을…… 제압하겠어요."

"좋지. 어디 해봐라."

시온지는 그렇게 말하더니, 제2현현으로 보이는 지팡이의 끝으로 하늘을 가리켰다.

"내 제4현현 안에서 두 발로 서있다는 것만으로도 경탄을 금할 수 없구나. 역시 기사답다고 해야 하려나. —하지만, 그 상태에서 【성강장(星降杖)(메테오 택트)】을 피할 수 있을까?"

"—윽!"

그 말에, 동작에, 무시키는 심장이 오그라드는 느낌을 받았다.

교류전 개막 직후, 무시키 일행을 향해 쏟아진 일격을

떠올린 것이다.

그때는 루리 덕분에 무사했다. 하지만 지금, 루리는 제대로 움직일 수 있는 상태가 아니다. 만약 시온지가 아까와 같은 공격을 날린다면, 그 결과는 쉬이 상상할 수 있었다.

"루리……!"

무시키는 엄청난 중압 안에서, 목을 쥐어짜며 그렇게 외쳤다.

하지만, 마치 그 목소리마저도 중력에 사로잡힌 것처럼, 루리와 시온지는 반응을 보이지 않았다.

시온지가, 천천히 지팡이를 휘둘렀다.

성당의 천장에 있는 채광창 너머로, 수많은 별의 반짝임이 보였다.

—뇌리에, 어떤 광경이 되살아났다.

지금으로부터 몇 주 전. 『그녀』와 대치한 루리가, 피의 바다에 가라앉는 광경이다.

"루리—!!"

무시키는 절규를 토하더니, 검 자루를 말아 쥐며, 억지로 휘둘렀다.

물론, 무시키의 몸과 검은 여전히 중력의 감옥에 갇혀 있었다. 시온지를 공격하는 건 고사하고, 검 끝이 바닥을 긁기만 했을 뿐이다. 무리한 동작에 뼈가 욱신거렸고, 격렬한 고통이 오른팔에서 느껴졌다.

쓸데없는 몸부림에 지나지 않을지도 모른다. 하지만, 여동생이 궁지에 처했는데 그저 보고만 있는 건, 무시키에게 불가능했다.

바로 그때―.

"……윽."

시온지의 눈썹이 희미하게 흔들리는 것 같더니, 지팡이가 움직임을 멈췄다.

그리고 뭔가 믿기지 않는 것을 본 것처럼, 무시키를 돌아보았다.

아니― 그렇지 않다. 정확하게 따지자면, 그가 보고 있는 건 무시키가 아니었다.

무시키의 검이 긁은 성당의 바닥.

그곳에, 초승달 모양의 흠집이 나 있었다.

제4현현의 규모를 생각하면 미세한 흠집이다. 하지만 시온지가 그것을 눈치챈 이유는 쉬이 상상할 수 있었다.

어둠 빛깔로 물든 성당 안에서, 그 미세한 흠집만이 환한 빛을 뿜고 있었던 것이다.

―그렇다. 마치, 외부의 햇빛이 쏟아져 들어오는 것처럼 말이다.

"내 제4현현에 상처를 낸― 건가? 그 검은 대체―."

시온지가 미심쩍다는 듯이 눈썹을 찌푸렸지만, 곧 마음을 진정시키려는 듯이 표정을 풀었다.

마술사의 힘은 정신의 힘이다. 당황과 초조는 현현체의 정밀도를 현저하게 떨어뜨린다. 그것을 똑똑히 알고 있는 것이다.

"요사한 술법을 쓰는구나. 허나, 그런 티끌 같은 흠집으로 뭘 할 수 있지? 내【그래비티 팰리스】에는 아무런 영향도 없다."

그렇게 말한 시온지는 눈을 가늘게 뜨면서, 지팡이를 휘둘렀다. ―루리가 아니라, 무시키를 향해서…….

아마, 정체불명의 힘을 지닌 무시키를 먼저 정리할 속셈이리라. 그것을 눈치챈 건지, 루리가 숨을 삼켰다.

하지만―.

"―아니. 그건 개미구멍이니라. 한동안 못 본 사이에 망령이 들었나 보구나, 〈누각〉의 학원장."

바로 그때, 어딘가에서 그런 목소리가 들려왔다.

"아니―?"

시온지는 미심쩍은 듯한 어조로 그렇게 말했다.

그와 동시에 무시키가 만든 초승달 모양의 흠집에서 짐승의 발톱이 쑥 튀어나오는가 싶더니, 억지로 그 흠집을 벌리면서 늑대 한 마리가 어둠의 성당 안으로 침입했다.

―백은색으로 빛나는 갈기와 붉은 문양을 지닌, 아름다

운 늑대였다.

그 늑대를 본 시온지가 눈을 치켜떴다.

"……윽! 프레에라의 개인가!"

시온지가 늑대를 향해 지팡이를 휘두르려 했다.

하지만 늑대는 중력의 족쇄로부터 자유로운 것처럼 가볍게 도약하더니, 그대로 시온지의 목을 깨물었다.

"컥……!!"

어마어마한 피가 뿜어져 나오더니, 시온지가 고통에 찬 신음을 토했다.

그와 동시에 시온지가 치켜든 지팡이와 몸에 걸친 로브가 빛이 되어 사라졌고, 주위를 감싸고 있던 어둠의 성당 또한 원래 경치로 되돌아갔다.

"……윽! 하아……, 하아……."

온몸을 짓누르는 중력이 사라졌다. 무시키는 급격하게 폐가 부풀어 오르는 느낌 탓에 가볍게 기침을 했다.

"무시키! 괜찮아?!"

루리가 걱정스러운 듯이 몸을 숙이며 무시키를 살폈다. 그는 온몸의 고통을 참으며, 웃음을 지어 보였다.

"아, 응. 어찌어찌…… 루리야말로, 괜찮은 거야?"

"응—."

그렇게 말한 루리는 무시키의 검을 힐끔 쳐다봤다. —그녀도 신경이 쓰일 것이다. 무시키의 검이 대체 뭘 했는지가 말이다.

하지만 지금은 그런 것을 따질 때가 아니라고 판단했으리라. 살며시 고개를 끄덕인 후에 얼굴을 들어 올린 루리는 시온지 쪽을 쳐다봤다.

시온지는 공중에 떠 있지 않았다. 지면에 대자로 널브러져 있었으며, 목에서는 엄청난 양의 피가 흘러나오고 있었다. 전문적 지식이 없는 사람이 보기에도, 치명상을 입은 게 틀림없어 보였다.

"방금 늑대는……."

무시키가 중얼거리듯 그렇게 말하자, 그에 답하듯 뒤편에서 목소리가 들려왔다.

"—누구인지 모르겠지만, 잘했느니라. 미세하다고는 해도, 시온지의 제4현현에 흠집을 낼 줄이야."

"엘루카 님—."

루리가 뒤편을 돌아보며, 목소리 주인의 이름을 불렀다.

그녀의 말대로 그곳에는 커다란 늑대의 등에 탄, 온몸에 문신 같은 계문을 전개한 〈정원〉 기사, 엘루카 프레에라의 모습이 있었다.

정확하게는, 주위에 늑대가 몇 마리나 있었다. —틀림없다. 엘루카의 제2현현 【군랑(호로케우)】이다. 아마 모습이 보이지 않는 와카바와 테츠가는 늑대들이 상대하고 있을 것이다.

"엘루카 님, 대체 무슨 일이 일어난 건가요? 시르벨도,

시온지 학원장들도……."

루리가 묻자, 엘루카는 표정을 굳히며 말을 이었다.

"전모는 아직 모르겠구나. 하지만 확실한 건—."

엘루카는 갑자기 말을 멈췄다.

이유는 단순했다. 명백하게 치명상을 입었던 시온지가 천천히 몸을 일으켰기 때문이다.

"아니—."

게다가 늑대 이빨에 찢긴 목덜미의 상처에 거품이 일더니, 원래 형태로 복원되고 있었다. 비정상적인 그 광경을 본 무시키는 무심코 숨을 삼키고 말았다.

"꽤 하는구나, 엘루카 프레에라……."

"—흥. 이 정도는 **한다**고 말할 수준이 아니니라."

시온지는 증오에 찬 눈길로 엘루카를 노려봤다. 하지만 엘루카는 도끼눈을 뜨더니, 흥 하고 코웃음을 쳤다.

"엘루카 님, 저건 설마……."

"……음. 『불사신』이니라. —〈우로보로스〉의 원환(圓環)에 사로잡히고만, 가련한 사체이지."

"〈우로보로스〉……?!"

그 이름을 들은 루리가 경악에 찬 표정을 지었다. 엘루카는 작게 고개를 끄덕이며 말을 이었다.

"—학원 안에서 〈누각〉 학생을 보면 적이라고 여기거라. 어떻게 한 건지는 모르겠지만, 시르벨도 넘어간 게 틀림없겠지. 여기는 내가 막으마. 그대들은 서둘러 사이카를 찾거라. 이 사태를 수습할 수 있는 건, 그 애뿐일 것이니라."

"하지만 사이카 님은 머지않아 이 위기를 눈치채실 거예요. 그것보다 서둘러야 하는 건, 시온지 학원장을 제압하는 것이라고 생각해요. 저도—."

"그건 안 된다. —그대는 아직 일전에 입은 상처가 완치되지 않았지 않느냐. 그런 몸으로 제3현현 이상은 어렵겠지. 현현 단계가 제한되는 교류전이라면 몰라도, 전력을 다하는 시온지는 그렇게 녹록한 상대가 아니니라."

"……큭."

일전에 입은 상처—란, 아마 지난달에 『그녀』와 싸우면서 입은 부상을 말하는 것이리라. 루리는 금방 의식을 잃어서 상대를 제대로 기억하지 못하지만, 무시키와 함께 『그녀』와 대치했었다.

루리는 한순간 망설인 것 같지만, 곧 마음을 다잡으며 고개를 끄덕였다.

"……알겠습니다. 무운을 빌게요."

"훗, 나를 뭐로 보고 그런 소리를 하는 것이냐."

루리의 말에, 엘루카는 어깨를 으쓱했다.

무시키 일행은 엘루카를 향해 살짝 고개를 숙인 후, 욱신거리는 몸을 억지로 움직이며 〈정원〉의 길을 따라 내달렸다.

"……그건 그렇고—."

루리 일행을 보낸 후, 엘루카는 늑대의 등에 탄 채로 시온지를 다시 쳐다봤다.

"그대 정도나 되는 남자가 이렇게 될 줄이야. —하지만, 자기가 원해서 이렇게 됐을 리는 없지. 말해 보거라. 대체 무슨 일이 있었던 게냐. 마술사로서의 긍지가 조금이라도 남아 있다면, 불사의 쐐기에 저항해 보거라."

"훗—."

시온지는 눈을 가늘게 뜨더니, 발치에 계문을 전개해서 지팡이와 로브를 다시 현현시켰다.

"힘으로 내 입을 열어봐라. —마술사로서의 긍지를 지니고 있다면 말이다."

그리고, 씨익 웃었다.

그러자— 엘루카 또한, 입가를 일그러뜨렸다.

"좋다. 조금 놀아주마. —어디 덤벼 보거라, **꼬마야**."

"—후야죠 양! 마녀님에게 연락은 했어?!"

"아까부터 하고 있어요! 하지만, 대답이 없어요!"

〈정원〉 동부 에어리어의 길을 내달리면서, 루리가 토우야의 질문에 답했다. 루리의 오른손에는 제2현현【인황인】

이, 그리고 왼손에는 스마트폰이 쥐어져 있었다.

루리는 아까부터 사이카에게 연락을 하고 있지만, 응답이 없는 것 같았다. ―하지만 그것도 당연했다. 현재 사이카는 무시키의 모습을 하고 있으니 말이다.

하지만 그녀들은 그 점을 알 리가 없다. 함께 길을 달리던 호노카가 불안한 목소리로 외쳤다.

"서, 설마 마녀님이 이미 당해버리신 건―."

""―그럴 리가 없어요.""

호노카의 말에, 무시키와 루리가 한 목소리로 답했다.

두 사람이 주저 없이 답하자, 호노카는 「그, 그렇지……?」 하고 상기된 목소리로 말했다.

"……하지만, 마녀님이 아직 나서지 않으신 건 틀림없어요. 만약 마녀님이 사태 진압에 나서셨다면, 적들을 이렇게 멋대로 날뛰게 두실 리가 없죠. 아마 뭔가 이유가 있어서 자리를 비웠거나, 나설 수가 없는 상태에 처하신 게 아닐까요."

"……그래. 아무튼, 한시라도 빨리 마녀님에게―."

토우야가 말을 이으려던 순간, 전방의 하늘에 시르벨의 얼굴이 투영됐다.

『―어머나~? 루~ 양과 뭇 군, 토~ 군과 호노 양이잖아요. 설마 교~ 군한테서 도망친 거예요? 다들~, 여기에 〈정원〉 대표들이 있어요~! 하이 스코어 획득을 위해 파이팅~!』

그리고 힘찬 목소리로 그렇게 외친 순간, 침입자의 존재를 알리는 격렬한 사이렌 소리가 울려 퍼졌다.

"아니……?!"

무시키 일행이 화들짝 놀란 순간, 곧 전방의 건물 뒤편에서 제2현현을 발현시킨 〈누각〉 마술사 두 명이 모습이 보였다. 〈누각〉 대표인 마츠바 타케루와 원래 대표였다가 밀려난 네기시 쇼우였다.

"찾았다!"

"대표는 한 명당 100점이라고!"

그리고 게임이라도 하는 듯한 어조로 그렇게 외치더니, 망치 타입과 메이스 타입의 제2현현을 치켜들었다.

"칫―."

"―【그래피에르】!"

앞장서서 달리던 토우야와 호노카가 제2현현을 치켜들어서 그 공격을 받아냈다. 마력의 빛이 불꽃처럼 주위를 비췄다.

"여기는 우리한테 맡겨!"

"당신들은, 마녀님을……!"

두 사람이 〈누각〉 마술사를 밀어내며 그렇게 말했다.

무시키와 루리는 한순간 시선을 교환한 후, 누가 먼저랄 것 없이 고개를 끄덕였다.

"―부탁해요!"

"부디 무사하세요!"

이 자리를 두 사람에게 맡기며, 그대로 내달렸다. 뒤편에서, 격렬한 전투음이 들려왔다.

하지만 〈정원〉의 시큐리티를 관장하는 시르벨이 적으로 돌아선 상황에서 계속 도망 다니는 건 무리다. 한시라도 빨리 사이카에게 강림해달라고 부탁드려야만 한다.

그리고 그걸 위해서는 쿠로에와 꼭 합류해야만 한다. 무시키가 사이카로 변하기 위해서도, 이제부터 해야 할 일이 뭔지 가르침을 받기 위해서도 말이다. 무시키는 그렇게 달리면서 루리에게 말을 건넸다.

"루리! 흩어지자!"

"—뭐?! 무슨 소리를 하는 거야?! 너를 내팽개치라는 거야?!"

하지만, 무시키의 제안을 바로 거절당했다.

"하, 하지만, 사이카 씨를 효율적으로 찾기 위해서는 흩어지는 편이—."

"한쪽이 당해버리면 결국 마찬가지잖아!"

"……."

반박할 여지도 없었기에, 무시키는 고개를 푹 숙였다.

하지만, 그렇다고 포기할 수는 없다. 왜냐하면 〈정원〉의 존망이 걸려 있는 것이다. 주먹을 말아 쥐며, 루리에게 다시 호소하려 했다.

하지만, 무시키의 목에서 목소리가 흘러나오기도 전에, 그의 교복 호주머니에서 경쾌한 소리가 흘러나왔다. —SNS 『커넥트』의 메시지 착신음이다.

"……아!"

숨을 삼킨 무시키는 호주머니에서 스마트폰을 꺼냈다.

그렇다. 지금 이 세상에서 무시키의 ID를 아는 사람은, 단 한 명뿐이다.

"쿠로에—."

예상대로, 그것은 쿠로에에게서 온 메시지였다.

첫 메시지. 감격의 눈물을 흘리고 싶지만, 어찌어찌 참았다. 이 상황에서 쿠로에로부터 온 연락이, 업무에 대한 푸념이나 차 한잔하자는 소리일 리가 없다는 건 명백했다.

서둘러 앱의 아이콘을 터치해서, 메시지의 내용을 전부 읽어봤다.

그런 무시키를 본 루리가 눈썹을 찌푸렸다.

"이 비상시국에 뭐 하는 거야. 나중에 해!"

뭐, 무리도 아니다. 자초지종을 모르는 루리로서는 당연한 반응이다.

무시키는 스마트폰을 호주머니에 넣더니, 루리를 향해 외쳤다.

"루리! 쿠로에한테서 지시가 왔어! 대도서관의 지하 20층으로 나를 데려가 줘!"

"지하 20층……이라면—."

무시키의 말을 들은 루리가 화들짝 놀라며 눈을 치켜떴다.

"봉인 구역…… 〈우로보로스〉…… 설마—."

그리고 입 안으로 두세 마디 중얼거린 후, 어금니를 깨문 듯한 표정으로 고개를 끄덕였다.

"……따라와!"

"알았어!"

루리가 발에 힘을 주며 진행 방향을 바꿨다. 무시키는 루리에게 뒤처지지 않기 위해, 힘차게 지면을 박찼다.

"그건 그렇고 루리, 〈우로보로스〉는 대체……?!"

"……나도 직접 본 건 아니지만, 몇백 년 전에 마녀님이 쓰러뜨린 마이솔로지아 중 하나라고 들었어. 『불사』의 권능을 지녔고, 그 원환에 먹힌 자 또한 죽지 않는 망자가 되며—또한, 이미 죽은 자의 육체마저 되살릴 수 있다고 해."

"불사……."

무시키는 아까 본 시온지의 모습을 떠올리며 그렇게 중얼거렸다.

"그건 멸망인자…… 맞아? 죽지 않는 존재가 되고 싶어 하는 사람도 적지는 않을 것 같은데……."

불사, 그리고 불로의 육체는 인류의 꿈이자 비원이라고 해도 과언이 아니다. 각 시대의 권력자가 불로불사를 갈구하는 일화는 동서양을 막론하고 셀 수도 없을 만큼 많다.

"응, 그럴지도 몰라."

하지만 루리는 그 질문을 예상했다는 듯이 대꾸했다.

"—하지만 멸망인자에게는 정도라는 게 없고, 그 어떤 생물일지라도 구별이나 차별을 하지 않아. 내버려 두면 지구상의 모든 생물로부터 노화와 질병과 죽음을 빼앗고, 소멸한 육체마저 소생되겠지. 그리고 그것들이 무한히 교배를 이어가면서, 숫자를 늘려나가는 거야—."

"……읏!"

루리가 그렇게 말하자, 무시키는 숨을 삼켰다.

"그 끝에 존재하는 건, 죽음이 없는 자들로 넘쳐나는 세상이야. 동족 포식을, 소생을, 번식을 되풀이하면서 대지를, 바다를, 하늘을 침범하겠지. —생명의 사이클을 미치게 만드는 무한의 뱀. 이제까지 관측된 멸망인자 중에서도, 『최악』으로 꼽히는 것 중 하나야."

"……그렇구나."

무시키는 이해했다는 듯이 목소리를 쥐어짜 냈다.

확실히 그런 것은 지옥이라고 해도 과언이 아닐 것이다.

"……그리고 〈정원〉 대도서관의 지하에는 바로 그 〈우로보로스〉의 일부가 봉인되어 있다고 해. 마녀님조차도 불사의 육체를 지닌 〈우로보로스〉를 완전히 죽이지는 못했나 봐."

"사이카 씨에게도 불가능한 일이 있구나……."

"하지만 그래서 좋지 않아?"

"맞아."

루리가 한 말에, 무시키는 즉시 동의하며 고개를 끄덕였다. 루리는 한순간「어?」하는 표정을 지었지만, 잘못 들었다고 생각한 건지 그대로 말을 이어갔다.

"……아무튼, 〈정원〉의 지하에는 그런 괴물의 일부가 봉인되어 있어. 지금 상황과 어떤 관련이 있는지 모르겠지만, 마녀님의 종자인 쿠로에가 거기로 향하라고 하는 걸 보면, 무관계하진 않겠네."

"—맞아. 그런데 루리."

"왜?"

"이 이야기는 일반 학생이 들으면 안 되는 정보 같은데, 괜찮은 거야?"

"……."

무시키가 그렇게 말하자, 루리는 한순간 입을 다물었다.

"침묵과 죽음 중에 좋아하는 걸 고르게 해줄게."

"이, 이래 봬도 입은 무거운 편이니까……."

무시키가 허둥지둥 그렇게 말하자, 루리는 앞쪽을 향해 고개를 돌렸다.

"—보이기 시작했어. 대도서관이야."

그렇게 말한 루리는 중앙 에어리어와 동부 에어리어의 틈새에 세워진, 건조물을 손가락으로 가리켰다. 〈정원〉 안을 이동하면서 몇 번 본 적이 있다. 근대적인 건물이 많은 〈정원〉에서는 드물게, 고풍스러운 서양 건물 같은 형태를 하고 있었다.

그곳의 입구에 도착한 루리는 문손잡이를 몇 번 흔들어 본 후…….

"—하앗!"

【인황인】을 휘둘러서 문을 두 동강 냈다.

"루리?!"

"시르벨이 장악당했으니, 순순히 문을 열어줄 리 없잖아. —서두르자!"

"으, 응……!"

한순간 놀라기는 했지만, 루리의 말이 옳았다. 한시를 다투는 상황이다. 사소한 것을 신경 쓸 때가 아니다.

무시키는 딱 봐도 문화적 가치가 상당해 보이는 문의 파편을 힐끔 쳐다본 후, 루리의 뒤를 쫓으며 대도서관에 발을 들였다.

그리고 그대로 복도를 뛰어간 후, 일반 학생의 출입이 허락되지 않을 장소로 도달했다.

그곳에는 아래로 내려가는 버튼만 설치된 엘리베이터가 한 대 있었다. 문 옆에는 인증 장치로 보이는 것이 설치되어 있어서, 한정된 인물만 사용이 가능하다는 것을 알 수 있었다.

하지만…….

"타앗!"

루리는 주저 없이 그 문을, 제2현현의 칼날로 파괴했다.

뭐, 어쩔 수 없다. 엘리베이터는 전자 제어식이다. 시르벨이 적으로 돌아섰으니 제대로 작동될 리가 없고, 설령 작동되더라도 밀실에 갇힐 가능성이 있다.

무시키가 식은땀을 흘리며 그런 생각을 하고 있을 때, 루리는 턱을 살짝 치켜올리며 말했다.

"가자. 잡아."

"어? ……이렇게?"

무시키가 루리의 팔을 잡자, 루리는 미간을 찌푸렸다.

"죽고 싶어? 더 꽉 잡아."

"하지만……."

무시키는 루리가 시키는 대로, 그녀의 몸에 팔을 두르며 꽉 끌어안았다.

"앗—! 야, 뭐 하는 거야~!"

두들겨 맞았다. 무시키는 울상을 지으며 포옹을 풀었다.

"꽉 잡으라고 했으면서……."

"등 뒤에서 끌어안으면 되잖아! 이렇게, 업히듯이 말이야!"

얼굴이 새빨개진 루리가 그렇게 말했다. 무시키는 두들겨 맞지 않기 위해 등 뒤에서 신중히 팔을 둘렀다.

"……좋아. 그럼 꽉 잡아. 놓쳤다간 목숨을 잃을 거야."

"으음…… 루리? 대체 뭘—."

루리는 무시키가 말을 끝까지 잇기도 전에 【인황인】을 휘두르더니, 이번에는 엘리베이터의 바닥을 깨끗하게 도려냈다.

그리고 그대로, 깜깜한 어둠으로 뒤덮인 구멍을 향해 몸을 던졌다.

필연적으로 루리에게 업힌 무시키 또한, 함께 어둠 속으로 다이빙하게 됐다.

"우—, 와아아아아아아아아아아아아아아아아아아—?!"

온몸이 중력으로부터 자유로워졌다. 무시키는 루리한테서 떨어지지 않으려는 듯이 두 손에 힘을 꽉 줬다.

하지만 루리가 지극히 차분한 태도로 【인황인】을 휘두르자, 그 자유자재로 변환하는 칼날을 벽에 박아넣어서 속도를 조절하며 낙하했다.

그리고 그로부터 몇 초 후…….

최하층에 도달한 무시키는 가볍게 착지한 루리한테서 떨어졌다.

"이제…… 제트 코스터 같은 건 안 무섭겠어……."

"무슨 소리를 하는 거야? 자, 이쪽이야."

루리가 엘리베이터 출구의 문을 베더니, 재촉하듯 그렇게 말했다.

무시키는 손가락의 떨림을 떨쳐내려는 듯이 주먹을 말아

쥔 후, 바닥을 박찼다.

그리고, 한동안 복도를 달려가자—『그곳』에 당도했다.

벽을 가득 채운 마술 문자. 은행 금고를 연상케 하는 금속제 문.

그리고—.

“아니…….”

그곳에 있는『선객』을 본 순간, 무시키는 무심코 눈을 치켜떴다.

그럴 만도 했다. 그곳에는—.

“—어라~? 무시삐잖아요. 이런 데서 다 보네요. 누군가가 여기에 온다면 마녀님일 거라고 생각했거든요. 아, 혹시 운명의 붉은 실 덕분? 이려나요? 푸하~.”

그런 소리를 늘어놓으며 환하게 웃는, 토키시마 쿠라라가 있었던 것이다.

“쿠라라……? 네가 왜 여기에—.”

무시키가 말을 이으려던 순간, 루리가 왜장도의 자루로 그의 앞을 막았다.

마치, 무시키의 발걸음을 제지하듯이…….

혹은, 무시키를 지키려는 듯이…….

“……엘루카 님이 한 말을 잊은 건 아니겠지? 쿠라라는

〈누각〉의 학생이야."

"……윽!"

그 말을 듣자, 무시키의 손가락 끝이 떨렸다.

잊은 건 아니다. 이해하지 못한 것도 아니다.

하지만 너무나도 자연스럽고, 무시키의 기억하는 모습 그대로인 채로 대답하는 쿠라라를 보자, 한순간 믿기지 않았던 것이다.

—쿠라라가, 불사신이라니…….

"어라~? 혹시 경계하는 거예요? 에이~, 너무해요. 살갗을 맞댄 사이잖아요~."

"그건 네가 일방적으로 했던 거잖아!"

쿠라라의 말을 들은 루리가 고함을 질렀다. —하지만 곧 마음을 다잡듯이, 가볍게 헛기침을 했다.

"—쿠라라. 유감이야. 너를 좋아—한 건 딱히 아냐. 그러고 보니 너는 무시키한테 들러붙어 댔고, 마녀님에게도 무례한 발언을 해댔지? 이제까지 쌓인 울분을 다 퍼부어줄 테니까, 잔말 말고 목을 내밀어."

"어~, 앞부분은 꽤 좋은 이야기 같았는데~."

쿠라라가 언짢은 듯이 입술을 내밀었다.

하지만 루리는 방심하지 않으며 【인황인】을 겨눴다.

"네가 불사신이라는 건 알아. 미안하지만 봐주지 않겠어."

"어~. 그건 착각이에요, 여동생분. 이 몸은 불사신이 아니라고요. 오해예요."

"……이 상황에서 그런 변명이 통할 거라고 생각해?"

루리가 시선을 날카롭게 만들더니, 제2현현의 칼날로 쿠라라를 겨눴다. 그 기세를 느낀 것처럼, 그녀의 머리에 나타나 있던 2획의 계문이 한층 더 강하게 빛났다.

하지만…….

"—아뇨. 쿠라라 씨는 불사신이 아닙니다."

바로 그때, 뒤편에서 그런 조용한 목소리가 들려왔다.

"……아! 쿠로에!"

무시키가 그 이름을 부르자, 쿠로에는 조용히 걸어와서 루리의 옆에 섰다.

"다행이야. 무사했군요."

"네, 덕분에요. —어느 친절한 분께서 커다란 구멍을 뚫어주신 덕분에, 여기까지 올 수 있었습니다. 나중에 청구서 뒷면에 감사장을 적어서 보내도록 하죠."

"……."

쿠로에가 농담 투로 그렇게 말하자, 루리의 볼을 타고 식은땀이 흘러내렸다.

"……그것보다 쿠로에. 무슨 소리야? 쿠라라는 불사신이 아니라니……."

루리가 화제를 돌리려는 듯이 그렇게 말했다. 그러자 쿠로에는 쿠라라의 눈을 주시하며 말했다.

"불사신이란, 〈우로보로스〉의 원환에 사로잡혀, 『죽음』을 빼앗긴 생물을 말합니다. ……이 장소에 이르고서야, 드디어 눈치챘습니다. 그녀는 불사신이 아닙니다. **―더욱 역겨운 존재**죠."

"――."

쿠로에가 그렇게 말하자, 쿠라라는 입술을 일그러뜨리며 요사한 미소를 머금었다.

이제까지의 쿠라라와는 전혀 다른 인상의, 처절한 표정이다. 무시키는 심장이 강하게 옥죄어드는 것을 느꼈다.

"냐하하…… 더 역겨운 존재인가요. 말 한번 되게 심하게 하네요~. 그래도― 뭐, 정답인 걸로 해주겠어요."

쿠라라는 그렇게 말하더니, 무시키 일행을 향해 돌아서면서 천천히 두 팔을 벌렸다.

그 동작에 맞춘 것처럼, 그녀의 몸에서 농밀한 마력이 넘쳐 나왔다.

"―루리 씨!"

"알았어!"

쿠로에가 그렇게 외치면서 치마를 흔들었다. 그리고 허벅지에 달아둔 것 같은 투척용 단검을 뽑아 들더니, 그대로 쿠라라를 향해 던졌다.

그 움직임에 루리가 호응하듯 【인황인】을 휘둘렀다. 자유자재로 변환하는 푸른 칼날이 채찍처럼 낭창거리더니,

쿠라라에게 빨려들 듯 뻗어나갔다.
"큭—!"
—다음 순간, 쿠라라를 기점으로 폭발이 일어났다. 아무래도 쿠로에가 던진 단검에는 술식이 각인되어 있었던 것 같았다. 어마어마한 충격파 탓에, 무시키는 몸을 움츠렸다.
하지만…….
"이야~. 인정사정없네요. 하지만, 이 몸은 그런 걸 싫어하지 않는다고요~."
모락모락 피어오르는 연기 너머에서, 쿠라라의 태연한 목소리가 들려왔다.
이윽고 연기가 걷히더니, 그녀의 전모가 드러났다.
"……읏!"
그 모습을 본 무시키는 무심코 숨을 삼켰다.
그럴 만도 했다. 쿠라라는 아랫배에 하트 모양의 계문이 전개되어 있었으며, 양손에는 관 같은 형태의 갑옷 토시(건틀릿)가 달린 전기톱을, 온몸에는 비비드 컬러로 물들인 의복을 발현시킨 것이다.
"제3현현……?!"
경악에 물든 루리의 목소리가, 봉인 구역에 메아리쳤다.
"아하하, 놀랐어요? 으음~, 하지만 이제부터 시작이라고요—!!"
그 순간, 엔진에 시동을 거는 듯한 소리가 울려 퍼지더니, 쿠라라가 양손에 쥔 전기톱의 칼날이 고속 회전하기 시작했다.

그와 동시에 쿠라라가 지면을 박차더니, 무시키 일행에게 달려들었다.

"큭—!"

루리가【인황인】을 휘둘러, 쿠라라의 공격을 받아냈다.

눈에 보이지 않는 공방전이 펼쳐지는 가운데, 마력의 빛이 불똥처럼 사방에 흩뿌려졌다.

"—하앗!"

"어이쿠~."

루리의 날카로운 기합에 맞춰【인황인】의 칼날이 부풀어 오르더니, 순식간에 쿠라라의 움직임을 봉쇄했다.

"무시키 씨!"

"네!"

무시키가 쿠로에의 목소리에 답하듯, 제2현현【홀로 에지】를 휘둘렀다. 그와 동시에 쿠로에도 쿠라라를 향해 단검을 던졌다.

"어이쿠, 위험해라~."

쿠라라는 가볍게 몸을 비틀더니, 공격을 피하듯 뒤편으로 몸을 뺐다.

하지만, 그것이야말로 상대가 바라던 움직임이었다.

"오오오오—!!"

루리가 몸을 회전시키며 왜장도의 자루를 휘둘렀다. 그러자 【인황인】의 칼날이 의지를 지닌 것처럼 꿈틀거리더니, 그대로 쿠라라의 목을 잘랐다.

"오옷—?"

쿠라라의 머리는 어리둥절한 표정을 지은 채, 허공에서 춤췄다. 지하 시설의 벽과 바닥, 천장에는 붉은 꽃이 피어났다.

하지만…….

"아니……?!"

루리는 당황한 목소리를 냈다.

하지만 그것도 무리는 아니었다. 숨통이 끊어졌을 게 분명한 쿠라라가, 잘려 나간 자신의 머리를 땅에 떨어지기 직전에 손으로 직접 잡은 것이다.

"이야~, 깜짝이야. 죽는 줄 알았네—요."

그리고 가벼운 어조로 그렇게 말하더니, 머리를 목 쪽으로 던졌다.

쿠라라의 머리가 원래 있던 자리에 놓이자, 부글부글하고 거품이 이는 듯한 소리가 나면서 깨끗하게 이어졌다.

"으음~, 좀 문제네요. 안 죽는다는 생각에 방심하는 건지, 방어가 허술해져요. 반성~ 반성~. —하지만, 여동생분은 참 당차네요. 사람 모습을 했고 의사소통이 가능한 상대의 목을 주저 없이 동강! 같은 건 아무나 할 수 있는 게 아닐걸요~?"

"……마술사란 그런 존재잖아?"

"휘유. 멋지네요~."

쿠라라는 휘파람을 불더니, 연결된 부위의 감촉을 확인하듯 목을 좌우로 흔들었다.

"이대로 싸워도 지진 않겠지만, 역시 3 대 1이라 그런지 일방적으로 공격을 받네요~. 아직 재고가 남아 있던가……."

그렇게 말하면서 몸을 앞으로 숙인 쿠라라는 전기톱을 바닥에 꽂았다.

그리고 바닥을 도려내듯 그 칼날을 회전시켰다.

"오픈 더 코핀!"

그러자 마치 그 칼날의 회전에 의해 끌려 올라오듯, 쿠라라의 등 뒤의 지면에서 인조 다이아몬드로 꾸며진 악취미한 디자인의 관 두 개가 튀어나왔다.

그리고, 그 안에서—.

"……."

"——."

〈누각〉의 교복을 입은 학생 두 명이 걸어 나왔다.

"아니……."

"이건—."

무시키와 루리가 목소리를 흘리자, 쿠라라는 가벼운 어조로 〈누각〉 학생 두 명의 등을 때렸다.

"—어때요? 이 몸의 제2현현, 【생생부전(生生不轉)[엔드레서]】의 칼날에 의해 불려 나온 사람은 『노화』도 『질병』도 『죽음』도 완전히 없어져요. 대박이죠?"

그렇게 말한 쿠라라가 히히히, 하고 웃었다.

그 모습을 본 루리는 마치 상대를 꿰뚫어 죽일 것처럼 날카로운 시선을 머금었다.

"……무슨 소리를 하는 거야? 설마 〈정원〉에 온 100명 이상의 〈누각〉 학생 전원을 네가 죽였다는 거야……?"

"으음~. 죽였다는 표현과는 좀 다르다고 생각하지만, 얼추 그런 느낌이에요. 〈정원〉에서의 교류전 직전이라, 마침 잘됐네~ 싶었달까요. 이야~, 아무리 동포라고 해도 100명 이상의 외부인을 자기들의 진지에 들이는 건 부주의하다고 생각하거든요? 뭐, 덕분에 이 몸으로서는 잘됐지만요. 기본적으로 마술사분들은 멸망인자하고만 싸우면 된다고 생각하는 면이 있어서, 동료에게는 무방비하다니까요~."

"대체…… 뭘 위해서—!!"

루리가 그렇게 외치자, 쿠라라는 입술을 일그러뜨리며 손가락을 딱 소리 나게 튕겼다.

"그야, 뻔하잖아요."

그러자 그 말에 맞춘 것처럼 치직 하는 전자음이 들려오더니, 이 자리에 은발 소녀가 모습을 드러냈다. —〈정원〉 관리 AI, 시르벨이다.

“시르벨……!”

『역시 루~ 양. 지상의 혼전에 휘둘리지 않고 여기에 도달하다니, 칭찬해줄게요. 쓰담쓰담~.』

시르벨은 평소와 다름없는 상냥한 어조로 그렇게 말하더니, 공중에서 몸을 비틀면서 쿠라라의 등 뒤로 이동했다.

그리고 쿠라라의 어깨에 팔을 두르며, 말을 이었다.

『하지만~, 쿠라링을 방해하는 건 안 되거든요~? —**고생고생해서 여기까지 도달했으니까요~**.』

“……윽.”

시르벨이 독특한 말투를 쓰자, 루리가 미간을 찌푸렸다.

“……시르벨도, 네 술법에 걸린 거야? 대체 언제부터, 어떻게…….”

“이야~. 그건 기업 비밀이에요. 이 몸이 친절하다고 해서, 뭐든 다 가르쳐줄 거라고 생각한다면 그건 착각이거든요~?”

쿠라라가 장난스레 고개를 갸웃거렸다. 그 장난스러운 태도를 본 루리의 이마에 혈관이 불거졌지만, 고함을 질러봤자 소용없다고 생각한 건지 그저 쿠라라를 무시무시한 눈길로 노려보기만 했다.

실제로 쿠라라의 마술은 반칙급이다. 얼마든지 응용이 가능할 것이다. 시르벨은 제아무리 고성능이라 해도 인공지능이다. 극단적으로 이야기하지만, 인공지능에 간섭하는 힘을 지닌 기술자를 불사신으로 만들어버리면 이 정도는 충분히 가능하다.

아니, 어쩌면 쿠라라가 『생물』로 인식한 존재라면, 원환에 집어넣을 수 있다. ―그런 걸지도 모른다. ……만약 그렇다면 진짜로 손을 쓸 방법이 없다.

쿠라라는 무시키 일행의 반응이 재미있다는 듯이 쳐다본 후, 시르벨과 볼을 비비는 듯한 동작을 취했다.

"그럼 시르 언니, 잘 부탁해요."

『네, 에♡』

쿠라라의 목소리에 시르벨이 답하더니, 검지를 빙글빙글 돌리기 시작했다.

그러자 봉인 구역 가장 안쪽의 콘솔에서 전자음이 나오더니, 중후한 금속제 문이 천천히 열렸다.

"……앗!"

그 안에서 나온 것을 본 순간, 무심코 눈을 치켜떴다.

―투명한 수정에 감싸인, 거대한 심장.

틀림없다. 저것이 이야기로 들은, 〈우로보로스〉의 일부일 것이다.

"으음, 드디어 만났네요. 그럼 즉시―."

쿠라라가 황홀한 표정으로 그렇게 말하더니, 심장을 향해 손을 뻗었다.

"―그녀가 저것을 만지게 해선 안 됩니다!"

그 순간, 쿠로에가 그렇게 외쳤다. 그녀답지 않은 큰 목소리가, 사태의 심각성을 암암리에 알려주고 있었다. 무시키와 루리는 그 말에 튕겨 난 것처럼 바닥을 박찼다.

"하아아아아아앗―!!"

하지만 그런 두 사람을 저지하려는 듯이, 아까 관에서 걸어 나온 〈누각〉 학생 두 명이 제2현현을 발현시키며 두 사람을 막아섰다.

"쳇―!"

루리는 칼날을 조종해서, 전방에 있는 〈누각〉 학생을 때려눕혔다. 그와 동시에, 무시키의 앞에 있던 학생에게는 쿠로에가 던진 단검이 꽂혔다.

"부탁드립니다, 무시키 씨!"

"네……!"

무시키는 자세가 무너진 〈누각〉 학생을 밀쳐내더니, 쿠라라를 향해 일직선으로 뛰어갔다.

그러자, 그 모습을 본 듯한 쿠라라가 볼을 살짝 붉혔다.

"꺄앙, 무시삐는 정열적~. 큐트 타입인가 했더니, 와일드한 면도 있네요. 하지만~, 여자애의 화장을 방해하는 건 선 넘는 짓이거든요~?"

그렇게 말한 쿠라라는 전기톱의 날을 지면에 찔러 넣었다.

엄청난 소리를 내면서 거대한 관이 출현하더니, 뚜껑이 열렸다.

"아니―."

안에서 나온 것을 본 무시키는 한순간 몸이 굳어버렸다.
하지만 그것도 무리는 아니었다.
관 안에서 나온 것은 〈누각〉 학생도, 아니, 인간도 아니라—.
노도와도 같이 쏟아져 나오고 있는 젤라틴 상태의 생물이었던 것이다.
"—〈슬라임〉?!"
목으로 절규에 가까운 목소리를 토한 가운데, 무시키의 머리는 의외로 냉정하게 상대의 정체를 간파했다.
그렇다. 재해급 멸망인자 〈슬라임〉. 게다가 그 크기는 일전에 무시키를 덮쳤던 융합 개체를 연상케 했다.
바로 그때, 떠올렸다. —그 〈슬라임〉을 쓰러뜨린 이는 바로 쿠라라였다.
—그녀의 제2현현에 당한 것은, 그녀에게 『죽음』을 빼앗기면서 권속이 된다.
그 말이 진실이라면, 이 상황도 이해가 됐다. 분명 쿠라라는 그때도 전기톱 타입의 제2현현을 발현시켰다.
"—무시키!"
바로 그때, 뒤편에서 루리의 목소리가 들려오면서 몸이 그쪽으로 당겨졌다.
아무래도 【인황인】의 칼날을 변질시켜서, 무시키의 몸을 뒤쪽으로 잡아당긴 것 같았다. 방금까지 무시키가 있던 장소에, 〈슬라임〉의 몸이 그대로 작렬했다.

"미안해! 덕분에 살았어, 루리!"

"인사는 됐어! 그것보다—."

그 순간…….

루리의 말을 지워버리는 듯한 엄청난 소리와, 눈부신 빛이 생겨났다.

"……윽!"

그리고 잠시 후, 소리와 빛은 잦아들었다.

봉인 구역 가장 안쪽에는 무참히 깨진 수정 파편, 그리고 만족한 듯이 입술을 핥고 있는 쿠라라가 있었다.

"앗…… 하아—."

도취감에 몸을 맡긴 것처럼, 쿠라라는 숨결을 토했다.

모습은 아까까지와 똑같지만, 그녀가 서 있는 모습에서는 아까까지는 느껴지지 않던 기묘한 분위기가 감돌았다.

"……윽, 심장은, 어디에……."

루리가 전율에 찬 표정을 지으며, 쥐어짜 낸 듯한 어조로 그렇게 말했다.

그러자 그 말에 답하듯, 쿠로에가 미간에 주름을 만들며 입을 열었다.

"……역시, 융합술식이었군요."

"……윽! 융합술식이라면—."

쿠로에의 말에, 무시키가 목소리를 쥐어짰다.

그 말은 들은 적이 있다. —그렇다. 지금으로부터 약 한 달 전, 빈사 상태인 사이카가 빈사 상태인 무시키와 자신의 몸을 하나로 합체할 때 사용한 마술이다.

그것이 의미하는 바는 하나다. 즉, 쿠라라는—.

"흐음. 눈썰미가 좋네요~. 메이드로 두기엔 아까울 정도예요~."

쿠라라는 장난스레 그렇게 말하더니, 그 자리에서 몸을 빙글 돌렸다.

"—딩동댕~이에요. 이 몸은 인간과 멸망인자의 융합체(하이브리드). 뭐, 아직 『머리』와 『심장』뿐이지만요. 냐하하."

그렇게 말한 쿠라라가 웃었다.

그렇다. 지금 이 자리에 있는 『무시키』가 『쿠가 무시키』와 『쿠오자키 사이카』의 융합체인 것처럼…….

—그녀는, 『토키시마 쿠라라』와 〈우로보로스〉의 융합체인 것이다.

루리는 빈틈없이 제2현현을 고쳐들며, 신음하는 듯한 어조로 물었다.

"……전부, 이걸 위해서였던 거야?"

"에엥?"

"무시키에게 다가간 것도, 마녀님에게 도전한 것도— 전부, 〈우로보로스〉의 심장을 손에 넣기 위해서였던 거야?!"

루리가 그렇게 말하자, 쿠라라는 살짝 어깨를 으쓱했다.

"아…… 착각하지 말아 주세요~. 확실히 〈정원〉에 온 가장 큰 목적은 『심장』의 탈환이지만, 무시삐에게 반한 건 진짜라고요~."

왜냐하면— 하고, 쿠라라는 이어서 말했다.

"—『그 여자』를 날려버린 남자애라니…… 완전 흥분되잖아요. 어떤 수를 써서라도 손에 넣고 싶어지는 게 당연하다고요."

"……읏!"

"……."

쿠라라가 그렇게 말하자 무시키는 작게 숨을 삼켰고, 쿠로에는 눈을 가늘게 떴다. 루리만은 영문을 모르겠다는 듯이 눈썹을 일그러뜨렸다.

하지만, 생각해 보면 쿠라라가 그것을 알고 있는 것도 어찌 보면 당연했다. 그녀는 현재 시르벨을 손에 넣은 것이다.

—무시키는 문뜩, 쿠라라와 처음 만났을 때를 떠올렸다.

그렇다. 중앙 학사 위편에서 낙하한 쿠라라를 받아줬을 때, 쿠라라는 무시키를 이미 알고 있었다.

그 후에 루리가 달려와서 교류전 대표로 뽑혔다는 것을 전해줬기 때문에, 막연히 고지를 보고 알았던 거라고 생각했지만—.

쿠라라는 대체 언제, 그 고지를 본 것일까.

루리의 성격을 생각하면 고지를 보고 무시키를 찾기 시작하는 데까지 그렇게 시간이 걸리지 않았을 것이며, 한정된 필드 안에서 무시키를 찾아내는 것도 그리 긴 시간이 필요하지는 않았을 것이다.

—어쩌면 시르벨은 무시키 일행이 생각하는 것보다 훨씬 이른 시점에, 쿠라라에게 넘어간 것일지도 모른다.

쿠로에도 비슷한 생각을 한 것 같았다. 뭔가를 눈치챈 것처럼 말을 흘렸다.

"……그렇군요. 교류전 대표로 무시키 씨가 선출된 것도, 당신 짓이었나요."

"뉴후후. 들켰어요? 무시삐의 용맹한 모습이 보고 싶어서 시르 언니에게 부탁해버렸어요. 어렴풋이 기록만 남아 있어서, 상세한 건 알 수 없었거든요. —뭐, 결국 교류전이 시작되자마자 바로 이곳으로 향하는 게 상황상 가장 좋아서 전혀 못 봤지만요~. 이야~, 이 몸은 옛날부터 하고 싶은 일이 참 많아서 기껏 짠 계획을 실행에 못 옮길 때가 많았다니까요~. 하지만 그런 부분도 귀엽지 않아요? 엥? 자기 입으로 할 말이 아니려나요?"

쿠라라는 가벼운 어조로 웃더니, 「으음~」 하고 기지개를 켰다.

"자~ 최우선 목적은 달성해버렸으니까, 이대로 확 튀어버리고 싶지만—."

그리고 그렇게 쿠라라는 초승달 모양으로 일그러진 두 눈으로, 무시키 일행을 쳐다봤다.

"—마침, 관에 빈자리가 있네요~."

"""""……!"""""

쿠라라가 그렇게 말하자, 무시키 일행은 몸을 긴장시켰다.

그 모습을 본 쿠라라는 못 참겠다는 듯이 볼을 씰룩거렸다.

"그렇게 무서워하지 말라고요~. —늙지도, 죽지도 않는 천국으로 데려가 주려는 거니까요."

그렇게 말한 순간—.

쿠라라의 배를 감싸듯, 이중 나선의 계문이 나타났다.

"……읏! 제4현현—?!"

"으음, 너무 시간을 들일 수도 없으니, 금방 끝내버릴게요. 『머리』뿐일 때는 잘 안됐지만, 지금이라면 해낼 수 있을 것 같은 느낌이 드네요—."

쿠라라는 날카로운 송곳니를 보여주려는 듯이 처절한 미소를 머금더니, 좌우의 전기톱을 교차시켰다.

"제4현현—【윤회현생대축제(리인카페스트)】."

쿠라라가 그 명칭을 입에 담는 것과 동시에…….

그녀를 기점으로 해서 공간에 균열이 퍼져나가더니, 봉인 구역의 경치를 침식해나갔다.

그리고, 그 풍경이 유리처럼 깨지더니—.

다음 순간, 주위는 『쿠라라의 공간』으로 변모했다.

"아니—."

눈에 닿는 곳 전체에 펼쳐져 있는, 버려진 묘지. 하지만 그런 검은 들판 곳곳에 세워진 묘비는 눈이 따가울 정도의 비비드 컬러로 꾸며져 있거나, 우스꽝스러운 캐릭터가 새겨져 있었다.

마치 취향이 참 고약한 카툰 만화의 배경 같은 경치다. 코미컬과 호러가 삐뚤어져서 뒤섞인, 혼돈 그 자체의 공간이다.

하지만 그것은 토키시마 쿠라라라는 인간을 나타내는 데 있어, 적당하기 그지없는 표현처럼 느껴졌다.

"—자, 깨어나세요. 낮잠 시간을 끝났다고요~!"

쿠라라가 양손을 펼치더니, 뭔가를 부르듯 힘차게 외쳤다.

그러자 그 말에 호응하듯 지면이 부르르 떨린 후에 솟구치더니, 그 안에서 수없이 많은 사람 뼈가 기어 나왔다.

"……윽?! 아니—."

"〈스켈레톤〉……?! 아니, 이건……."

무시키와 루리가 숨을 삼키자, 쿠라라는 고개를 가볍게 저었다.

"에이~, 그딴 뼈다귀 멸망인자와 똑같이 취급하면 불쌍하다고요~. —위대한 선뱨들에 대한 경의는 어디가 버린 건데요?"

"선배……? 윽, 설마—."

뭔가를 눈치챈 루리가 눈을 치켜떴다.

그러자 쿠라라는 재미있다는 듯이 미소 지으며 고개를 끄덕였다.

“그래요. 이 몸의【리인카페스트】는, 그 자리에서 목숨을 잃은 생물을 불러낼 수 있죠. ―수백 년 동안, 멸망인자와 싸워온 〈정원〉이잖아요. 그만큼 수많은 마술사가 잠들어 있지 않겠냐고요……. 아, 참~.”

그렇게 말하며 껑충 뛰어오른 쿠라라는 묘비 위에서 몸을 웅크리는 자세를 취했다.

그리고 요사한 미소를 머금으며, 무시키를 쳐다봤다.

“―저기, 무시삐~. 이 몸과 함께 안 갈래요? 무시삐를 좋아한다는 건 진짜예요. 만약 무시삐가 정 싫다면, 무시삐만은 특별히『죽음』이 있는 상태로 해줄게요. 저기…… 이 몸과 함께, 새로운 〈세계〉를 만들지 않을래요?”

쿠라라는 어리광을 부리는 듯한 달콤한 목소리로 그렇게 말하더니, 고개를 갸웃거렸다.

하지만 무시키는 조금도 망설이지 않으며 고개를 좌우로 저었다.

“그럴 수는 없어.”

“아앙, 왜요~?”

“―사이카 씨를 배신할 순, 없거든.”

“…….”

무시키가 딱 잘라 그렇게 말하자, 쿠라라는 한순간 불쾌한 듯한 표정을 지었다.

"……아하하. 뭐, 그렇다면서 어쩔 수 없네요~."

하지만 곧 표정을 풀더니, 아래편에 있는 해골들을 쳐다보면서 가벼운 어조로 말을 이었다.

"아무래도 다들 살점이 부족한 것 같지만~, 『머리』와 『심장』뿐이니 어쩔 수 없겠죠. —뭐, 숫자는 충분하니까요. 후딱 끝내버리도록 할까요. 자, 여러분. 파티 시간이에요. 희망하는 건 세 명 다지만, 최악의 경우에는 무시삐만이라도 괜찮아요. 무시삐만은 이 몸이 직접 『원환』으로 인도할 테니까, 죽이지 마세요. 그리고 나중에 얼마든지 재생시킬 수 있으니까, 손발 정도는 잘라버려도 세이프인 걸로 해줄게요☆"

쿠라라가 조심하라는 투로 그렇게 말하자, 땅속에서 기어 나온 해골들이 달그락달그락하는 소리를 내며 고개를 끄덕였다.

"좋아요. 그럼 가볼까요. —이이이이이잇츠, 쇼오오오오타아아아아아임!"

쿠라라의 선언에 맞춰…….

어마어마한 숫자의 해골이, 일제히 무시키 일행을 덮쳤다.

"크……【인황인】!"

루리가 제2현현으로, 몰려드는 해골들을 한꺼번에 쓸어

버렸다.

하지만 부서진 해골들은 즉시 같은 형태로 조립되더니, 진군을 재개했다.

하나하나는 어려운 상대가 아니다. 하지만 문제는 그 압도적인 숫자와 맷집이다. 이대로 가다간, 곧 압도당해서 지고 말 것이다.

"—무시키 씨!"

쿠로에도 같은 생각을 한 것 같았다. 무시키를 향해 시선을 보내며 고함을 질렀다.

"……아!"

더는 말을 하지 않더라도, 그 의도를 눈치챘다.

그렇다. 그녀는 말하고 있는 것이다. —이 자리에서 존재변환을 할 수밖에 없다고…….

"하지만, 여기에는 루리가—!"

"상황이 여의치 않으니 어쩔 수 없습니다. 이 궁지를 벗어나기 위해선, 그 방법밖에 없어요."

"……큭! 알았어요!"

쿠로에의 말이 옳다. 비밀을 지키려다 당해버려선 본말전도다. 무시키는 각오를 다진 후, 마력 공급을 받기 위해 쿠로에를 향해 돌아섰다.

"—어이쿠. 뭘 하려는 건지 모르겠지만, 뜻대로는 안 되거든요?"

하지만 쿠라라가 그 움직임을 눈치챈 것 같았다. 무시키와 쿠로에를 손가락으로 가리키듯, 전기톱 끝을 들어 올렸다.

그러자 그 움직임에 따르듯, 창 타입의 제2현현을 발현시킨 〈누각〉 학생이 두 사람에게 달려들었다.

"큭……!!"

해골과는 비교도 안 되는 속도와 정밀도였다. 허를 찔린 탓에 공격을 막는 것도, 피하는 것도 무리다. 무시키는 다가오는 공격에 대비해 어금니를 깨물었다.

하지만—.

"—위험해!"

다음 순간, 쿠로에의 목소리가 들려오는 것과 동시에 무시키는 둔탁한 충격을 받으며 뒤편으로 밀쳐졌다.

아무래도 쿠로에가 구해준 것 같았다.

하지만 무시키가 그것을 눈치챘을 때는—.

"……앗?! 쿠로에!"

쿠로에의 가슴에, 제2현현의 창이 깊숙이 박혀 있었다.

"커……억—."

가녀린 숨소리와 함께, 쿠로에의 입에서 피가 뿜어져 나왔다.

"으—아아아아아아아앗!"

그 광경을 보고 눈을 치켜뜬 무시키는 손에 쥔 【홀로 에지】로 창을 잘랐다.

그 순간, 창 타입의 제2현현이 빛이 되어 사라졌다. 무시키는 그대로 몸을 비틀더니, 무너지는 쿠로에의 몸을 안으면서, 〈누각〉 학생을 걷어찼다.

"——."

〈누각〉 학생은 신음조차 흘리지 않으며, 그대로 지면을 뒹굴었다.

하지만 무시키는 그런 건 신경도 쓰지 않으며, 가슴에서 피가 흘러나오는 쿠로에를 향해 쥐어짜 낸 듯한 목소리로 외쳤다.

"쿠로에! 쿠로에! 아니…… 대체 왜—."

"진정……하십시오. 잊으셨……습니까? 저는— 이 정도로는 죽지 않습니다……."

"……아!"

무시키는 그 말을 듣고 어깨를 부르르 떨었다.

그렇다. 너무 충격적인 광경을 본 탓에 정신이 나갈 뻔했지만, 쿠로에의 몸은 의해다. 만약 이 육체가 활동을 정지하더라도, 다른 의해로 혼이 이동할 뿐이다.

무시키가 진정했다는 것을 눈치챘는지, 쿠로에는 살며시 고개를 끄덕이며 말을 이었다.

"하지만…… 이래서는…… 만족스러운…… 마력 공급이— 불가능합니다. 어쩔 수…… 없군요. 본의는…… 아닙니다만……."

그리고, 작은 목소리로 『그것』을 전한 후, 희미하게 떨리는 손가락을, 무시키의 입술에 댔다.

"——."

"……뒷일을, 부탁합니다. 부디…… 제 〈정원〉을—."

그 말을 끝으로, 쿠로에는 더는 아무 말도 하지 않았다.

그 모습을 본 것인지, 루리가 어마어마한 숫자의 해골을 상대하며 고함을 질렀다.

"쿠— 쿠로에?! 무시키, 긴급용 응급 마술은 익혔지?! 빨리 지혈을—."

"……."

하지만 무시키는 떨리는 손으로 쿠로에의 몸을 지면에 눕혀주더니, 천천히 몸을 일으켰다.

의해라고는 해도, 그녀의 몸을 내버려 두는 것에 거부감을 느꼈다. 깨물고 있는 입술에서는 피가 배어 나왔다.

하지만 그녀가 자신을 희생해서 구해준 목숨을, 헛되이 할 수는 없었다.

"—루리."

무시키는 조용히 그녀의 이름을 불렀다.

"뭐 하는 거야?! 포기하지 마! 여기서만 버티면 엘루카 님이 분명—."

"—나와, 키스해주지 않겠어?"

무시키가 그렇게 말하자…….

"……뭐엇?!"

루리는 무슨 말을 들은 건지 모르겠다는 듯이, 상기된 목소리로 그렇게 말했다.

그렇다. 그것이 바로 쿠로에가 남긴 말과 술식이다.

쿠로에는 마지막 힘을 쥐어짜 내서, 어느 술식을 무시키의 입술에 걸어줬다.

—일시적이지만, 쿠로에 이외의 상대에게서도 마력을 흡수할 수 있게 해주는 술식이다.

"이, 이런 상황에서 무슨 소리를 하는 거야?! 포, 포기하면 안 돼! 아무리 마지막 추억을 남기고 싶더라도—."

하지만 그런 속사정을 알 리 없는 루리는 볼을 새빨갛게 붉히면서 비명에 가까운 목소리로 그렇게 외쳤다. 그 와중에도 왜장도를 휘두르는 손길이 흐트러지지 않는 것을 보면, 역시 기사는 기사다 싶었다.

"—부탁이야, 루리."

"아니, 하지만, 그래도—."

"지금 나한테는 루리뿐이야."

"……읏! 그, 그런 말을 해 봤자……."

"무리한 소리를 해서 미안해. 하기 싫은 건 알아. 그래도—."

"누, 누가 싫다고 했는데~!"

루리가 얼굴이 토마토처럼 새빨개진 상태에서, 【인황인】

을 마구 휘둘러댔다. 집중력이 흐트러지기는커녕 위력이 상승한 것처럼 보였다. 머리 위의 계문이 한 번도 본 적이 없을 만큼 쨍쨍하게 빛나고 있었다.

"와우…… 역시 그런 관계였나요~. 남매끼리…… 금단의 사랑이네요~."

쿠라라가 그 모습을 뚫어지게 쳐다보면서 그렇게 말했다.

"하지만— 이 몸으로선 두고 볼 수 없네요~. 아무리 여동생분한테라도, 사랑하는 무시삐를 넘겨줄 순 없다고—요~!"

쿠라라는 지시를 내리듯 손을 치켜들었다.

그러자 그 지휘에 맞춰, 수많은 해골이 파도처럼 몰려왔다.

"우왓—?! 무, 무시키—!!"

"루리……!"

해골이 노도처럼 밀려오자, 거기에 휩쓸린 루리는 한참 떨어진 곳으로 밀려났다.

아니, 그것만이 아니었다. 그 해골 무리의 뒤를 쫓듯, 한 쌍의 전기톱을 작동시킨 쿠라라가 달려오고 있었다.

"자, 무시삐— 댄스 타임이에요~!"

"큭……!"

무시키는 다가오는 쿠라라를 노려보며, 분하다는 듯이 이를 악물었다.

쿠라라는 이대로 승부를 낼 속셈이다. 이대로 있다간, 무시키는 쿠라라에 의해 『원환』에 먹혀버리면서 불사신이 되고 말 것이다.

그리고 그것은 무시키와 몸을 공유하고 있는 사이카 또한, 쿠라라에게 종속되고 만다는 것을 의미했다.

"그렇게는— 안 돼!"

무시키는 제2현현의 검을 움켜쥐더니, 쿠라라에게 맞서기 위해 전투태세를 취했다.

"휘유— 그렇게 나와야죠!"

무시키의 움직임을 눈치챈 것일까. 쿠라라는 그 행동이 재미있다는 듯이, 입가에 미소를 머금었다.

"—좋아요~. 이 몸이 상냥히 안아줄게요!"

쿠라라는 고함을 지르더니, 날카로운 소리를 내는 전기톱을 치켜들었다.

빠르다. —하지만, 움직임이 커서 빈틈이 많다.

명백하게, 쿠라라는 방심했다.

불사의 육체를 지녔기에 생겨난 틈이다. 그 어떤 공격을 맞아도 죽지 않는다는 절대적인 우위성(어드밴티지)이, 그녀의 향락주의적인 성격을 부추기며 위기감을 마비시킨 것이리라.

그 실낱같은 틈이, 무시키가 이길 수 있는 유일한 길이었다.

"우오오오오오오오오오—!!"

무시키는 제2현현으로 수평 찌르기를 날리는 자세를 취하더니, 그대로 검 끝으로 쿠라라를 겨눴다.

—마음을 날카롭게 벼려라.

머릿속에 떠올린 것은, 사이카의 미소.

평범하게 생각하면, 투쟁을 벌이는 자리에 어울리지 않는 생각이다.

하지만, 무시키는 확신했다.

무시키가 마술을 펼치는 데 있어, 그것이야말로 가장 올바른 비전이라는 것을…….

왜냐하면 무시키의 제2현현은, 사이카의 몸을 통해 싹텄고, 사이카의 목소리에 인도됐으며, 사이카를 지키기 위해 창조됐으니까—!

"【홀로 에지】—!"

머리 위의 계문이 더욱 찬란히 빛나더니, 투명한 검이 공기를 갈랐다.

무시키의 제2현현은, 빨려들 듯 쿠라라를 향해 뻗어갔다.

"【엔드레서】!"

그와 동시에, 무시키를 좌우에서 대각선으로 찢어발기려는 듯이, 쿠라라가 두 전기톱을 휘둘렀다.

그 중심점. 전기톱이 교차되는 지점에, 【홀로 에지】의 칼끝이 닿았다.

무시무시한 소리를 내는 거대한 전기톱 두 자루와, 얄팍한 검 한 자루. 보통은 무시키의 공격이 튕겨 나가고 끝일 것이다.

하지만—.

"어라라~?"

무시키의 검이, 쿠라라의【엔드레서】에 닿은 순간…….

【엔드레서】에 균열이 생기면서, 소리 없이 박살 났다.

"—앗!"

그 광경을 본 무시키는 검 자루를 더욱 세게 움켜쥐었다.

—솔직히 말해, 이것은 도박이었다.

무시키 본인도 자신의 제2현현이 지닌 힘을 완전히 파악하고 있지는 않았다.

원래 마술사는 현현체의 조성에 성공한 순간, 그것이 지닌 힘을 본능적으로 깨닫는다고 한다. 하지만 사이카의 몸이 지닌 기억을 통해 억지로 마술에 눈뜬 무시키는 그런 부분이 불완전했다.

하지만『그녀』와의 싸움, 그리고 테츠가, 시온지와 전투를 치르면서, 무시키는 자신의 검에서 하나의 재현성을 찾아냈다.

그렇다. 정도에 차이가 있기는 하지만, 무시키의【홀로에지】는 상대의 현현체를 매번 파손시켰던 것이다.

그것이 구체적으로 어떤 의미를 지니는지는 아직 모르며, 어떤 원리로 그런 효과가 나타났는지도 모른다.

하지만, 만약 무시키의 추측이 옳다면…….

무시키의 검은, 쿠라라의 제2현현도 파괴할 수 있을 거라고 생각했다.

그리고【홀로 에지】는,【엔드레서】를 파괴하는 데 성공했다.

—하지만.

"……윽?!"

무시키는 숨을 삼켰다.

【엔드레서】가 파괴된 직후, 무시키가 휘두른【홀로 에지】 또한 빛이 되며 사라진 것이다.

동귀어진— 아니, 무시키 쪽은 그저 마력이 바닥난 것이리라. 제2현현을 발현할 수 있게 된지 얼마 안 됐는데, 장시간 동안 너무 혹사시켰다.

"냐— 하~."

그 모습을 보고 모든 것을 눈치챈 건지, 한순간 얼이 나간 듯한 표정을 짓고 있던 쿠라라가 다시 미소를 머금었다.

그렇다. 아까 테츠가가 했던 것처럼, 마술사는 자신의 마력이 바닥나지만 않는다면 현현체를 다시 발현시키는 게 가능했다.

"쪼~끔 놀라긴 했지만, 무시삐는 이제 한계인가 보네요~."

쿠라라가 그렇게 말한 순간, 그녀의 아랫배에 새겨진 계문이 다시 빛났다.

"——."

무시키의 예상대로, 쿠라라의 마력은 아직 바닥나지 않았다. 곧 다시【엔드레서】를 발현시켜서, 무시키를 공격할 것이다.

그리고 제2현현을 잃은 무시키에게는, 그 공격을 막을 방법이 없다.

숨결마저 닿을 듯한 거리까지 육박한 가운데, 무시키의 뇌리에 절망이 스쳤다.

하지만…….

"아—."

무시키는 그제야 눈치챘다.

—눈치채고, 말았다.

아무것도 없다고 생각했던 자신의 손아귀에, 희망이 딱 하나 남아 있다는 것을 말이다.

그것은 무시키에게 있어, 그야말로 최악의 수단이었다. 이 궁지에서 그 가능성을 눈치채고 말았다는 사실 자체를 후회할 정도였다.

하지만—.

「……뒷일을, 부탁합니다. 부디…… 제 〈정원〉을—.」

그 찰나, 쿠로에가 한 말이 뇌리를 스친 무시키는 어금니를 깨물었다.

아아— 물러터진 자기 자신이 정말 싫었다.

결론은 단순했다. 무시키는 이 급박한 상황에서, 머릿속으로 이해하고 있긴 해도, 각오가 서지 않았던 것이다.

—눈앞에 있는 건 누구지? 〈누각〉의 마술사 100명 이상을

불사신으로 만들고, 루리와 쿠로에를 상처 입혔으며, 〈정원〉을 파괴하려 하는 멸망인자야.

—그리고 자신은, 사이카에게 뭐라고 맹세했지?

—『그녀』가, 뭘 맡겼냐고……!

사이카를 지키고, 사이카와 함께, 세계를 구한다.

그것은 결코 쉬운 길이 아니다.

그렇다면 주저할 짬 같은 건, 단 한 순간도 존재하지 않는다—!

"—큭!"

즉시 결단을 내린 무시키는 쿠라라가【엔드레서】를 다시 발현시키기도 전에, 그녀에게 다가갔다.

"엥—?"

그리고, 그 뜻밖의 행동에 얼이 나간 쿠라라의 얼굴에 손을 대더니—.

자신의 입술을, 쿠라라의 입술에 맞댔다.

"……?!"

이 갑작스러운 입맞춤에, 쿠라라의 눈이 마구 흔들리고 있는 게 느껴졌다.

—쿠로에 이외의 여성과의 키스. 그 부도덕적인 느낌이, 어마어마한 자기혐오를 자아냈다.

하지만— 이것으로, 『조건』은 충족됐다.

무시키는 만약 사이카가 원한다면 그녀에게 몸을 돌려준

후에 자결하자고 결심하며, 입술에 걸려 있던 술식을 발동시켰다.

그 순간—.

무시키는, 쿠라라가 지닌 방대한 마력이 자신에게 흘러들어오는 것을 느꼈다.

"……?!"

아무런 예고도 없이 무시키에게 키스를 받고 만 쿠라라는 한순간 머릿속이 새하얗게 변했다.

—어? 뭐야? 갑자기? 꺄아~, 무시삐는 변태~.

방금 되찾은 심장이 펄쩍 뛰더니, 머릿속은 물음표와 행복감으로 채워졌다.

절체절명의 위기에 처하자, 결국 무시키도 마음을 바꾼 것일까. 그렇다면 쿠라라도 상냥히 받아줄 수밖에 없다. 왜냐하면 그는 증오스러운『그녀』를 해치운 남자이자,『그녀』에게서 빼앗은 남자니까—.

하지만…….

"어—."

다음 순간, 쿠라라는 얼이 나간 듯한 목소리를 흘렸다.

그럴 만도 했다.

눈앞에 있는 무시키의 몸이 옅은 빛에 휩싸이는가 싶더

니— 그 모습이, 다른 이로 변했기 때문이다.

기나긴 햇살 빛깔 머리카락, 단정한 얼굴, 그리고 그 한가운데에 자리하고 있는 한 쌍의 극채색 눈동자.

그렇다. 〈우로보로스〉와 융합한 쿠라라가 못 알아볼 리가 없다.

그녀는 틀림없는—.

"쿠오자키, 사이카……!"

과거에 〈우로보로스〉를 쓰러뜨리고, 그 몸을 스물네 개로 조각낸, 증오스러운 여자의 모습이었다.

"쿠라라."

사이카는, 조용히 입을 열었다.

하지만 그것은, 쿠라라가 아는 『사이카』의 말투와는 아주 약간 다른 듯한 느낌이 들었다.

"너는 〈누각〉의 사람들에게서 『죽음』을 빼앗고, 쿠로에와 루리를 상처입혔어. 그리고, 사이카 씨의 〈정원〉을 파괴하려 했지. —절대로, 용서할 수 없어."

"……윽?!"

뇌가 혼란에 빠졌다. 그 목소리는 사이카의 것이지만, 그녀가 지닌 분위기는 사랑하는 무시삐와 똑같았다.

"……너에게도 그럴 만한 사정이 있을지도 몰라. 너에게도 이유가 있을지도 몰라. 하지만, 그렇다고 사이카 씨의 소중한 것을 빼앗으려 한다면—."

조용한 결의를 담아, 말을 이었다.

"나는, 그 모든 것을 짓밟으며, 너를 쓰러뜨리겠어."

사이카는 그렇게 말하며 천천히 눈을 감았고— 잠시 후, 극채색의 두 눈동자가 다시 모습을 보였다.

그 순간에는 이제…….

이 자리에 있는 인간은, 완전한 『쿠오자키 사이카』가 되어 있었다.

자신만만한 미소를 머금은 사이카가 입술을 움직였다.

"미안하지만, 무시키는 너와 사귈 생각 없는 것 같은걸. —아까 키스는 작별의 키스지. 그러니 이만 포기하도록 해."

그리고 짤막하게 거절의 말을 입에 담은 후…….

사이카는 자신의 머리 위에, 마녀의 모자 같은 4획의 계문을 전개했다.

"만상개벽—."

—낭랑하게…….

무시키의 목에서, 아름다운 목소리가 흘러나왔다.

그것은 무시키의 목소리지만, 무시키의 목소리가 아니다.

쿠오자키 사이카. 극채의 마녀라는 이름으로 불리는 최강의 마술사가 자아낸 말.

실제로 자신의 목이 떨리는 느낌은 받았지만, 무시키는

그것을 반쯤 무의식적으로 읊조렸다.

"이리하여 천지는 내 손아귀 안."

시야가, 몽환적인 극채색의 빛에 비치고 있다.

그것은 사이카의 마력이 자아낸 빛. 머리 위에 떠 있는 네 개의 계문이 뿜는 빛.

그 빛을 기점으로 삼듯이, 주위의 경치가 일그러지더니—.

세계가, 덧칠되어갔다.

사이카의 몸으로 존재변환을 한 무시키는, 전지전능한 존재가 된 듯한 느낌을 온몸으로 느끼며, 제4현현을 발현시켰다.

"순종을 맹세해. —너를, 신부로 삼아주겠어."

어둑어둑한 묘지의 풍경이, 끝을 알 수 없는 창궁에 덧칠됐다.

그리고 그 하늘과 땅에서, 어마어마한 숫자의 마천루가 짐승의 입처럼 솟구쳤다.

이것이 사이카의 제4현현. 그녀가 최강의 마녀인 이유.

삼켜진 모든 것을 도륙하는, 궁극 절대의 도시 미궁이다.

"——."

쿠라라는 반쯤 얼이 나간 상태에서 제4현현에 몸을 맡기고 있었지만, 이윽고 사이카로 변한 무시키의 얼굴을 응시하더니…….

"아아, 그렇게 된 건가요~."

모든 것을 눈치챈 듯이, 그렇게 중얼거렸다.

"그게 뭐야. 대박~. 무시삐와 네가 **하나**라니―. 그래서야, 애초부터 끼어들 틈이 없었던 거잖아."

―그것이, 쿠라라가 입에 담은 마지막 말이었다.

그녀의 몸은 바람에 흩날리는 티끌처럼, 거대한 건조물에 삼켜지고 말았다.

종장 배신자 쿠라라

"루리, 괜찮아?"

"……응, 일단은 무사해."

사이카의 제4현현이 모든 것을 뒤덮으며, 쿠라라를 해치운 후…….

무시키는 지하 봉인 구역의 구석에 있던 루리에게 달려갔다.

참고로 무시키의 몸은 현재, 『쿠가 무시키』로 되돌아왔다. 역시 쿠로에 이외의 인물로부터의 마력 공유는 이레귤러적인 건지, 제4현현을 해제하는 것과 동시에 이 몸으로 되돌아왔다. —결코, 무시키가 사이카의 몸에 흥분해버린 탓이 아니다. 아마도…….

원래 모습으로 되돌아온 봉인 구역에는 무시키와 루리, 그리고 너덜너덜해진 채 쓰러진 쿠라라가 있었다. 불사의 육체를 지녔으니 죽지는 않겠지만, 의식을 완전히 잃은 것 같았다. 이 틈에 제압해두는 편이 좋을 것이다.

바로 그때, 루리가 분하다는 듯이 인상을 찡그렸다.

"……쿠로에. 내가…… 내가 만전의 상태였다면……."

"……루리 탓이 아냐. 자기 자신을 탓하지 마."

"하지만—."

"—부르셨습니까?"

루리가 말을 이으려던 순간, 쿠로에가 무시키의 뒤편에서 얼굴을 쑥 내밀었다.

"읏, 우와아아아아아아아아아아아아아아아아아아아—?!"

루리가 절규를 토했다. 하지만 쿠로에는 전혀 당황하지 않으며 고개를 갸웃거렸다.

"어머, 괜찮으십니까? 기사 후야죠."

"어, 어어어어어어, 어째서 살아있는 거야?! 헉—, 설마 쿠로에도 불사신이……?!"

"누가 불사신이라는 겁니까?"

쿠로에는 약간 불만 섞인 어조로 그렇게 말했다. 물론 그녀는 불사신이 아니다. 지금 이 자리에 있는 건 혼이 옮겨간 예비 의해일 것이다. 옷은 가짜 피로 위장했지만, 피부에는 상처가 없었다. 쓰러진 의해는 회수했거나, 으슥한 곳에 숨겨둔 게 틀림없다.

하지만 그런 자초지종을 알 리 없는 루리는 혼란에 빠진 채 쿠로에를 손가락으로 가리켰다.

"아니, 하지만 완전히 죽었었잖아! 창이 가슴을 관통하지 않았어?!"

"난전 중이라 잘못 보신 거겠죠. 실은 그렇게 깊은 상처는 아니었습니다."

"그, 그래……?"

루리는 여전히 미심쩍은 표정을 지었지만, 본인이 이렇게 멀쩡하니 믿을 수밖에 없다고 판단한 것 같았다. 이윽고 그녀는 쿠로에의 손을 잡고 몸을 일으켰다.

쿠로에는 루리를 일으킨 후, 두 사람의 얼굴을 쳐다보며 작게 고개를 끄덕였다.

"—그것보다 정말 잘하셨습니다, 기사 후야죠. 그리고 무시키 씨. 〈정원〉은 여러분 덕분에 구원받았다고 해도 과언이 아닙니다."

"……과언이야. 우리는 시종일관 쿠라라에게 농락당했을 뿐인걸. 결국 마지막에는 마녀님이—."

바로 그때, 뭔가를 떠올린 듯한 루리가 눈썹을 부르르 떨면서 무시키를 쳐다봤다.

"……."

"루리?"

"으음…… 아무것도 아냐. 그것보다, 마녀님은? 해골에게 포위당한 탓에 잘 안 보였지만— 아까 전의 제4현현은 마녀님이 펼치신 거지?"

"아…… 응. 쿠라라를 무력화한 후, 바로 어딘가로 가신 것 같아."

무시키가 얼버무리듯 그렇게 말하자, 루리는 미심쩍은 듯이 눈썹을 찌푸렸다.

"……그 위기 상황에서 나타나, 발동 중인 제4현현에 외부에서 침입했고, 순식간에 쿠라라를 해치운 후, 모습도 보이지 않고 사라지셨다는 거야?"

"그, 그게……."

역시 너무 말이 안 되는 것일까. 무시키는 식은땀을 삐질삐질 흘렸다. 하지만—.

"정말 너무 멋있어……."

사이카에 대한 루리의 높은 평가가, 위화감을 전부 날려버린 것 같았다. 게다가 무시키가 사이카로 변하는 모습도 보지 못한 것 같았다. 무시키는 이마에 땀방울이 맺힌 채, 후유 하고 안도의 한숨을 내쉬었다.

그러자 루리 또한 마음을 다잡듯이 작게 한숨을 토한 후, 무시키 쪽을 돌아보았다.

"……아무튼 무사해서 다행이야. 정말, 쿠로에가 당했을 때는 다 틀린 줄……."

바로 그때였다. 루리가 갑자기 말을 멈췄다. 그리고 그녀의 얼굴이 순식간에 새빨갛게 달아올랐다.

"루리? 왜 그래? 얼굴이 벌건데……."

"아, 아니, 딱히 그렇진 않은데…… 저기, 쿠로에가 쓰러진 후의 그 말은……."

"그 말……?"

그 순간, 무시키는 어깨를 부르르 떨었다.

그렇다. 결국 미수로 끝났지만, 무시키는 루리에게 키스를 요구했던 것이다.

그것을 떠올린 순간, 그 자리에서 무릎을 꿇은 무시키는 두 손으로 지면을 짚으면서 고개를 깊이 숙였다.

"미안해!"

"어…… 어엇?!"

느닷없는 사과에 놀란 건지, 루리가 흠칫하며 몸을 떨었다. 하지만 무시키는 개의치 않으며, 깊이 고개를 숙인 채 말을 이었다.

"어쩔 수 없는 상황이었다고는 해도, 루리의 마음을 생각하지 않으며 그런 소리를…… 정말 미안해."

"이렇게까지 사과할 건 없는데…… 뭐, 그 심정이 이해가 안 되는 걸 아니랄까……."

그런 문답을 주고받고 있을 때, 엘리베이터 쪽에서 소리가 들려왔다.

잠시 후, 늑대에 탄 엘루카가 나타났다. 격렬한 전투를 벌였던 건지, 걸치고 있는 흰색 가운의 끝자락이 꺼멓게 탄 상태였다.

"—오오, 두 사람 다 수고했느니라. 어찌어찌 된 것 같구나."

"엘루카 님—."

엘루카가 온 것을 눈치챈 루리가 몸가짐을 고치며 그녀를 돌아봤다.

"무사하셔서 다행이에요. 시온지 학원장은 어떻게 됐죠?"

"어찌어찌 제압해서 다른 사람에게 넘겼지. 〈누각〉 학생도 대부분 잡았고, 시르벨 쪽은 서버를 네트워크에서 물리적으로 차단해서 대처했느니라. ……뭐, 피해 상황을 확인할 생각만 해도 우울하지만 말이지."

엘루카는 그렇게 말하더니, 봉인 구역 안쪽에 쓰러진 쿠라라를 쳐다봤다.

"—저 자가 이번 소동의 수괴인 게냐."

"네. 마이솔로지아 〈우로보로스〉와 융합한 인간—인 것 같아요."

"……목적이 뭔지는 모르겠지만, 어리석은 짓을 했구나."

엘루카는 인상을 찡그리더니, 늑대의 등에서 내린 후에 쿠라라를 향해 걸어갔다.

그리고 쿠라라의 상태를 확인하려는 듯이 몸을 만져본 순간— 엘루카의 눈썹이 부르르 떨렸다.

"아니……?"

"……어? 왜 그러세요?"

무시키가 묻자, 엘루카는 쿠라라의 옷을 잡아당겨서 지면에 똑바로 눕혔다.

그리고 목에 손을 대보더니, 전율이 어린 목소리로 고했다.

"—**죽었느니라**."

"어……?"

엘루카의 말을 들은 무시키와 루리가 눈을 동그랗게 떴다.

◇

—〈공극의 정원〉 부지 밖. 인적 없는 야산을, 기묘한 무언가가 기어다니고 있었다.

크기는 한 20센티미터 정도 될까. 중앙에 안구 같은 구체가 달린, 젤라틴 상태의 물체였다.

이윽고, 그 물체는 적당한 곳에서 행군을 멈추더니— 온몸을 부르르 떨면서, 퉷 하고 안에 있는 안구를 토했다.

그러자 잠시 후, 거품이 일어나는 것처럼 안구의 표면이 솟구치더니, 순식간에 몸집이 커졌다.

안구 안쪽에서 시신경이 자라났고, 살을 형성했으며, 피가 넘쳐나더니, 뼈가 만들어졌다. 이어서 그것들을 감싸듯 매끄러운 피부가 생겨났고, 그 표면에서 머리카락이 자라났다.

몇 분이 흐르기도 전에, 그 자리에는 실오라기 하나 걸치지 않은 소녀가 탄생했다.

아니— 재생, 이라는 말이 적절할지도 모른다.

그렇다. 졌다는 걸 깨달은 쿠라라는 〈슬라임〉의 파편에 자신의 『일부』를 맡겨서, 〈정원〉 밖으로 도망친 것이다.

"후유~."

인간의 형태로 돌아온 쿠라라는 손발을 내던지듯 지면에 드러눕더니, 크게 한숨을 내쉬었다.

"역시 쿠오자키 사이카. 『머리』와 『심장』만으로는 못 이기겠네요~."

명확한 패배 선언이다. 하지만 그 목소리에는 비관은 전혀 섞여 있지 않았다.

그럴 만도 했다. 쿠라라는 당초의 목적을 전부 달성한 것이다.

하나는 〈정원〉에 불사신을 들여보내, 혼란이 일어난 틈을 이용해 『심장』을 탈취하는 것이다.

다른 하나는 〈정원〉 관리 AI를 손에 넣어서, **남은 스물두 개의 신체가 있는 곳에 관한 정보를 얻는 것이다**.

게다가—.

"—그건 그렇고, 뜻밖의 수확이었어요~."

쿠라라는 씨익 웃더니, 몸을 일으키며 손가락 피리를 불었다.

그러자 그 소리에 맞춘 것처럼, 날개가 달린 스마트폰이 날아왔다.

"자— 이 몸에 관해서는 〈정원〉의 여러분에게 알려졌으니까…… 이렇게 됐으니 화끈하게 가볼까요. 공교롭게도 알몸이지만…… 뭐, 어깨 위쪽만 비추면 되겠죠~. 서비스, 서비스~."

쿠라라는 스마트폰을 조작해서, MagiTube의 생방송을 시작했다.

"—얏삐~! 쿠라라 채널 시간이에요~. 쿠라라메이트 여러분. 오늘도 이 몸의 매력에 어질어질하고 있어~? 자, 오늘은 좀 특이한 시간에 방송해요. 뭐, 이 몸 정도 되면 말이지? 이런저런 일이 있기 마련이거든요—."

『진도가 안 나가네요. 그냥 팍팍 밀어붙일래요. 쿠라라의 장래 꿈 베스트 3~! 제3위! 구독자 왕~창 늘리기! 제2위! 사랑하는 보이삐 만들기!』

"……."

무시키 일행은 믿기지 않는다는 눈길로, MagiTube의 생방송을 보고 있었다.

그렇다. 쿠라라가 죽었다는 사실에 놀랐을 때, 쿠라라가 생방송을 하고 있다는 정보가 지상에 있는 이들로부터 전달받은 것이다.

『그리고 제1위는—.』

알몸인 쿠라라가 힘찬 목소리로 그렇게 말하더니, 씨익 미소지었다.

『—남은 몸을 전부 모아서 〈정원〉의 마녀를 죽여버린

후, 새로운 〈세계〉를 손에 넣기.』

"……!"

쿠라라가 그런 선언을 하자, 무시키를 비롯한 여러 사람이 미간을 살짝 찌푸렸다.

그 갑작스러운 선언 탓에, 경악에 찬 코멘트가 차례차례 올라왔다. 쿠라라는 그것을 살펴보는 듯한 시늉을 한 후, 엄지로 목을 긋는 동작을 취했다.

『이 몸의 이름은 〈우로보로스〉. 과거에 마녀에게 패배한 신화급 멸망인자. 이 몸은 진심이에요~. 기다리고 있어요, 무시삐. 이 몸, 그 정도로는 포기 안 하거든요. —하지만, 아직은 폭로계 스트리머가 될 생각은 없으니 안심해도 돼요. 비밀을 공유하는 것도, 특별한 관계 같아서 좋거든요. 냐하~. 그럼 이만, 쿠라라였습니다~.』

그렇게 방송이 끝났다.

루리 일행은 한동안 아연실색하더니, 곧 성을 내며 숨을 내쉬었다.

"……어이가 없네. 대체 뭐 하자는 거야?"

"선전 포고—로 받아들여야 할 것 같습니다."

아무튼, 하고 쿠로에는 이어서 말했다.

"즉시 수색대를 파견해야 할 것 같군요. 그녀를 내버려 두는 건 지나치게 위험합니다."

"동감이니라. —늑대의 코가 필요하겠지. 내가 가마. 루리도 타거라."

그렇게 말한 엘루카가 다시 늑대의 등에 올라탔다. 루리는 고개를 끄덕이며 그녀의 뒤편에 탔다.

"네. 쿠라라는 제가 반드시—."

"아니, 그대는 상처의 치료가 우선이니라. 자신의 상태를 모르는 건 아닐 테지?"

"윽……."

엘루카가 그렇게 말하자, 루리는 입을 다물었다. 엘루카는 그것을 무언의 긍정으로 받아들인 건지, 「음」 하며 고개를 끄덕였다.

"—그럼, 우리가 먼저 가보마. 쿠로에, 봉인 처리반을 수배해둘 테니 잠시 여기서 시체를 감시해주지 않겠느냐? 상대는 〈우로보로스〉. 무슨 일이 일어날지 모르니 말이지."

"맡겨 주십시오. —마침 무시키 씨와 나눌 이야기도 있으니까요."

쿠로에가 그렇게 대답하자, 엘루카는 늑대를 타고 원래 왔던 길로 돌아가기 시작했다.

"……."

늑대의 등에 탄 채, 엘루카의 등에 매달린 루리는 계속 생각에 잠겨있었다. ……쿠라라는 어떻게 도망친 걸까, 자신은 왜 이렇게 못난 걸까, 쿠로에는 진짜로 치명상을 안 입었던 걸까? 그런 여러 생각이 머릿속에서 소용돌이치고 있었다.

하지만 루리의 머릿속을 가장 많이 점령하고 있는 건, 다른 일이었다.

그렇다. 쿠라라가 무시키에게 달려든 순간, 해골 무리 사이로 한순간 어떤 모습이 보인 듯한 느낌이 들었다.

—무시키가 쿠라라에게 키스를 하자…… **그가 사이카의 모습으로 변하는 것**처럼 보였다.

"……엘루카 님."

"응? 왜 그러느냐?"

"……, 아뇨. 아무것도 아니에요."

아무리 생각해도 황당무계하기 그지없었다. 단순히 잘못 봤을 뿐일지도 모르고, 그때는 쿠라라의 제4현현이 전개되어 있었다. 환각을 봤을 가능성도 충분히 있다.

루리는 마음속의 응어리를 떨쳐내려는 듯이 고개를 젓더니, 엘루카를 잡은 손에 힘을 줬다.

"—무시키 씨."

엘루카 일행이 출발한 후…….

둘(쿠라라의 시체는 있지만)만 남은 봉인 구역에서, 쿠로에가 입을 열었다.

"다시 감사드립니다. 용케 제 생각을 읽고, 쿠라라 양을 막아주셨군요."

"……네. 하지만, 나는……."

무시키가 회한에 찬 표정으로 그렇게 답하자, 쿠로에는 고개를 살며시 저었다.

"쿠라라 양의 도주는 무시키 씨의 탓이 아닙니다. ……무시키 씨의 비밀이 알려진 것은 우려스러운 사태입니다만—아직은 발설할 생각이 없는 것 같군요. 다른 누군가에게 알려지기 전에 잡으면 아무 문제없을 겁니다."

"아니, 뭐, 네. 그것도 있지만……."

"……?"

쿠로에가 의아하다는 듯이 고개를 갸웃거렸다. 그러자 무시키는 가라앉은 어조로 한숨을 내쉬듯 말했다.

"나…… 어쩔 수 없었다고는 해도, 쿠로에 이외의 여자와 키스를……."

"……."

무시키가 양손을 부들부들 떨며 그렇게 말하자, 쿠로에는 어처구니없다는 듯이 도끼눈을 떴다.

"그런 걸로 고민한 겁니까. 신경 쓸 필요 없습니다. 그것 말고는 마력을 보급할 방법이 없었으니까요. 올바른 판단이었습니다."

"하지만—."

무시키가 미간을 찌푸리자, 쿠로에는 어처구니없다는 듯이 어깨를 으쓱했다.

"—무시키. 너는 나와 함께, 세계를 구하기로 했지? 그 말은 거짓말이었어?"

그리고 사이카의 말투로 그렇게 말하자, 무시키의 어깨가 작게 흔들렸다.

"……윽! 그건……."

"네가 선택한 길은, 각오 없이 나아갈 수 있을 만큼 평탄하지 않아. 입맞춤 한 번으로 강적을 쓰러뜨릴 수 있다면, 주저할 필요가 어디 있는데? —오히려 나는 네가 그 급박한 상황에서 머뭇거리지 않은 걸 기쁘게 생각해."

"……."

무시키가 아무 말도 하지 않자, 쿠로에는 놀리는 듯한 어조로 말을 이었다.

"아니면 뭐지? 다른 사람과 입맞춤을 하면, 나를 향한 마음이 흔들리는 거야?"

"그런 일은 절대 없어요."

무시키는 주저 없이 답했다. 그러자 쿠로에는 한순간 움찔하더니, 곧 우스워죽겠다는 듯이 웃음을 터뜨렸다.

"그럼, 무슨 문제가 있는데? —필요하다면 주저하지 마. 마지막에 내 곁으로 돌아오기만 한다면, 그걸로 충분해."

"……네."

무시키는 결의와 각오를 품더니, 주먹을 말아 쥐며 고개를 끄덕였다.

하지만 바로 그때, 어떤 의문이 머릿속에서 떠올랐다. 정신을 차리고 보니, 무시키는 그 점에 관해 물어보고 말았다.

"역시…… 사이카 씨도, 쭉 **그렇게** 해왔나요?"

"응?"

그러자 쿠로에는 살짝 고개를 갸웃거린 후, 재미있다는 듯한 눈길을 머금었다.

"—그 질문은 『권리』의 행사로 받아들여도 될까?"

"아—."

무시키는 그 말을 듣고 눈을 동그랗게 떴다. 확실히 무시키는 일전의 훈련에서, 사이카에게 질문을 할 권리를 손에 넣었다. 하지만 결국, 뭘 물을지 고민하느라 아직 써먹지 못했다.

무시키는 마른침을 삼키더니, 머뭇거리며 고개를 끄덕였다.

그러자 쿠로에는 무시키의 몸을 벽으로 몰아넣었다.

"어? 저, 저기—."

"사후 처리를 위해, 『사이카』가 될 필요가 있지? 존재변환을 하자."

쿠로에는 그렇게 말하며 천천히 얼굴을 내밀더니—.

"—키스는, 네가 처음이야."

입술이 닿기 직전, 속삭이듯 말했다.

"——."

무시키는 무슨 말을 하려 했지만, 그의 입은 쿠로에의 입술에 막혀버리고 말았다.

■ 작가 후기

얏삐~! 코우시 채널 시간이에요~.

『왕의 프러포즈2 보우(鴇羽)의 악마』를 여러분에게 전해 드립니다. 어떠셨는지요. 마음에 드셨기를 빕니다.

이번에도 표지가 정말 끝내줍니다. 후유…… 끝내주는 캐릭터 디자인입니다. 2권 등장 캐릭터치고는 너무 공격적이란 생각이 듭니다만, 너무 아껴두는 것도 좀 그럴 것 같더군요. 그래서 사전에 고안해둔 캐릭터 중에서 정말 마음에 드는 캐릭터를 등장시켜봤습니다.

참고로 이름은 토키시마 쿠라라입니다. 한자로는 鴇嶋喰良입니다~.

사이카(彩禍)의 한자 표기에 『재앙 화(禍)』가 들어간 것처럼, 캐릭터의 이름에 평소 잘 쓰이지 않는 글자를 넣는 걸 좋아합니다. 창작물에서나 볼 수 있는 그 느낌을 좋아하는 걸지도 모르겠군요. 하지만 발음까지 특수했다간 너무 튈 것 같아서, 발음은 비교적 무난한 게 많습니다.

발음이 조금 특수한 예를 꼽자면 쿠로에(黒衣)려나요. 발음 자체는 「쿠로에」입니다만, 이미지는 프랑스어의 「클로에」에 가깝습니다. 저는 아무렇지 않게 「클로에」라고 읽고 있습니다만, 본문만으로는 전해지지 않을지도…… 하고 생각해서 이 자리를 빌려 설명해둡니다.

자, 이번에도 많은 분들 덕분에 책을 낼 수 있었습니다.

일러스트레이터이신 츠나코 씨. 항상 멋진 일러스트를 그려주셔서 감사합니다. 쿠라라는 평소보다 훨씬 난해한 발주였다고 생각합니다만, 멋지게 일러스트로 정리해주셨습니다. 그 솜씨에 탄복했습니다.

디자이너이신 쿠사노 씨. 이번 권의 디자인도 정말 멋집니다. 1권의 표지가 『1』이었던 만큼, 2권이 나와서 안도했습니다.

담당 편집자님. 매번 신세 많이 지고 있습니다. 다음에야말로…… 다음에야말로 꼭 여유 있게 작업 진행을……! (마왕에게 진언하는 사천왕을 연상케 하는 굳은 결의.)

편집부 여러분, 영업, 출판, 유통, 판매에 관여해주신 모든 분들, 그리고 지금 이 책을 읽고 계신 당신에게, 커다란 꽃다발 같은 감사를 드립니다.

그럼 『왕의 프러포즈』 3권에서 다시 뵙겠습니다.

2022년 3월 타치바나 코우시

■ 역자 후기

안녕하십니까. 근로청년 번역가 이승원입니다.

『왕의 프러포즈 보우의 악마』를 구매해주셔서 진심으로 감사드립니다.

올해 감기는 참 무시무시한 것 같습니다.

밤에 너무 더워서 에어컨을 켜고 잤는데, 그대로 목 & 코 감기가 걸리더니 일주일 동안 이어지고 있습니다. 잠자리에 들어도 기침이 계속 나서 잠을 못 자는 상태가 벌써 일주일 째……. 동네 의원에서 타온 약을 닷새나 먹었는데도 효과가 없더군요. 감기가 심해질까 싶어서 더워도 에어컨 안 켜고 버티는데, 수면도 제대로 못 취하니 몸 상태가 악화되는 사태가……. 이대로 안 되겠다 싶어서 이비인후과에 가니, 내시경 카메라로 목과 코를 검사해서 좀 더 효과적인 치료를 해주더군요. 덕분에 조금씩 나아지기 시작했습니다, AHAHA.

빨리 나아서 에어컨 약하게라도 켜고 싶습니다. 제가 이러려고 에어컨을 산 게 아닌데…… 꺼이꺼이ㅠㅜ

그럼 이번 권에 관한 이야기를 조금 해볼까 합니다. 스포일러가 포함되어 있으니 아직 본문을 읽지 않으신 분은 유의해주시길!

이번 권은 메인 히로인은 토키시마 쿠라라! 초유명 스트리머입니다! 마술사의 세계에도 MagiTube라고 하는 스트리밍 애플리케이션이 있고, 쿠라라는 거기서 활약하고 있는 스트리머입니다.

그런 그녀가 무시키에게 반하면서 사랑의 삼각관계(^^)가 형성되고, 쿠라라는 사이카에게 이겨서 무시키를 손에 넣겠다고 선언하는데……! 그런 쿠라라에게는 숨겨진 일면이 존재했습니다. 그 일면이 밝혀지면서, 상황은 급변하기 시작하죠…….

이번 권의 쿠라라는 정말 매력적인 캐릭터였습니다. 겉모습 자체도 독특하면서도 매력적인데, 성격 또한 흡입력이 있습니다. 단순히 외모만을 어필하는 게 아니라, 내면과 외면, 그리고 반전 요소까지 더하면서 캐릭터의 매력을 한껏 끌어올리고 있습니다. 게다가 쿠라라에게는 아직 밝혀지지 않은 면이 잔뜩 있다는 게 참……. 벌써부터 그녀의 재등장이 기대됩니다.^^ 데어라에서의 쿠루미를 생각나게 하는 캐릭터네요, AHAHA.

독자 여러분께서도 쿠라라의 매력을 마구 즐겨주시길!

그럼 이만 줄이겠습니다.

L노벨 편집부 여러분, 항상 재미있는 작품을 맡겨주셔서 감사합니다. 앞으로도 잘 부탁드립니다!

평택 공장 올라가게 됐다며, 작별 인사를 하러 온 악우여. 거기 가서도 열심히 살아라. 다음에 서울 출장 가게 되면, 지나가는 길에 들를게.^^

마지막으로 항상 제 버팀목이 되어주시는 어머니와 『왕의 프러포즈』를 읽어주신 모든 분에게 진심으로 감사드립니다.

여동생의 결혼에 깽판을 치려 하는 못난 오라비의 눈물겨운 노력이 그려지는 『왕의 프러포즈 3』 역자 후기 코너에서 다시 뵙겠습니다!

2023년 6월 초

역자 이승원 올림

왕의 프러포즈 2

초판 1쇄 발행 2023년 8월 10일

지은이_ Koushi Tachibana
일러스트_ Tsunako
옮긴이_ 이승원

발행인_ 최원영
편집장_ 김승신
편집진행_ 권세라 · 최혁수 · 김경민 · 최정민
편집디자인_ 양우연
관리 · 영업_ 김민원

펴낸곳_ (주)디앤씨미디어
등록_ 2002년 4월 25일 제20-260호
주소_ 서울시 구로구 디지털로 26길 111 JnK디지털타워 503호
전화_ 02-333-2513(대표)
팩시밀리_ 02-333-2514
이메일_ lnovellove@naver.com
L노벨 공식 카페_ http://cafe.naver.com/lnovel11

OSAMA NO PROPOSE Vol.2 TOKIHA NO AKUMA

ISBN 979-11-278-6978-6 04830
ISBN 979-11-278-6866-6 (세트)

값 8,500원